独裁者の恋
魚の ながら、
祐は 中に精を吐き出した。
その イモンが、
指の へろっと舐め取る。
「青
大人の男の うな、
欲情を帯びた貌に、
ぞくっと首筋に鳥肌が立った。

独裁者の恋

岩本 薫

15168

角川ルビー文庫

Contents

Dictator

口絵・イラスト／蓮川愛

序章

水瀬《みなせ》祐《ゆう》の記憶《きおく》に刻み込まれた、一番古い映像は、目の前に差し出された白くて美しい手だ。

遠い過去を振《ふ》り返る時、まず何より先に浮《う》かんでくる――白い手。

折に触《ふ》れて何度も再生したせいで、鮮明《せんめい》な部分もあるけれど、フィルターがかかったみたいにぼんやりとあやふやな部分もある。

いつの頃《ころ》の記憶なのかはわからない。わかるのは、自分はまだ小さな子供で、室内ではなくどこか屋外――公園か大きな庭園のような場所にいるということ。

遠い記憶は、見渡《みわた》す限りの緑から始まる。

ターナーの水彩画《すいさいが》みたいな美しい濃淡《のうたん》に、ところどころ、赤やピンク、オレンジや紫色《むらさきいろ》の花が混じった緑。

場所によってはきれいに刈《か》り込まれた芝生《しばふ》もあるが、大概《たいがい》の草花は伸《の》び放題といった具合に奔放《ほんぽう》に生《お》い茂《しげ》っていた。青々とした野草の陰《かげ》から、細く蛇行《だこう》した水の流れが垣間見《かいまみ》える。遠くにはこんもりとした森も見えた。

長い時間、自分は木のベンチに腰掛《こしか》けて誰かを待っている。誰かに「ここで待っていなさい」と言われた記憶はうっすらとあるが、今となっては誰を待っていたのか記憶は曖昧《あいまい》だ。

膝《ひざ》の上にはお気に入りのピーターラビットの絵本。

時折、チチッと啼《な》きながら水鳥が舞《ま》い降りてきて、水辺の石にとまる。小川の水を飲み終えた小さな水鳥が飛び立つたびに、水面がキラッ、キラッと光った。

仰向《あおむ》けば、薄曇《うすぐも》りの空が広がっている。ほんの時たま、太陽が雲の切れ間から顔を覗《のぞ》かせて、その瞬間《しゅんかん》だけ、目の前の光景が明るく輝《かがや》く。芝生が風にザザッとそよぐ。黄色い蝶《ちょう》がひらひらと花々の間を飛び交《か》う。

何しろ幼い頃の記憶なので、映画のフラッシュみたいに断片的《だんぺん》だ。

どのくらい待ったのだろう。さすがにのどかな景色《けしき》を眺《なが》めるのにも飽《あ》きてきて、地面に届かない足をぶらぶらさせる。絵本はすでに何度も読み返していたから、退屈《たいくつ》を紛《まぎ》らわせるほどの効果はなかった。

誰かを待ちわび、少し心細い気持ちでベンチに座っていると、どこからかパキッという音が聞こえてきた。小枝が折れるような断続的な音のあとで、目の前の茂みがガサガサと揺《ゆ》れる。

——ウサギ？

たった今まで読んでいた絵本の中の主人公が飛び出してくるのではないかという期待に息を呑《の》んだ刹那《せつな》、茂みが割れ、中から祐よりはずいぶんと年嵩《としかさ》の少年が現れた。

さらさらの茶色の髪《かみ》と、周囲の緑を映し込んだようなグリーンの瞳《ひとみ》。

少年のすらりとした立ち姿、すっきりと整った美しい顔立ちを見て、祐はつぶらな目をゆるゆると見開いた。

まるで……絵本の中に出てくる王子様みたいだ。

そう思ったのは、彼が衿《えり》の大きな白いシャツにリボンタイ、光沢《こうたく》のある生地《きじ》のジャケットと共布のズボンという、大人《おとな》びた格好をしていたからかもしれない。

彼もまた自分を認め、驚《おどろ》いたように両目を瞠《みは》った。

不思議そうな表情で、しばらく祐を見つめてから、長い脚《あし》を優雅《ゆうが》に動かして近づいてくる。ベンチの少し前で足を止め、今度は頭上から祐を見下ろす。近くまで来ると、少年はとても背が高かった。

やっぱり王子様みたいだ。

賢《かしこ》そうな緑色の瞳でじっと見つめられて、祐はドキドキした。兄弟がいないので、こんなに年上のお兄ちゃんとふたりきりになるのは初めてだ。

ちらっと、祐の膝の上の絵本に視線を走らせた少年が、口を開いて声を発した。耳に心地《ここち》よく響《ひび》くテノール。

けれど彼の言葉は、祐には音楽のようにしか聞こえなかった。自分に話しかけてくれているのはわかるけれど、その言葉の意味がわからない。

「わかん…ない」

たどたどしく訴《うった》え、首を左右に振っても、彼は諦《あきら》めなかった。根気強く言葉を重ねてくる。

意味はわからなくとも、彼が一生懸命《いっしょうけんめい》自分と話そうとしているのは伝わってきて、その気持ちに応《こた》えられない自分がもどかしく、涙《なみだ》がじわっと込み上げてきた。

「……ごめ…なさい。……わからない」

半べそで首を振り続けているうちに、どうやらやっと彼も諦めたらしい。ふーっと溜《た》め息を吐《つ》き、腰《こし》に手を当てた。

自分を持て余している気配を感じて、悲しくなる。

もう、行ってしまうのだろうか。

言葉が通じない自分と一緒《いっしょ》にいても、彼だってつまらないに違《ちが》いない。立ち去られても仕方がないとは思うけれど、置いていかれるのはなんだかすごく寂《さび》しかった。

もう少しだけでいいから、彼と一緒にいたい。

もしかしたら無意識にも、すがるような目をしていたのかもしれない。

彼がゆっくりと身を屈《かが》めた。祐と目線を合わせてから、右手を差し伸べてくる。

おいで——というように。

目の前の美しい手を、びっくりして見つめた。丸くてぷよぷよの自分の手とは全然違う、指がしゅっと長くって、お砂糖みたいに色が白くてきれい。

「…………」

思わずぽーっと見とれてしまってから、じわじわと視線を上げる。目が合った瞬間、彼がこくりとうなずいた。

おずおずと自分の手を彼の手に重ねると、やさしく握《にぎ》られる。自分の手を包み込む、あったかくて大きな手。そのまま引っ張られて、ベンチからぴょんっと飛び降りた。左手には絵本を握り締《し》め、右手は彼に引かれて、とことこと歩き出す。

生い茂った枝や緑を掻《か》き分け、迷路《めいろ》みたいに曲がりくねった道を抜《ぬ》けて、やがて大きな建物に辿《たど》り着いた。これも童話に出てくるお城みたいなお屋敷《やしき》だ。

彼は慣れた様子でお屋敷の中に入っていく。天井《てんじょう》の高い部屋の中には人の姿は見えず、シンと静まり返っていた。柱時計が時を刻む音だけが、カチカチと大きく響く。

複雑な模様が描《えが》かれた天井から重たそうに下がるシャンデリア。古めかしい家具。壁《かべ》にはたくさんの油絵がかけてある。壁際《かべぎわ》に並ぶ銅像や甲冑《かっちゅう》が怖《こわ》くて、祐は思わず彼の手をぎゅっと握った。すると彼が『心配ないよ』というようにそっと握り返してくれる。

真っ赤な絨毯《じゅうたん》が敷《し》き詰《つ》められた螺旋《らせん》階段を上り、廊下《ろうか》を少し歩いたところで彼は足を止めた。行き止まりのドアを開ける。

薄暗《うすぐら》い部屋だった。ちょっぴり埃《ほこり》っぽい臭《にお》いがする。

部屋の真ん中できょろきょろしていると、彼がどこからか椅子《いす》を運んできて祐の前に置いた。次に祐の腰を持ち上げて、ひょいっと椅子の座面に乗せる。そのあとで彼はひとり窓際《まどぎわ》に近寄り、ビロードのカーテンを閉めた。いよいよ部屋が暗くなる。

ほとんど何も見えない。目を凝《こ》らして捜《さが》したけれど、彼の姿も見えなくなっていた。

急に心臓がドキドキしてくる。

「お兄ちゃん……どこ？」

不安に駆《か》られて呼んでみたが、応《こた》えはない。

黒い雨雲みたいな不安が、たちまち祐の胸の中いっぱいに広がり始めた。

もし……もしも彼の正体が本当は魔女《まじょ》で、魔法で王子様になりすましているのだとしたら？

自分はこの部屋に閉じこめられ、悪い魔法をかけられて、最後は食べられてしまうかも。

(怖い……。どうしよう)

逃《に》げ出したかったけれど、部屋の中は真っ暗でどこがドアかもわからない。

——ここで待っていなさい。

そう言われていたのに、その言いつけを守らなかったから、きっと罰《ばち》が当たったんだ。

小さく震《ふる》えながら、腕《うで》の中の絵本をぎゅっと抱《だ》き締めた時。

後ろのほうからカタカタカタ……という不思議な音が聞こえてきた——かと思うと、突然《とつぜん》目の前の壁がぱっと明るくなった。

暗闇《くらやみ》の中、光の円がぼんやり浮かび上がり、その真ん中に「3」、「2」、「1」という数字が現れては消える。やがて何か風景のようなものが映し出された。

生い茂った草花。蛇行《だこう》した小川。遠くに見える森——さっきまでベンチに座っていた場所に似ている。

一瞬《いっしゅん》テレビかとも思ったけれど、それには色がなかった。緑だったはずの葉っぱは黒く、黄色い蝶は白く、花にも色がなくて灰色だ。

（なんでだろう？）

今でこそ、それがモノクロのフィルムだとわかるが、当時の祐は映画を観《み》るのも生まれて初めてだった。小首を傾《かし》げて白黒画面を見つめていると、茂みがガサガサと揺れて、中からぴょこんっと何かが飛び出してくる。

ウサギだ！

しかも、絵本とまったく同じ種類のウサギだ。ジャケットは着ていないけれど。

「……ピーターラビット？」

ぴんと立った耳を小刻みに動かしていたウサギが、ひらひらと舞う蝶と遊び始める。耳をくるくる回したり、後ろ足で立ち上がってみたり。やがて、蝶と戯《たわむ》れることに飽きたウサギは、草むらに落ちていた麦わら帽子《ぼうし》に気がついた。ぴょんぴょんと跳《は》ねて近づき、鼻面《はなづら》を押し当てて匂いを嗅《か》ぐ。くんくん。ツバの部分を齧《かじ》ってもみる。かじかじ。そのうちに、もう一匹《ぴき》、今度は黒いウサギが現れて、麦わら帽子の取り合いを始める。

二匹《ひき》のウサギが生き生きと動き回る様子に目を奪《うば》われ、その映像に引き込まれるにつれて、先程《さきほど》までの恐怖心《きょうふしん》は有耶無耶《うやむや》になっていった。

カタカタカタ……。

後ろから聞こえる不思議な音も、少年の姿が見えない不安もいつしか消えて、気にならなくなる。

大きく目を見開いた祐は瞬《まばた》きも忘れ、白黒の映像をひたすらに見つめ続けた。

1

『猥雑《わいざつ》な街だな』

リムジンの後部座席からウィンドウ越《ご》しに外の風景を眺《なが》め、サイモン・ロイドはつぶやいた。

その秀《ひい》でた額から眉間《みけん》にかけては、くっきりと縦皺《たてじわ》が刻まれている。

『東京は世界でも有数の大都市ですからね。中でも、このあたりは「渋谷《しぶや》」といって、東京でも一、二を争う繁華街《はんかがい》だそうです。たしかに騒《さわ》がしくてエネルギッシュだ』

不機嫌《ふきげん》そうな主人の隣《となり》で、秘書のクリスが相槌《あいづち》を打った。サイモンとは違い、その表情に嫌《けん》悪感《お》はない。明るい菫色《すみれいろ》の瞳《ひとみ》で、ファッションビルの壁面《へきめん》に貼《は》られた広告、カラフルなネオン、大型映像モニターなどを興味深げに眺めている。

クリスマスが近いせいだろうか、ビルの壁面や店舗《てんぽ》のファサードを彩《いろど》る装飾《そうしょく》のほとんどは、サンタクロースやトナカイ、ベル、柊《ひいらぎ》の葉、雪の結晶《けっしょう》などのモチーフを模したものだった。

駅前の広場に大きなモミの木のツリーが設置され、どのショーウインドウも申し合わせたようにポインセチアとクリスマスリースがディスプレイされている。今でも充分《じゅうぶん》に派手だが、日が落ちて街路樹のイルミネーションが点《とも》ったら、さぞや賑《にぎ》やかになるに違いない。

国教でもないのに、キリストの生誕を国民総出で祝うのはおかしな話だが——。

『まぁ、オックスフォードと比べたら、どこだって都心ですけれど。それにしても、ものすごい人の数ですね。これだけの人間がどこから湧《わ》いて出てきたのやら』

ふたりの英国人の視線の先で、信号が青に変わった。とたん、歩行者が我先にと車道へ足を踏《ふ》み出す。スクランブル交差点は、あっと言う間におびただしい数の人で埋《う》まった。

その数たるや、アスファルトに記された白いラインも見えないほどだ。

『まるで蟻《あり》の行進だな』

ネクタイのノットをほんのわずかに緩《ゆる》めて、サイモンはうんざりとした声を落とした。ただでさえ髪《かみ》や肌《はだ》の色にバリエーションが乏《とぼ》しいのに加え、ほとんどの歩行者が季節柄《がら》か黒や茶、グレーなどのコートを着込んでいるので、余計に黒っぽく見える。

『人が多いと見ていて飽《あ》きませんが疲《つか》れますね』

クリスが溜め息混じりの声を落とした時、リムジンが走り出した。渋谷の駅前の渋滞《じゅうたい》を抜けて、ようやく車の流れがスムーズに動き出す。

『やれやれ、やっと動いた。しかし、これだけの人間が溢《あふ》れていながら、とりたてて混乱もせず、事故が起きないのはさすがと言うか。一見秩序《ちつじょ》がないようでいて、しっかり最低限のルールは守っているということなんでしょうね。日本人は我々に似て、きちんと列には並ぶし、決められたルールも遵守《じゅんしゅ》しますからね』

ひとりごちるようにつぶやく傍《かたわ》らのクリスに、サイモンはちらっと視線を投げかける。

『おまえ、やけに日本人の肩《かた》を持つな』

『私は日本人はわりと好きなんです。彼らは計画的かつ勤勉ですから。オックスフォード大学の同級生に日本からの留学生がいましたが、彼はシャイでとても気持ちのやさしい男でした。英国文学を学びにきていて、ディケンズやモームについてよく談義をしたものです』

『そういえば、そんなやつもいたな。眼鏡《めがね》をかけた小太りの……たしかスズキだったたか』

『サトウですよ。眼鏡もかけていませんし、どちらかと言えば痩《や》せていました。あなた、たしか一緒《いっしょ》のゼミナールだったはずですよ？　まったく覚えてないんですか』

ちくちくと責められて、サイモンは小さく肩を竦《すく》めた。

『それで？　そいつは作家か学者にでもなったのか』

『いいえ、国に戻《もど》って銀行員になったはずです』

『なるほど。たしかに計画的だ。ずいぶんと有意義な留学だったようだな』

サイモンの嫌《いや》み口調には慣れているクリスが、さらりと受け流す。

『でも、あなただって本当は日本人が好きでしょう？』

『…………』

『少なくとも、嫌《きら》いではないはずです。夏のバカンスで訪《おとず》れたシチリアのロッセリーニ家の奥方にずいぶんと懐《なつ》いていたじゃないですか』

クリスの父親はロイド家の執事《しつじ》で、クリス自身も英国はオックスフォードにあるロイド家の館《やかた》【ロイドハウス】で育った。パブリックスクール、さらには大学も一緒で、二十年近くを共に過ごしたクリスには、人生の軌跡《きせき》をほぼ把握《はあく》されていると言っていい。

明るく人あたりのいい印象とは裏腹に、したたかな一面をも併《あわ》せ持つ彼は、サイモンにとって最強のビジネスパートナーであると同時に、心を許せる数少ない友人でもあった。

『ミカのことか？』

『そうそう――ミカ様。たしか、家庭教師としてイタリアを訪れ、主人のカルロ・エルネスト・ロッセリーニ氏に見初《みそ》められて結婚《けっこん》したんでしたよね』

『そうだ。ドン・カルロの後添《のちぞ》え――三番目の妻になった』

『あの御方《おかた》は本当にお美しいご婦人でした。ただ美しいだけでなく、品格と教養があって……ああいう女性を「大和撫子《やまとなでしこ》」って言うんですかね。子供心にも、日本に行けばああいったレディがたくさんいるのだと思い、まだ見ぬ異国に憧《あこが》れを抱いたものです』

『ミカは特別だ。あれほどのレディはそうはいない。――おまえだって「大和撫子」など幻想《げんそう》だと、さっきの馬鹿《ばか》女でわかっただろう？』

サイモンの辛辣《しんらつ》な台詞《せりふ》にクリスはわずかに眉《まゆ》をひそめ、『馬鹿女は言い過ぎですよ』と窘《たしな》める。

『たしかに彼女は少し軽率《けいそつ》でしたが』

『少し？』

サイモンは心外そうに片眉を撥ね上げた。

『こってりとリップグロスを塗《ぬ》りたくった唇《くちびる》を絶え間なく開閉してあいつが垂れ流したことと言えば、自分が今まで一緒に仕事をしたハリウッドスターの素行——彼らがどのレストランに行ってどんなメニューを食べたか、どこのブランド品に幾《いく》ら使ったか、どこで誰をベッドに誘《さそ》ったか——エトセトラエトセトラ……三流タブロイド誌のゴシップ記事の焼き直しだ』

『……訂正《ていせい》します。「かなり」軽率でした』

開口一番、初対面の挨拶《あいさつ》もそこそこに、こちらが尋《たず》ねてもいない有名人の噂話を機《き》関銃《かんじゅう》のごとき勢いで披露《ひろう》しまくった通訳——もとい、元通訳の所業を思い出したのか、クリスが渋《しぶ》い顔で前言を撤回《てっかい》する。

『おまけにビジネスの場では携帯電話《けいたいでんわ》の電源を切るという最低限のマナーすらできていない。一時間の間にあの女の携帯が何回鳴ったと思っている』

『五回です。ただ、一時間で解雇《かいこ》するのはいささか早計だったのではないかという気もしますが。紹介《しょうかい》してくれた先方の説明では仕事はできるという話でしたし、実際のところ発言の内容はともあれ発音は完璧《かんぺき》でした。あれはあれで自分のキャリアに対する彼女なりのアピールだったのかもしれ…』

『試用期間としては充分過ぎるほどだ。あれ以上一緒にいたら、耳が腐《くさ》るか馬鹿が移る』

毒舌《どくぜつ》で知られる主人の、何時《いつ》にも増して身も蓋《ふた》もない断言に、クリスはこほんと咳払《せきばら》いをした。

『彼女の件はともかくとして、日本人はビジネスの相手には適していると思いますよ。交《か》わした約束はきっちり守りますし、何よりパンクチュアルですからね』

『……パンクチュアルか』

ふたたび窓の外に視線を向けたサイモンが、物憂《ものう》げにつぶやく。

『その分、融通《ゆうずう》が利《き》かず、合理主義で拝金思想だがな』

『そんな日本人ばかりじゃありませんよ』

フォローを入れたあとで、主人に倣《なら》ってウインドウに目をやったクリスは、看板やネオンが無秩序に並ぶ、景観に対する美意識の欠片《かけら》も感じられないごちゃごちゃと猥雑な街を見つめ、自信なさげに付け加えた。

『……たぶん』

英国はオックスフォードの郊外《こうがい》に広大な邸宅《ていたく》を構えるロイド家は、遡《さかのぼ》ることヴィクトリア朝時代を起源とする、いわゆる名門と呼ばれる一族だ。祖先は爵位《しゃくい》こそ持たなかったが、印度《インド》との交易で成功し、莫大《ばくだい》な富を築いた。

その後、美術品に関心が高かった三代目が、貿易業で得た資産を元に美術品競売会社《オークションハウス》『ロイズオークション』を起こし、現在では、欧州《おうしゆう》各国はもとより、ニューヨーク、香港《ホンコン》、バンコクなど、世界各地に競売場を所有している。

サイモンは十八歳の時、父の他界に際してロイド家七代目当主の座を継《つ》いだ。それと同時に『ロイズオークション』の筆頭株主となったが、会社の運営を担うにはまだ若いという一族の総意に従い、大学へ進んだ。

二十二でオックスフォード大学を卒業後、『ロイズオークション』に入社。ひとわたりの部署を回り、一般《いっぱん》の社員と同等の実務をこなしつつ、帝王《ていおう》学を学んだ。

サイモンの後見人としてロイズを運営していた叔父《おじ》から、そのポジションを受け継いだのは入社六年目——二十八歳の時だ。

以来三年間、『ロイズオークション』を統括《とうかつ》するCEOとして、世界各国のコレクターや投資家を訪ね、競売場を飛び回る多忙《たぼう》な日々を過ごしてきた。

だが今回の来日は、ロイズの社長兼《けん》最高経営責任者としてのものではなかった。

過去数度の来日でもあまりいい印象を持てなかった東京を、それでもわざわざ訪れたのは祖父のためだ。

サイモンの祖父は、ロイズを運営する傍ら、プロデューサーとして映画製作に携《たずさ》わっていた。

何本かの映画をプロデュースしたあと、戯《たわむ》れに自らメガホンを執《と》った彼の作品は、思いがけず評論家や映画ファンからの賞賛を得て、その後に発表した作品も国内外の数々の賞を受賞。

彼自身、晩年、その功績が評価され、女王陛下から『騎士《ナイト》』に叙勲《じょくん》されるまでに至った。

銀幕の詩人——サー・テレンス・ロイドと言えば、英国国内で知らない者はいない。

監督《かんとく》デビューが遅《おそ》かったせいもあり、八十五年の生涯《しょうがい》において発表した作品はわずか八本という寡作《かさく》な映画監督ではあったが、その分徹底《てってい》的に細部までのクオリティにこだわったロイド作品には、いまだ根強いファンがついている。

その祖父が、来年生誕百年を迎《むか》える。それを記念して、英国はもとより欧州の各国で生誕百年を祝うイベントが計画されており、東京でも『テレンス・ロイドの世界』と銘打《めいう》ったフィルムフェスティバルの企画《きかく》が持ち上がっていた。

今回サイモンが来日を果たしたのは、フィルムフェスティバルを企画した日本の配給会社との最終的な話し合いのためだ。

だが実のところ、フェスティバルの開催《かいさい》はいわば餌《えさ》のようなもので、配給会社の真の目的がロイドフィルムのビデオグラム化権の取得にあることは、サイモンも重々承知している。

五年前にライセンス契約《けいやく》が切れ、再契約を結ばないままに当時の配給会社が潰《つぶ》れてしまってから以降、ロイド作品は日本で上映されていない。また、DVDも日本では未発売だった。以前より、サイモンのもとにも熱心な日本のファンからDVD化を望む声が多く寄せられてはいたが、なかなか新しい配給会社と条件が折り合わず、実現に至っていなかったのだ。

テレンス・ロイドは、プロデューサーであり、脚本家《きゃくほん》であり、監督でもあった。従ってロイドフィルムの著作権はテレンス・ロイド一個人に帰属していた。

晩年の祖父は長く病床《びょうしょう》にあったが、十三年前、父の死の一年後に没《ぼっ》した。その際に、ロイドフィルムの著作権はサイモンに譲《ゆず》り渡《わた》された。

この祖父の遺産は、ある意味、ロイド家の財産の中でもっとも管理が難しかった。

作品には、祖父の想《おも》いだけでなく、製作に関《かか》わったたくさんの人たちの想い、さらにはその映画を愛する多くのファンの想いが寄り添っているからだ。すべての人間を満足させることは至難の業《わざ》だが、かといって、ただフィルムを金庫に大事に保管しておくのでは意味がない。

全権を任された自分の使命は、いまだロイドの作品に触《ふ》れた経験のない人に――世界中のひとりでも多くの人々に、祖父のフィルムを観《み》てもらうこと。天国の祖父もおそらく、それを望んでいることだろう。

しかし、そのためにたくさんの国に配給したいという希望とはまた別に、納得《なっとく》のいかない形で出すくらいならばいっそ世に出さないほうがいいという、クオリティに対するこだわりもある。

ジレンマに頭を悩《なや》ませつつ、検討に検討を重ねた結果、サイモンはいくつかの日本の配給会社からのオファーを断った。

日本では「テレンス・ロイドの孫は、がめつくて気むずかしい」との悪評が立っているようだが、金銭の問題ではないというこちらの意向が伝わらない輩《やから》には、言わせておけばいい。

そういった経緯《けいい》で、このままでは日本でのDVD化は断念せざるを得ないと、サイモン自身が諦《あきら》めかけていたところに、新たに名乗りを上げてきたのが、日本最大手の配給会社【日東ピクチャーズ】だったのだ。

担当者の内藤《ないとう》は三十代半ばのそつのない男で、まずは生誕百年を記念したフィルムフェスティバルの開催を持ちかけてきた。内藤は企画のプレゼンテーションと打ち合わせのために、ロンドンから列車で一時間の距離《きょり》にあるオックスフォードの【ロイドハウス】まで、何度も足を運んだ。

熱意があることは伝わってきたし、さすがは最大手だけあって、提示してきた条件も悪くなかった。少なくとも、今までの配給会社の中では一番マシだ。一日千秋の想いで待っているファンのことを思えば、このあたりで手を打つべきなのかもしれない。

だが、契約書にサインをするには、まだ若干《じゃっかん》の躊躇《ためら》いが残っていた。会社の運営に関しては、時と場合に応じて大胆《だいたん》な決断をすることも多いのだが、ことロイドフィルムに関しては、らしくもなく慎重《しんちょう》になってしまう。

それはとりもなおさず、サイモン自身が、数多《あまた》のファンに負けず劣《おと》らず、祖父の映画を愛している証《あかし》でもあった。

とにかく現場を――上映予定のシアターをこの目で見ないことには、この選択《せんたく》がベストであるという確信が持てない。

そう思ったサイモンは、多忙な仕事をどうにかやりくりし、クリスマス休暇《きゅうか》を前倒《まえだお》しにして来日のための時間を作った。

そうして季節が本格的に冬に移行した十一月の末、秘書のクリスを伴《ともな》い、三年ぶりに日本の地を踏《ふ》んだのだ。


『そろそろホテルに着きますよ』

クリスの言葉どおり、蛇行《だこう》した坂を上り切ったリムジンが、見事な紅葉《こうよう》に囲まれた小振《こぶ》りなホテルの車寄せに到着《とうちゃく》する。サイモンはウエストコートの隠《かく》しポケットから、祖父の形見の懐《かい》中《ちゅう》時計を取り出し、文字盤《ばん》を見た。

午後三時十五分。

時間を確認《かくにん》するのとほぼ同時に、ドアマンが後部座席のドアを機敏《きびん》な動きで開ける。

『お帰りなさいませ、ミスター・ロイド』

出迎《でむか》えの挨拶《あいさつ》に軽く会釈《えしゃく》で応《こた》えたサイモンは、石畳《いしだたみ》に降り立った。正面玄関《げんかん》を通過し、エントランスロビーへと足を運ぶ。クリスもあとに続く。

今朝、午前十時にプライベートジェットで羽田に着くやいなや、サイモンとクリスはまっすぐ宿泊《しゅくはく》予定のホテルへ向かった。ホテルでチェックインを済ませると、部屋に入ることなく、今度は渋谷区道玄坂《どうげんざか》の【日東ピクチャーズ】本社へ向かった。

正午過ぎから、松濤《しょうとう》のフレンチレストランにて、担当者及《およ》び重役との顔合わせを兼《か》ねたビジネスランチを済ませ、約三時間後、ふたたび東京滞在《たいざい》中の宿であるこの【カーサホテル東京】へ戻《もど》ってきた。

数多ある東京のホテルの中で、【カーサホテル東京】を強《し》いて選んだ理由は、サイモンの長年の友人、エドゥアール・ロッセリーニがオーナーだったからだ。

エドゥアールはシチリアの名門ロッセリーニ家の次男で、現在はロッセリーニ・グループのホテル・アパレル部門を統括している。

父親同士が友人だった関係で、ロイド家とロッセリーニ家は古くから交流があった。夏のバカンスの間、ロイド家がシチリアの【パラッツォ・ロッセリーニ】に滞在したり、逆にロッセリーニ家がオックスフォードの【ロイドハウス】に遊びに来ることもあった。

カルロ・エルネスト・ロッセリーニには三人の息子《むすこ》がいるが、中でもサイモンは次男のエドゥアールと非常に馬が合った。三つの年の差、国と人種をも越《こ》えたその友情は、ふたりが成人してからも変わることなく、現在でも続いている。今でも月に一度は電話で近況《きんきょう》を報告し合う仲だ。

そのエドゥアールが数ヶ月前に購入《こうにゅう》したという、アール・デコ様式のクラシカルなホテルを、サイモンは一目で気に入った。

決して華美《かび》でも豪奢《ごうしゃ》でもないが、シックで落ち着いた雰囲気《ふんいき》が肌《はだ》に合ったし、従業員のサービスも過不足なく、きびきびと心地《ここち》よかったからだ。最新の施設《しせつ》こそないけれど、何事も古ければ古いほど価値が高いとされる英国出身なので、清潔でさえあれば建物の古さはまったく気にならない。

総支配人の成宮《なるみや》はまだ二十代後半という若さだったが、クレバーで礼儀《れいぎ》正しく、気遣《きづか》いは細やか、さらには所作のひとつひとつに滲《にじ》み出るような気品があった。蛇足《だそく》を承知で付け加えれば、男とは思えない﨟長《ろうた》けた美貌《びぼう》の持ち主だ。そうして——これこそ蛇足ではあるが、エドゥアールと成宮は恋人《こいびと》同士であるとのこと。

初めて電話で報告された時はさすがに驚《おどろ》いたが、サイモン自身、「愚《おろ》かな女よりはクレバーな男のほうがいい」と公言しているほどで、もとより同性同士の恋愛《れんあい》に偏見《へんけん》はない。何よりあのエドゥアールが選んだのだから、きっと素晴《すば》らしい相手に違《ちが》いない。その予想は、成宮本人に会って確信に変わった。

——お待ちしておりました、ミスター・ロイド。

どうやら事前にエドゥアールから連絡《れんらく》が入っていたらしく、今朝方サイモンとクリスがホテルに到着した折には、総支配人自らがエントランスで出迎えてくれたのだが。

（そういえば）

握手《あくしゅ》を交《か》わしつつ互《たが》いに名乗り合った際、初対面のはずの成宮の切れ長の双眸《そうぼう》が、まるで懐《なつ》かしい記憶《きおく》を噛《か》み締《し》めるように細められたような気がしたが……。

ほんの一瞬垣間《いっしゅんかいま》見《み》えたその感慨《かんがい》深げな表情は、だがすぐに神秘的な微笑《びしょう》に覆《おお》い隠されてしまった。

そうして今も、仕立ての良いダークスーツに痩身《そうしん》を包んだ成宮が、控《ひか》えめな微笑《ほほえ》みを白皙《はくせき》に浮《う》かべて近づいてくる。

『お帰りなさいませ、ミスター・ロイド。道が混んでおりましたでしょう？　お疲《つか》れではございませんか？』

ニューヨーク州のコーネル大学出身だという話を聞いていたが、その発音はクイーンズイングリッシュに近かった。

『いや、大丈夫《だいじょうぶ》だ。部屋の用意はできているか？』

『はい、新館の最上階の八〇三号室になります。クリス様には続きの八〇二号室をご用意させていただきました。今ご案内致《いた》しますので、どうぞこちらへ』

エレベーターホールへと促《うなが》され、扉を開けたケージに三人で乗り込む。操作盤の前に立った成宮がボタンを押してドアを閉めた。八階へ上がり、エレベーターから降りる。成宮が先に立って絨毯《じゅうたん》敷きの廊下《ろうか》を歩き、突《つ》き当たり正面のドアのスリットにカードキーを差し込んだ。

『お部屋はこちらになります』

開かれたドアの中は、主室と寝室《しんしつ》が内扉《うちとびら》でコネクトされたスイートルームだったが、主室だけでかなりの広さがあった。ベージュからブラウンのグラデーションで色みを統一した部屋には、ライティングデスク、コンソール、ソファ、ダイニングテーブルなどの調度品が整然と置かれ、一角には簡易なキッチンもある。

室内に足を踏み入れたサイモンは、ざっと主室を眺《なが》めたあとで内扉を開けた。ベージュの内装で統一された寝室には、壁際《かべぎわ》にウォークインクローゼットとバスルームに通じるドアがふたつ並んでおり、中央にキングサイズのベッドが設《しつら》えられている。

6フィートを超す自分が横たわっても、天地左右共に余裕《よゆう》がありそうなベッドを見て、小さくうなずいた。純白の寝具《しんぐ》も寝心地《ねごこち》がよさそうだ。

さらにバスルームを覗《のぞ》き、バスタブの大きさに合格点を与《あた》える。これならば充分《じゅうぶん》に足を伸《の》ばせる。

人生において、窮屈《きゅうくつ》なベッドで眠《ねむ》ること、バスタブの中で足を伸ばせないことに勝《まさ》る苦痛はそう滅多《めった》にない――というのがサイモンの持論だった。

個人的なこだわりポイントに満足したサイモンが主室に戻ると、その間、部屋の中をチェックしていたクリスが感想を述べた。

『至《いた》れり尽《つ》くせりですね。ライティングデスクもあるし、高速インターネット回線もＦＡＸも完備されている。これならば来週開催《かいさい》のオークションの状況《じょうきょう》をライブで見ることも可能です』

どうやら及第点《きゅうだいてん》をもらえたようだと察したらしい成宮が、その顔にかすかな安堵《あんど》を浮かべて言った。

『COOのほうからロイド様にはこちらの部屋を使っていただくようにと指示がございました』

『エドゥアールが？』

『はい』

おそらくは気を回して、スイートルームの中でももっともグレードの高い部屋を押さえてくれたのだろう。

『そうか。気を遣《つか》わせてしまったな』

サイモンのつぶやきに、成宮があわてたように首を左右に振《ふ》る。

『とんでもございません。COOのご友人をお迎《むか》えすることができますのは、スタッフ一同の望外の悦《よろこ》びです。個人的にも、サー・テレンス・ロイドのご身内にカーサにお泊《と》まりいただけてとても光栄です』

『祖父のことを？』

意外そうに問い返すと、成宮がうなずいた。

『もちろん存じ上げてございます。ロイドフィルムは八作品すべて拝見致しましたし、ビデオも持っております』

成宮の神妙《しんみよう》な面持《おもも》ちから、世辞や追従ではないと感じ取り、サイモンは表情を和《やわ》らげた。

『全作品を？　それは……こちらこそお礼を言わなければならないな』

はにかんだような笑《え》みを浮かべた成宮が『映画鑑賞《かんしよう》は……唯一《ゆいいつ》の趣味《しゆみ》でして』と小さく付け加える。その後、ホテルマンの本分に立ち返ったかのように表情を改め、寝室を片手で指し示した。

『お荷物はウォークインクローゼットに運んでおきました。お荷物を解《と》かれるのに人手が必要ということでしたら、ご遠慮《えんりよ》なく客室担当スタッフをお使いくださいませ』

『ありがとう。だが、自分たちでできるので結構だ』

『かしこまりました。何か御用《ごよう》向きがございましたら、備え付けの電話の受話器を取って内線の1番を押していただきますとフロントに通じます。また、わたくしの直通番号は88番でございます。支配人に就任してまだ日が浅く、至らぬ点も多々あるとは存じますが、ロイド様のご滞在中のサポートを精一杯《せいいつぱい》努めさせていただきますので、なんなりとお申し付けくださいませ』

『では、早速《さつそく》ひとつ頼《たの》みがある』

サイモンの言葉に、成宮が心持ち居住まいを正す。

『お伺《うかが》い致します』

『そろそろ四時のお茶の時間なので、ケトルを貸してもらえないだろうか』

いささか戸惑《とまど》った表情で『紅茶でしたらルームサービスでお持ちすることができますが』という成宮の申し出を、

『これだけは他人任せにはできなくて。英国人の悪い癖《くせ》ですね』

そう、クリスが笑いながら辞退した。

納得《なっとく》した様子の成宮が下がって十分ほど経《た》った頃《ころ》、コンコンとドアがノックされる。クリスが扉を開けると、制服姿のホテルスタッフが廊下に待機していた。

『失礼致します』

畏《かしこ》まった顔つきの彼が押すワゴンの上には、ケトル、ミントンのティーポット、同じくミントンのカップ&ソーサー、銀製のティーストレーナー、ティースプーン、ミネラルウォーターのボトル、ミルクの入ったピッチャー、シュガーポットなどが並んでいる。ミルクはきちんと冷やされており、ティーポットとカップは予《あらかじ》めあたためてあった。迅速《じんそく》かつ、気《き》が利いている。

『私にお手伝いできることはございますでしょうか』

『大丈夫だ。ありがとう』

一礼したホテルスタッフが下がったあと、クリスがミネラルウォーターを注いだケトルをキッチンのＩＨクッキングヒーターにかける。お湯が沸《わ》くのを待つ間、英国から持参したアッサムの缶《かん》をトランクから取り出し、カップ一杯《いっぱい》あたりスプーン一杯分の茶葉をティーポットに入れた。

沸騰《ふっとう》したお湯をティーポットに注ぎ、茶葉をスプーンでかき混ぜる。葉っぱがゆっくりと開き、香《かお》りが立ち始めるまで、蒸《む》らし時間は三分。

ミルクが先かティーが先かは、英国人が十七世紀中葉に紅茶を飲み始めて以降、三百三十余年の長きに亘《わた》って論争を戦わせ、いまだどちらにも軍配が上がらない深遠な命題だが、ロイド家では代々ミルクを先に入れている。いわゆる「ミルク・イン・ファースト」派だ。

ミルクの入ったカップに紅茶を注ぎ、味わいのために砂糖を加えて完成。

ソーサーを左手、カップを右手に持ち、コンソールの傍《かたわ》らに立ったクリスが、立ち上るアッサムの香りを嗅《か》ぎながら『ふぅ……』と息を吐《は》いた。

『やっと人心地がつきました。昨夜オックスフォードを発《た》ってからずっとあわただしかったですからね。それにしても、さすがはロッセリーニ・グループの傘下《さんか》だけあってここはサービスの質がいい。良かったですよ。一週間を超《こ》える滞在《たいざい》となると、ホテルの善し悪《あ》しは大きいですからね』

『そうだな』

ソファで足を組んだサイモンも、ひとくち紅茶を含《ふく》む。

クリスの淹《い》れるミルクティーは、ロイド家の執事《しつじ》である父親譲《ゆず》りで、熱くて濃《こ》いお茶と冷たいミルクが混ざり合い、溶《と》け合う芳醇《ほうじゅん》な風味が絶品だった。慣れない土地と不快な出来事の連続にささくれ立っていた気分が、濃厚《のうこう》なミルクティーにじわじわと癒《いや》される気がする。

『ホテルはいいとして、問題は……明日からの通訳をどうするかです』

クリスがコンソールの上にカップ&ソーサーを置いた。

『今回訪問予定のロイズの顧客《こきゃく》は英国人なので置いておくとして、問題は【日東ピクチャーズ】の重役連とのコミュニケーションです。いくらあなたが日本語を日常会話で困らない程度に話せると言っても、ビジネスとなればまた話は別でしょう。そもそも読み書きはできませんしね。ご存じのとおり、私も日本語はできませんし』

クリスは語学に堪能《かんのう》で、母国語の他《ほか》にヒンディ、仏、伊、中国語を操《あやつ》るが、さすがに日本語は使えない。

サイモンがある程度日本語を話せるのは、十代の半ばから、バカンスでシチリアのロッセリーニ家を訪《おとず》れる都度、エドゥアールの義理の母であるミカに教わったからだ。彼女はかつてロッセリーニ家の家庭教師だっただけのことはあって、教え方がとても上手《うま》かった。

ミカが病気で亡《な》くなってからは、折に触《ふ》れてエドゥアールに指導を乞《こ》うてきた。エドゥアールは幼少の頃から慣れ親しんできたこともあり、ほとんどネイティブ同然に日本語を操る。

さすがにそこまでの域には到達《とうたつ》しなかったが、自助努力もあり、十数年をかけて、サイモンも日常会話ならばほぼ問題なくこなせるようになった。だがそれを知らない日本の配給会社が、今回の来日に備えてガイド兼《けん》通訳を用意してきたのだ。

しかしその通訳は、余計なおしゃべりが過ぎるという理由で一時間でお払《はら》い箱になった。

『どうします？　内藤氏に電話をして、代わりの通訳を手配してくれるように頼んでみますか？』

クリスが、オックスフォードに足繁《あししげ》く通ってきた【日東ピクチャーズ】の担当者の名前を出す。セルフレームの眼鏡《めがね》に整髪《せいはつ》料で立たせた短髪、全身をブランドで固めた一見して軽薄《けいはく》そうな男だが、仕事は万事《ばんじ》そつがない。

『それか……いっそ、このまま破談にするかだな』

サイモンの低音に、クリスがちらっと視線を寄越《よこ》した。

『【日東ピクチャーズ】の何がそんなに気に入らないんですか？』

『あいつらは、ロイドフィルムを金儲《かねもう》けの手段としか考えていない』

サイモンは冷ややかに吐き捨てる。

本日、初めて内藤の上司である常務取締役《とりしまりやく》と営業部長に会ったが、彼らの意識が祖父の映画にも、そのファンにも向けられていないことを言葉の端々《はしばし》からひしひしと感じた。

サイモンが日本語がわからないと思い込んでいる取締役と営業部長は、すっかり油断して、身内同士の会話の中で時折本音を漏《も》らしていた。

その点は、ビジネスに通用するレベルではないという理由で、今回の交渉《こうしょう》の初手から一切《いっさい》のコミュニケーションを英語で通してきたことが、功を奏したのかもしれない。

「たしか……晩年はドイツに亡命していたんだよな。最後は国に戻《もど》ったんだっけ？」

「部長、それはイングマール・ベルイマン監督《かんとく》ですよ。巨匠違《きよしようちが》いです」

ここそこそとした内藤とのやりとりから推測するに、営業部長はロイド作品を一本も観《み》たことがないようだった。

『ロイドフィルムの中ではどの作品がお好きですか』

それに気がついたサイモンの少し意地悪な問いかけには、いかつい顔に作り笑いを浮《う》かべて
「月並みですが全部です」などと誤魔化《ごまか》していた。

嘘《うそ》をつけ。

こめかみをぴくっと蠢《うごめ》かせるサイモンを見て、あわてて初老の常務取締役が内藤に「どの作品が有名なんだ？」と囁《ささや》いた。次は自分に振《ふ》られると思ったのだろう。

ロイドフィルムは全部で八本。そのうち日本でビデオ化された作品はわずか六本。百歩譲《ゆず》って全部を観ろとは言わないが、せめて代表作と言われる作品くらいは押さえておくのが、これから手を組むビジネスパートナーに対しての最低限の礼儀《れいぎ》ではないのか。

発売以来好調なセールスを記録し続けている欧米版《おうべい》ＤＶＤの数字と、目先の生誕百年という話題性に飛びついただけ――という先方のスタンスが明白になり、サイモンの心中には懐疑心《かいぎ》

が芽生えた。

忙《いそが》しい中時間を作り、わざわざ日本まで足を運んで契約《けいやく》に臨《のぞ》んだが、果たして【日東ピクチャーズ】は大切なフィルムを預けるに足る会社なのか。

それでも、その場ですぐに席を立たなかったのは、日本のファンからの熱心なメールが脳裏《のうり》をかすめたせいだ。

おそらく、この商談が物別れに終わった時点で、日本でのリバイバル上映及《およ》びDVD化の目は消える。いずこの配給会社も、国内最大手を敵には回したくないに違いないからだ。

少なくとも、直接の担当者の内藤がロイドフィルムをすべて観ていることは、今までの打ち合わせでわかっている。重役連など所詮《しょせん》お飾《かざ》りだと割り切れば、発売を待ち詫《わ》びている日本のファンの望みを叶《かな》えることができる。

そう自分に言い聞かせ、とりあえず最後まで話を聞いたサイモンも、重役たちが去り、三人になったとたんに始まった通訳兼ガイドのくだらないおしゃべりに、ついに忍耐《にんたい》の緒がぶち切れてしまったのだが。

『それだって、今までの配給会社よりはマシだとおっしゃっていたじゃないですか』

クリスは日本語がわからないので、【日東ピクチャーズ】に対してそこまでの懐疑心は抱《いだ》かなかったらしい。その点、あの通訳は重役がボロを出さないよう、上手くオブラートに包んで意訳する能力には長《た》けていた。

『条件面ではな』

『担当者の内藤氏もがんばっているじゃないですか。あなたの偏屈《へんくつ》と毒舌《どくぜつ》につきあえる人間は、そうはいませんよ？』

『……………』

難しい顔で黙《だま》り込むサイモンに溜《た》め息を零《こぼ》したクリスが、気を取り直したように尋《たず》ねてくる。

『おかわりは？』

『もらおう』

先程《さきほど》と寸分違《たが》わぬ手順で新しいミルクティーを作ったクリスが、サイモンの前のローテーブルにカップ＆ソーサーを置きながら、『そうそう、ひとつ確認《かくにん》し忘れていました』とつぶやいた。

『今回の滞在中にあの子に会われますか？』

クリスの質問に、サイモンは『あの子？』と問い返す。

『庭師の孫です。水瀬祐』

その名前を聞いた刹那《せつな》、サイモンの脳裏に、ひとりの華奢《きゃしゃ》な日本人の姿が浮かんだ。

『ああ……あのかわいげのない孫か』

浮かんだと言っても、最近の彼は写真でしか知らない。実物を見たのは、三年前の来日の折が最後で、それも遠目から眺《なが》めただけだった。

たしか今十九歳のはずだが、秋頃《ごろ》、「後見人」を務める弁護士から送られてきた写真の水瀬祐には、まだ充分《じゅうぶん》に少年らしいあどけなさが残っていた。

夏の陽射《ひざ》しの強い頃に撮《と》ったものなのか、その白くて小さな顔に、木漏《こも》れ日が陰影《いんえい》を作っている。利発そうな眉《まゆ》。眩《まぶ》しそうに少し細められた黒目がちの澄《す》んだ瞳《ひとみ》。すっきりと筋の通った細い鼻梁《びりょう》。彼を実年齢《じつねんれい》より幼く見せている一番の要因であろう、少女めいた膨《ふく》らみを持つ桜色の唇《くちびる》。

ぱっと目を引く華《はな》やかさとは無縁《むえん》だが、涼《すず》しげでやさしい面立《おもだ》ちをした青年――水瀬祐の祖父は、サイモンの祖父が生涯《しょうがい》で唯一《ゆいいつ》「親友」と認めた存在だった。

国籍《こくせき》の違うふたりの交流は、祖父が【ロイドハウス】の一角にロックガーデンを造るために、腕《うで》がいいと評判の庭師を日本から呼び寄せたことを機に始まったそうだ。

共に三十代後半と年齢の近かった祖父と庭師は、言葉の壁《かべ》を乗り越《こ》えてやがてうち解け、お互《たが》いを「親友」と認め合うまでになった。二年の年月をかけてロックガーデンは完成し、仕事を終えた庭師が帰国したのちも、海を隔《へだ》て、その交流は途絶《とだ》えることなく続いていたという。

祖父が不治の病に伏《ふ》した十五年前、祖父のたっての願いを聞き入れた庭師は、当時四歳の孫を連れて【ロイドハウス】を訪れた。

その時サイモンは十六歳だったが、かくしゃくとした老人のことはよく覚えている。真っ白な短髪に陽に灼《や》けた浅黒い顔。麦わら帽子《ぼうし》を被《かぶ》った彼が笑うたび、無骨な顔が意外なほどやさしくなった。

とうに仕事を引退していたにもかかわらず、彼は祖父のために庭を整えてくれた。

それから二年後、祖父は八十五歳でこの世を去った。その一年前に父も亡《な》くなっていたので、サイモンは喪主《もしゅ》として滞《とどこお》りなく葬儀《そうぎ》を済ませた。

葬儀のあと、顧問《こもん》弁護士立ち会いのもとで祖父の遺言状《ゆいごんじょう》が公開された。とはいえ、ロイド家の財産はすでに父の死の段でサイモンに譲《ゆず》られていたので、祖父がサイモンに遺《のこ》したものは、長年の愛用の品だった金の懐中《かいちゅう》時計と一通の手紙だけだった。

《日本にいる親友の死後、その孫が成人するまで面倒《めんどう》を見て欲しい》

日本にいる親友――というのが、例の庭師であることはすぐにわかった。

調べたところ、晩婚《ばんこん》だった庭師は五十代の半ばで妻に先立たれており、ふたりの間にはひとり娘《むすめ》がいたが、彼女もまた結婚後三年で病死。不幸は続き、一年後に娘婿《むすめむこ》も事故死したため、庭師が娘の忘れ形見である孫を引き取って育てていた。

振り返ってみれば、十五年前、庭師が【ロイドハウス】を訪《おとず》れたのは、両親を失った孫を引き取って間もなくという計算になる。

サイモンはその後、祖父の遺言を果たすべく、遠く英国から庭師と孫の生活を見守り続けた。

祖父の死から六年後、庭師が他界。ついに祖父の遺言を果たす時が来た。十三歳で天涯孤独《てんがいこどく》となった孫の祐に、サイモンはロイド家の顧問弁護士を通して生活の援助《えんじょ》を申し出たが、その返答は思いがけないものだった。

「お気持ちは有り難《がた》いですけど、援助をしてもらう理由がないので」

初めは遠慮《えんりょ》しているのかと思ったが、どうやらそうではなく、本心だったらしい。その後も折を見ては援助を申し入れたが、そのたび丁重《ていちょう》に断られた。

理由がないと言われてしまえば、たしかにそのとおり。サイモン自身、血縁《けつえん》でもない日本人の少年に、なぜそこまでしなければならないのか、疑問に思わなくもない。

しかし、ロイド家の当主としては、祖父の遺言を違えるわけにはいかなかった。

結局、ロイド家の援助を断った祐は親戚《しんせき》の家を点々とすることとなり、傍目《はため》にも幸せには見えないその生活ぶりを知るにつれ、サイモンの苛立《いらだ》ちは募《つの》った。

どんなに突《つ》っ張ったところで、子供がひとりで生きていけるほど世の中は甘くない。

(意地を張らず、素直《すなお》に援助を受ければいいものを。まったくもってかわいげのない)

苦々しく思いつつも、その苦境を知ってしまった以上は、見て見ぬ振りはできず……。

クリスと対処法を話し合ったサイモンは、東京在住の弁護士を「後見人」に仕立てることにした。彼を介《かい》して祐の生活の面倒を見るが、その際、ロイド家の援助と知れば素直に応じないと思い、弁護士には「生前のあなたのお祖父《じい》様からお金を預かっていました。あなたが成人するまでは、私が後見人として遺産を管理します」と説明させた。

その言葉を信じた祐は、親戚の家を出て、弁護士宅の離《はな》れで暮らし始めた。中学を出てからはアパートでひとり暮らしを始め、皆勤賞《かいきん》で高校を卒業し、その後は専門学校に進んだ。

六年の間、サイモンは折に触《ふ》れて弁護士の岡本《おかもと》から報告を受けていたが、祐と直接顔を合わせたり、話をしたことは一度もない。一年に一度、岡本から送られてくる写真で、その成長ぶりを確認するのみにとどめた。

三年前に日本を訪れた際も、祐のアパートの近くまで足を運んでおきながら、声をかけることはしなかった。無自覚とはいえ、あれだけ拒《こば》んでいたロイド家の援助を受けていることを知ったら、祐はショックを受けるだろう。

できればこのまま、真実を知らせずに終わったほうがいい。

祖父の手紙に記された期限は、祐が成人するまで。英国では十八歳で成人と見なされるが、日本では二十歳《はたち》だ。

あと一ヶ月と少しで祐は二十歳になり、祖父の遺言は完遂《かんすい》される——。

『昨年の春に専門学校の夜間部に入学して、昼はアルバイトをしているんですよね。映画関係の仕事に就《つ》くことを夢見てがんばっているようですが』

クリスの声で、サイモンは物思いを破られた。

『弁護士の報告によれば、英語もそこそこできるようですよ？　そうだ。もしあなたさえよかったら、彼に簡単な通訳とガイドをお願いしてみるのはどうですか？　生まれ育った東京には当然詳《くわ》しいでしょうし、彼にとっても映画業界に関《かか》われるメリットがある』

　秘書から思いがけない提案を持ちかけられ、眉をひそめる。

『あいつに通訳を？』

『表立ってのロイドの援助を受け入れないのなら、夢を叶《かな》えるためのチャンスを与《あた》えるという援助の方法もあります』

『だが……私の名前を出したら引き受けないだろう。あいつは私を嫌《きら》っているからな』

　サイモンが忌々《いまいま》しげにつぶやくと、クリスは『ふむ』と腕を組んだ。一考の末に腕組みを解き、口を開く。

『では、援助の件を持ち出すのはやめましょう。今回は赤の他人として彼を雇《やと》うんです。彼は六年前「自分に援助を申し入れてきたロイド氏」を、先祖代々の資産を持て余している酔狂《すいきょう》な大金持ちだと思っている。おそらく年齢も自分より相当に上だと考えているでしょうし、ロイドという名も英国ではめずらしいものではありません。世界的に有名な映画監督《かんとく》、サー・テレンス・ロイドと結びつけては考えませんよ』

『…………』

　まだ何か言いたげなサイモンを黙《だま》らせるかのように、クリスがにっこりと笑った。

『この件に関しては私に任せてください。まずはそれと知られないよう連絡《れんらく》を取ってみます』

2

ピッ、ピピッ、ピピピッ……。

遠くで何かが鳴いている。

鳥？　姿は見えないけれど、雲雀《ひばり》か何かだろうか。

薄曇《うすぐも》りの空を見上げ、見えない鳥を探しているうちに、初めはかすかだった鳴き声がだんだんと大きくなってきた。

ピピッ、ピピッ、ピピッ……。

なんだかすごく近くで聞こえる。まるで耳許《みみもと》で鳴いているみたいだ。

「うーん……うるさ…」

口の中でぶつぶつとつぶやいて、眉をきつくひそめる。

気がつくと、鳥の鳴き声は無粋《ぶすい》な電子音に変わっていた。夢の世界からむりやり引き戻《もど》された祐は、しつこい音の攻撃《こうげき》から逃《のが》れようと、掛《か》けぶとんを頭からひっ被る。

（せっかくひさしぶりに昔の夢を見ていたのに……畜生《ちくしょう》）

体をエビのように丸めて耳を塞《ふさ》いだ。

ピピピッ、ピピピッ、ピピピッ……。

なのに、なんとも神経に障《さわ》る嫌《いや》な音は、小さくなるどころかどんどん大きくなっていく。

ピピピピッ、ピピピピッ、ピピピピッ……。

あまりの煩《うるさ》さに根負けした祐は、掛けぶとんから手を出し、頭の上のあたりの畳《たたみ》をバンバンと叩《たた》いた。闇雲《やみくも》に手探《てさぐ》りし、ようやく目当ての物体を掴《つか》む。そいつをふとんの中に引き込み、ボタンを押して黙らせた。

「…………」

耳障りな電子音が消えてほっと一息。

あたたかいふとんの中でプラスティックの小さな箱を胸に抱《だ》いていると、ふたたび眠気《ねむけ》が襲《おそ》ってくる。

うとうととまどろみ始めた祐は、先程《さきほど》手放した夢の断片《だんぺん》を手繰《たぐ》り寄せた。

一面の緑。川のせせらぎ。ひらひらと舞《ま》う蝶《ちょう》。

野ウサギと一緒《いっしょ》に草原を駆《か》ける夢の世界へとダイブしかけた時。

ジリジリジリジリジリリッ！

突然《とつぜん》鳴り始めたけたたましいベルに、ドキッと心臓が跳《は》ねた。体がびくんっと震《ふる》え、頭を横殴《なぐ》りされたみたいな衝撃《しょうげき》で一気に目が覚める。

ジリジリリジリジリリッ！

まるで警報ベルだ。掛けぶとんをはね除《の》け、寝床《ねどこ》から飛び出た祐は、畳を這《は》うようにして爆《ばく》音《おん》の発信源ににじり寄った。

ものすごい音でわめき続けている目覚まし時計をむんずと鷲掴《わしづか》みし、裏面の小さな突起《とっき》をカチッと引き上げる。とたん、あれだけ煩かったベルの音がぴたりと止まった。

「…………はぁ…………心臓に悪い」

十五分の時差でセットしてある金属製の目覚まし時計は、さすがに最終兵器だけあって威力《いりょく》がものすごい。普段《ふだん》は電子音のアラームが鳴るか鳴らないかで起きるので、まず滅多《めった》に最終兵器の世話になることはないのだが。

昨日は専門学校の夜間部の授業が終わって帰宅したあと、つい深夜放送のサスペンス映画を観《み》てしまったのがまずかった。冒頭《ぼうとう》だけ観て、面白《おもしろ》そうだったら録画しようと思っていたのに、観始めたら止まらなくなって……。

「終わったのが四時過ぎだったもんなぁ」

溜《た》め息混じりにひとりごち、寝癖《ねぐせ》のついた髪《かみ》をガシガシと掻《か》き上げてから、ふと時計の針に視線を落とした。

――七時……十五分？

「……やべっ」

ぼんやりしている場合じゃない！

あわてて目覚まし時計を畳に置き、パジャマ代わりのスウェットの上下を脱《ぬ》ぐ。下着一枚で箪笥《たんす》まで駆け寄り、抽斗《ひきだし》の中から着替《きが》えを取り出した。黒のカットソーを頭から被《かぶ》り、ジーンズに片脚《かたあし》を突《つ》っ込む。

身支度《みじたく》が終わると、布団を畳《たた》んで押し入れに上げた。居間兼寝室《けんしんしつ》の六畳間を箒《ほうき》で軽く掃《は》いてから、部屋の隅《すみ》に寄せてあった座卓《ざたく》を引っ張り出す。

次に三畳《じょう》の台所に移動した祐は、朝食の用意を始めた。十六からひとり暮らしを始め、自炊《じすい》歴もかれこれ五年近くになるので慣れたものだ。

小さな冷蔵庫から納豆《なっとう》とアジの開き、小松菜のお浸《ひた》しを取り出した。アジを網焼《あみや》きし、お浸しを小皿に盛りつけ、納豆を掻き混ぜる。

アジがいい具合に焼け、わかめと長ネギのみそ汁《しる》が出来上がったところで、流し台の上の炊《すい》飯器《はんき》がポンッと鳴った。ご飯が炊《た》けた合図だ。

このタイマー付きの炊飯器は、大家さんが新しいものを買ったからとお古を譲《ゆず》ってくれたのだが、寝る前に研《と》いだ米をセットしておけば翌朝の指定の時間に炊き上がるという——夢のようなマシンだ。それまでは鍋《なべ》でいちいち炊いていたので、これのおかげで、三十分長く寝坊《ねぼう》できるようになった。

炊きたて熱々のご飯を茶碗《ちゃわん》によそい、みそ汁のお椀とおかずの載《の》った小皿を座卓に運ぶ。畳に正座をした祐は、壁《かべ》にかかった三枚の写真に向かって手を合わせた。

「いただきます」

テレビのニュース番組の時刻表示を横目に朝食を素早《すばや》く胃に収め、今度は「ご馳走様《ちそうさま》でした」と手を合わせる。流しに下げた食器を手早く洗い、昼用のおにぎりを二個握《にぎ》った。具は塩《しお》昆布《こんぶ》と梅干し。ちょっと悩んだ結果、海苔《のり》は節約した。バイト代が出るまであと三日ある。

今月は新作映画を映画館で四本も観てしまったので、懐《ふところ》事情が苦しいのだ。

「あとは……ええと」

ラップに包んだおにぎりとタクアンをナイロンのバッグに仕舞《しま》ってから、次に何をすべきかを一瞬《いっしゅん》迷い、ぽんと手のひらを打つ。

「そうだ！　まだ顔を洗ってない」

風呂《ふろ》場の横の洗面所に足を運び、鏡を覗《のぞ》き込んだ祐は思わず呻《うめ》き声をあげた。

「うぁ……。しまりのない顔」

鏡の中に映る顔は、見るからに寝不足気味だった。二重のまぶたが腫《は》れぼったくて、白目の部分が微妙《びみよう》に赤い。

（ただでさえ、男らしさとか精悍《せいかん》さとは程遠《ほどとお》い顔なのに）

黒目が大きな目と細い鼻梁《びりよう》。ぽってりと厚みのある唇《くちびる》。――せめて見た目だけでも一日も早く大人《おとな》になりたいという願いは、毎朝鏡を見るたびに裏切られる。

祐は溜め息をひとつ吐《つ》き、蛇口《じやぐち》を捻《ひね》った。築三十五年、家賃税込み三万五千円のボロアパートでは、蛇口を捻ればお湯が出るなどという贅沢《ぜいたく》は望めない。家風呂があるだけでも御《おん》の字だ。

バスタブは膝《ひざ》を抱《かか》えないと入れない狭《せま》さだけど、一応シャワーも付いているし。

勢いよく流れ出してきた冷水でばしゃばしゃと顔を洗い、頰《ほお》をパチパチと手で叩く。きゅっと蛇口を閉め、タオルで濡《ぬ》れた顔を拭《ふ》き、歯を磨《みが》いた。最後は寝癖直し。やわらかい毛質のせいか、水で濡らすだけで、もとに戻るので助かる。

居間に戻って古い柱時計を見ると八時三十分。ここからバイト先までは一時間なので、九時半の始業になんとかギリギリ間に合いそうだ。

急いでダウンを羽織り、バッグを斜《なな》めがけにした。猫《ねこ》の額ほどの三和土《たたき》でスニーカーを履《は》き、ドアノブに手をかけた段ではたと思い出す。

「仏さんにお供え！」

叫《さけ》んだ祐はくるっと回れ右をした。靴《くつ》を脱ぎ捨て、玄関先《げんかんさき》にバッグを置き、台所に突進《とっしん》する。寝坊のショックでいつものペースが乱れ、危《あや》うく大事なことを忘れるところだった。

ステンレスの仏器にご飯をよそい、茶湯器に水を注ぎ入れ、お盆《ぼん》に載《の》せた。いつもは水ではなくお茶を淹《い》れるのだが、それをしていたら完全に遅刻《ちこく》するので勘弁《かんべん》してもらう。

ご飯とお水を中段にお供えした祐は、仏壇《ぶつだん》の前に正座した。ロウソクに火を灯《とも》し、線香《せんこう》を一本手に取る。火を点《つ》け、押し頂《いただ》いてから香炉《こうろ》に差した。リンを三つ鳴らし、木彫《きぼ》りのお釈迦《しゃか》様と、その左右にある位牌《いはい》に向かって手を合わせる。目を瞑《つぶ》ってしばらく拝んだ。

礼拝《らいはい》が済むと同時に立ち上がり、壁面《へきめん》の祖父、そして顔も覚えていない父と母の遺影《いえい》に、ペこっと頭を下げる。

「ごめん、あわただしくって。遅刻しそうなんで行ってきます！」

床《ゆか》のバッグをひっ掴み、スニーカーにもう一度足を突っ込む。駅まで全速力で走れば、五分のロスを帳消しにできるかもしれない。

ベニヤ張りのドアを閉め、もどかしい手つきで鍵《かぎ》をかけた祐は、アパートの外階段を目指して猛然とダッシュをかけた。

「うひー、寒《さみ》ぃ」

頰に当たる風が冷たい。吐き出す息がたちまち白くたなびく。

つい最近まで残暑の厳しさにひーひー言っていたはずなのに、何時《いつ》の間にやらすっかり空気が冷たくなった。十代最後の年ももう一ヶ月余りで終わりだ。

（じいちゃんが心臓発作《ほっさ》で倒《たお》れたのも、今日みたいに寒い朝だったな）

いつものように新聞を取りに出た庭先で倒れたのだ。なかなか戻《もど》らないことを不審《ふしん》に思った祐が様子を見に行った時には、生け垣《がき》の根元に突っ伏《ぷ》した祖父はすでに冷たくなっていた。

あれから六年。

両親の死後、たったひとりの身内だった祖父を亡《な》くした祐は、わずか十三歳で天涯孤独《てんがいこどく》の身の上となった。

それからの半年間に関してはつらい記憶《きおく》ばかりで、今でもあまり思い出したくはない。

母方の血筋はとうに途絶《とだ》え、父方にも、中途半端《ちゅうとはんぱ》な年頃《としごろ》の自分の面倒《めんどう》を見てくれるような奇特《きとく》な親戚《しんせき》はいなかった。父親の親族をたらい回しにされた挙げ句、最後の遠縁《とおえん》に引き取りを拒否《きょひ》された。となれば、養護施設《しせつ》に入るしかない。

それでも、厄介者《やっかいもの》として親族の冷たい目線に晒《さら》され、身の置き場のない生活よりはマシなのかもしれないと諦《あきら》めかけていた時、祐のもとをひとりの男が訪ねてきたのだ。

穏《おだ》やかな表情をした五十絡《がら》みのその男は、岡本と名乗り、弁護士の肩書《かたが》きと事務所の住所が刷り込まれた名刺《めいし》を祐に差し出したあとで、深々とこうべを垂れた。

「お祖父《じい》様のこと、ご愁傷様《しゅうしょうさま》です。私が長期海外に出ておりました間のご不幸で、ご挨拶《あいさつ》が遅《おそ》くなりまして申し訳ございません」

立派な紳士《しんし》に頭を下げられた祐が面食《めんく》らっていると、顔を上げた弁護士は神妙《しんみょう》な面持《おもも》ちで言葉を継《つ》いだ。

「生前のあなたのお祖父様からこちらをお預かりしております」

ダブルのスーツの胸許から取り出し、彼がすっと畳《たたみ》を滑《すべ》らせてきたのは、祖父名義の一冊の通帳だった。

「どうかお確かめください」

促《うなが》され、おずおずと通帳を開いた祐は、生まれて初めて目にするような桁《けた》の数字に驚《おどろ》いた。

「こんなお金……どうやって」

庭師の仕事を退いてからは年金暮らしだった祖父に、こんなにたくさんの貯金があったなんて、にわかには信じられない。家だってずっと借家暮らしだったのに。

「腕《うで》のいい庭師であったお祖父様には、現役《げんえき》時代にかなりの収入がありましたが、一切《いっさい》の贅沢をせずにコツコツと貯《た》めていらした。その全財産を、数年前に知人を通して知り合った私に預けてくださっていたのです。自分に何かあった場合には遺産を管理して欲しいとおっしゃって」

「管理……？」

「あなたはまだ未成年ですので、成人するまでは、私が後見人となってお祖父様の遺産を管理致《いた》します」

まさに寝耳《ねみみ》に水の展開ではあったが、突然《とつぜん》その存在が明らかになった祖父の遺産によって、祐は運良く児童養護施設入りを免《まぬか》れることができた。

それからの二年半は後見人である岡本弁護士の自宅の離《はな》れで暮らし、高校に入学したのを機にアパートでひとり暮らしを始めた。岡本弁護士は夫婦《ふうふ》でとてもよくしてくれたし、離れ——広大な庭に建った二十畳《じょう》のワンルーム——の居心地《いごこち》も良かったけれど、山の手の高級住宅街はいかんせん性に合わず、できれば生まれ育った下町に戻りたかったからだ。

高校を卒業後、祐は映画の専門学校の夜間部に通い始めた。

岡本弁護士には、大学に進学するか、もしくは専門学校の昼間部のほうがいいのではないかと勧《すす》められたが、高校を卒業後、さらに四年間も学生をやるのは気が引けたのと、昼は働きたかったので夜間部を選んだ。

祖父の遺産で家賃や学費は賄《まかな》えるとはいえ、蓄《たくわ》えが無尽蔵《むじんぞう》というわけではない。だから生活費はなるべく切りつめて、アルバイトで得た収入でやりくりするようにしている。

最終的には子供の頃《ころ》から好きだった映画の仕事に就《つ》くのが夢だけど、それが狭き門だということも今はわかっている。旧メジャーや中堅企業《ちゆうけんきぎよう》を筆頭として、インディペンデント系、小規模制作プロダクションや配給会社、いずれも例外なく新卒採用はほぼしない――という厳しい現実を知ったのは、専門学校に入学してから。学校に通ったからといって、すぐに映画業界で働けるわけではないのだ。専門学校は、ほんの入り口でしかない。

そもそも、ひとくちに映画関係といっても、プロデューサー、監督《かんとく》、脚本《きやくほん》、撮影《さつえい》、音響《おんきよう》、ポスト・プロダクション、字幕、宣伝、配給、興行など、実に様々な種類の仕事がある。

その中で何を目指すのか、はたまた自分に何ができるのか、卒業を半年後に控《ひか》えてもいまだ、祐にははっきりと見えていなかった。

初めは単純に映画監督に憧《あこが》れていたが、才気《さいき》溢《あふ》れるクラスメイトたちの作品を見るにつけ、自分にクリエイターとしての才能がないことを痛感した。

正直かなり落ち込んで、才能もないのに学校に通うのはお金の無駄遣《むだづか》いじゃないかと思い悩《なや》んだが、それでもどうしても辞《や》められなかったのは、やっぱり映画が好きだからだ。

子供の頃からの夢を、そうそう簡単には諦められない。

クリエイターとしては無理でも、なんらかの形で映画に関《かか》わっていきたい。

そう思う自分は、大人から見れば「夢見がちな子供」なのかもしれないけれど。


「なんとか間に合ったぁ」

九時半ジャスト。どうにか定時にマンションの部屋の前まで辿《たど》り着いた祐は、渋谷駅から走り通しだったせいで荒《あら》い息を、はぁはぁと整えながら鍵を開けた。

高校生の頃は新聞配達を皮切りにファミレスやコンビニの店員、ベビーシッター、専門学校に入学以降は運送会社の引っ越《こ》しスタッフ、自転車便のメッセンジャーなどの様々なアルバイトをこなしてきた祐が、今年の四月から働いているのは、映画のパンフレットを手がける小さな編集プロダクションだ。

半年前、少しでも映画関連の現場に触《ふ》れたいと思い、学校の掲示板《けいじばん》に張り出されていたアルバイトの募集《ぼしゅう》の紙を見て電話をしたところ、「まずは面接に来い」と言われ、渋谷に足を運んだ。

桜丘町《さくらがおかちょう》にある古いマンションの一室で祐を出迎《でむか》えたのは、色の浅黒い髭面《ひげづら》のオジサンで、名前は鈴木浩《すずきひろし》。祐の学校の卒業生だということだった。家電メーカーに就職をしてからも夢を諦めきれず、働きながら専門学校の夜間部に通ったのだと言う。

その後、大手映画会社の宣伝部で十年間、主にパンフレットの編集に携《たずさ》わり、独立して今の編集プロダクションを立ち上げた。プロダクションといっても、実質は鈴木ひとりで切り盛りしている個人事務所で、現在は、月に二、三冊のペースでパンフレットを編集しているとのこと。

そのざっくばらんな人柄《ひとがら》に好感を持った祐は、自分の生《お》い立ちと、好きな映画についてを語った。その間、鈴木は時折相槌《あいづち》を打つだけで、これといったリアクションもなかった。

面接という名の雑談は三十分ばかりで終わり、他《ほか》にも何人か応募があったと聞いていたので駄目《だめ》かなと思ったが、帰り際《ぎわ》、鈴木に「よかったら明日からおいで」と言われた。

以来、日中は鈴木の下で働き、夜は七時から代々木にある映画学校に通う生活が続いている。本当は週末に単発のバイトを入れたいところだが、そこはぐっと堪《こら》え、できるだけ劇場へ足を運ぶようにしていた。

鈴木に、「この世界でメシを食いたいなら、若いうちはとにかく本数をたくさん観ろ」と言われたからだ。

「おはようございまーす」

玄関《げんかん》で靴《くつ》を脱《ぬ》いでスリッパに履《は》き替《か》え、誰もいないのを承知で小さくつぶやく。

資料の入った段ボール箱が積まれた廊下《ろうか》を少し行った先、パーティションの向こうは、十二畳ほどの四角い空間だ。そこに足を踏《ふ》み入れてまず目につくのは壁《かべ》一面の本棚《ほんだな》。天井《てんじょう》までびっしりと資料や本が詰《つ》まっている。

壁と向かい合う形で設置された机がふたつ。応接室にも鈴木の寝床《ねどこ》にもなるソファセット。ひとりが立つのがやっとといった広さのキッチン。あとは浴室とトイレといった間取りだ。

電気を点《つ》けて自分の机に近寄る。デスクトップに付箋《ふせん》が貼《は》ってあった。

《AM9時より【日東ピクチャーズ】にて打ち合わせ。10時30分戻り予定》

【日東ピクチャーズ】というのは、国内最大手の映画会社だ。以前にここの関連会社に在籍《ざいせき》していた関係で、鈴木は今でもこの【日東ピクチャーズ】の宣伝部からちょくちょく仕事をもらっている。

「直行で十時半戻りか」

肩《かた》掛けのバッグを外してダウンを脱ぐ。暖房《だんぼう》を付け、パソコンを立ち上げ、プリンターとコピー機のスイッチを入れた。ゴミ箱のゴミを集め、机の上を拭《ふ》き、軽く掃除機《そうじき》をかける。

掃除が終わるとキッチンに立って、鈴木のマグカップと灰皿を洗った。洗い物を水切り籠《かご》に伏《ふ》せてコーヒーメーカーをセットする。これで始業の準備はひととおり完了《かんりょう》。

ＣＤデッキの電源をリモコンでオンにすると、スピーカーから洋画のサウンドトラックが流れ出した。昨日祐が帰ったあとで鈴木が聴《き》いていたのだろう。

今のところ祐の主な仕事は雑用と電話番、そしてデリバリーだ。それに時と場合に応じて鈴木のアシスタント業務が加わる。

「んじゃ、仕事始めるか」

ほうじ茶の入ったマグカップを片手に、オフィスチェアに腰《こし》を下ろした祐は、パソコンのエディターソフトを立ち上げた。昨日からやりかけの仕事——パンフレット用の依頼原稿《いらいげんこう》の文字起こしの続きを始める。

パンフレットには、映画評論家をはじめ、その映画に相応《ふさわ》しい識者に原稿《げんこう》を依頼《いらい》するのが通常だが、映画の設定が一般《いっぱん》にあまり馴染《なじ》みのないものであった場合、その筋の専門家にバックボーンを解説する原稿を依頼することがある。

たまたまその方が高齢《こうれい》だったりすると、今回のように手書きの原稿でくることもあり、文字をデータに起こす必要が出てくるのだ。

「それにしてもすげー達筆……これ『の』？　いや、違《ちが》うな……あっ、わかった！　ギリシア数字の『α《アルファ》』か！」

達筆すぎて、まるでミミズがのたくったような文字を解読しつつの作業なので、なかなか先に進まない。

劇場で完成したパンフレットを購入《こうにゅう》する人たちは、製作の過程でこんな苦労があるとはゆめゆめ思わないだろう……と思うとちょっと虚《むな》しい。

が、かくいう祐自身も実のところ、この事務所でバイトを始めるまで、パンフレットに対する知識は素人《しろうと》レベルで、数えるくらいしか購入したことがなかった。一冊七、八百円から上は千円もするものを、学生の身分でおいそれとは買えない。二冊分の料金で劇場映画が一回観《み》られると思えばなおさらだ。

劇場用パンフレットは欧米《おうべい》にはほとんど存在しないということを知ったのも、ここでアルバイトを始めてからだった。戦前、各劇場が独自のプログラムを印刷し、販売《はんばい》もしくは無料配布していた。それが発展したものが、現在の劇場用パンフレットであるらしい。つまり、日本独自の文化ということだ。熱心なコレクターがいるのも納得《なっとく》できる。

それでも約半年、鈴木の側で仕事を見ているうちに、どういった人たちが関わり、どんな流れで出来上がっていくものなのかは大体わかってきた。

パンフレットの内容は、配給会社の担当者との綿密な打ち合わせによって決まることもあれば、プロダクションに一任することもあり、作品ごとにケース・バイ・ケースのようだ。

大作であれば、それだけ製作費の予算も大きくなるから、相応に豪華《ごうか》な仕様を求められるし、発行部数も桁外《けたはず》れに多かったりする。

そういえば、最近は邦画《ほうが》・洋画にかかわらず、映画製作会社や配給会社のチェックが厳しくなったと、鈴木が零《こぼ》していた。

アプルーバルと言って、写真や原稿をレイアウトしたあとで、本国の製作会社のチェックを受けるのだが、この段階で肖像権《しょうぞうけん》の契約《けいやく》上のNGが発生する。その他にも、刺激《しげき》が強い写真やネタバレに繋《つな》がる写真は使えないなど、公認《こうにん》出版物である以上、避《さ》けられない制約が数多く出てくる。

入稿《にゅうこう》間際になってからの大幅《おおはば》な変更《へんこう》はザラで、それでいて封切《ふうぎ》り日の早朝に映画館に納入という納期は何がなんでも絶対に延ばせない。

（大変だよな）

クライアントと印刷会社やデザイナーとの間で板挟《いたばさ》みになり、しょっちゅう胃薬のお世話になりながら、それでも鈴木がこの仕事を辞めようとしないのは、やっぱり映画とパンフレットが好きだからなんだろう。

そんなことをつらつら考えつつ文字の打ち込みを続けていると、玄関のドアがガチャッと開き、鈴木がパーティションの陰《かげ》から髭面を覗《のぞ》かせた。

「ただいまー」

もうそんな時間かと、ディスプレイの時間を確認してから立ち上がる。

「お帰りなさい。お疲《つか》れ様です」

キッチンまで行って、コーヒーメーカーのスイッチを入れた祐は、自席でコートを脱いでいる鈴木に話しかけた。

「打ち合わせ、どうでした？」

椅子《いす》の座面に腰を下ろした鈴木が、苦々しい顔つきで吐《は》き捨てる。

「ま一た『日米同時公開』だとよ。ったく」

「えっ、またですか？　最近、ほんとに多いですよね」

昨今何かと話題の『日米同時公開』は、フィルムがギリギリにならないと日本に届かないので、編集プロダクションは作品を観ないままのパンフレット製作を余儀《よぎ》なくされることになる。配給側も細部までは内容を知らずに発注してくるので、請《う》け負う側のプレッシャーは相当に大きいようだ。自分の作った誌面が映画の内容に則しているのかどうか、封切り当日までわからないのだから、その不安な気持ちもわかる。

「いつ封切りなんですか？」

「来年の四月末」

GWを狙《ねら》ってのロードショー公開ということだ。

「おまけに、またまたグッズ仕様にしたいときた」

うんざりといった声を出した鈴木が、煙草《たばこ》を口に銜《くわ》える。祐はすかさず灰皿を渡《わた》した。

ここ数年の傾向《けいこう》として、パンフレットを読み物としてでなく、映画グッズ＝商品として売っていきたいという配給会社のニーズが強まってきているらしい。

そういうオーダーの場合は、デザインを優先させ、印刷の仕様に凝《こ》り、読んで楽しいコラムやイラスト、企画《きかく》をメインに誌面を組み立てる。

その手のグッズ的なパンフレットに批判の声があるのは事実だし、鈴木自身は基本さえちゃんと押さえてあればオーソドックスなもので充分《じゅうぶん》と考えているようだが、パンフレットを『鑑《かん》賞《しょう》記念グッズ』のひとつとして捉《とら》える人々が多くなった昨今、そうとばかりは言っていられないのが現状のようだ。

とりわけ【日東ピクチャーズ】は、その傾向が強いように祐も感じていた。

いわゆる『ハリウッドメジャー大作』を扱《あつか》う機会が多いからかもしれないけれど。

「コーヒー、どうぞ」

淹《い》れ立てのコーヒーをなみなみと注いだマグカップを机の上に置くと、鈴木が「サンキュー」と片手を上げた。自分のカップを手に席に戻《もど》ろうとして、「そうそう」と呼び止められる。

「水瀬くんさ、字幕翻訳《ほんやく》の丸山《まるやま》さんから回ってきた話なんだけど、通訳のバイトやらない？」

「通訳、ですか？」

意外な申し出に面食《めんく》らい、祐は目を丸くした。

「クライアントは英国人の男性で、年齢《ねんれい》は三十二歳。期間は六日間」

「でも俺……通訳なんてやったことないですけど」

映画関係の仕事に就《つ》くという夢を実現するために、中学・高校とがんばって英語を勉強して、近所に住む外国人ファミリーのベビーシッターのバイトなども積極的に引き受けてはきたものの、語学留学の経験もない自分の英語がネイティブ――しかも英国人に通用するかどうかははなはだ疑問だ。

「うん、でもそんなに本格的な感じでなくてもいいみたいだし、どっちかっていうとガイドが欲しいみたいだよ」

「ガイド……」

そっちはいよいよもって自信がない。

自分はおいしいレストランや、外国人が喜ぶような遊び場もまったく知らない。バイトに明け暮れる毎日で遊ぶ時間などなかったし、そもそもそんな金銭的な余裕《よゆう》もなかった。

クラスメイトにも「つきあいが悪いやつ」と思われているらしく、遊びに誘《さそ》ってくれるような友達もいないし……。

「実はさ、その英国人のクライアントっていうのが大物なんだ」

「お、大物……ですか？」

鈴木のもったいぶった言い回しに、祐は思わず一歩後ずさる。

「なんと、英国映画界の巨匠《きょしょう》テレンス・ロイド！」

「えっ、あのテレンス・ロイド!?」

サー・テレンス・ロイドはもちろん知っている。映画史に残る巨匠だし、学校の授業でも頻《ひん》繁《ぱん》に名前が出てくる。ロイドフリークの鈴木がビデオを貸してくれたので、祐自身、賞を獲《と》った代表作は観ていた。

だが、愛、孤独《こどく》、苦悩《くのう》、神との繋がりなど、扱うテーマがあまりに難解すぎて、入り込めなかったというのが正直なところだ。モノクロの上にビデオテープが劣化《れっか》していた（鈴木が何度も繰《く》り返し観た証《あかし》だと思うが）ためかもしれないし、若輩《じゃくはい》者の自分にまだロイド作品を理解する力がないせいかもしれない。

敗北した気分で、十年後にまた観ようと、ひそかに心に誓《ちか》っていたのだ。

「……の孫。当人なわけないだろ？　とっくに天国に召《め》されているよ。来年で生誕百年だぞ？」

「そっか。そりゃそうですよね」

ほっと息を吐いたあとで、孫でも充分に大物であることに気がついた。たしか、テレンス・ロイドは英国の名門の出身だったはずだ。

「どうやら、その生誕百年に関連しての来日らしい。ロイド作品の著作権はすべて直系の孫が握《にぎ》っているんだが、五年前に日本の配給会社との契約が切れたままになっている」

「そうだったんですか」

「ＤＶＤ化はもちろん、ケーブルテレビや地上波でも放映されていないのはそのせいだ。どうやら当時の配給会社と再契約の条件で揉《も》めたらしいな。そうこうしているうちに、その配給会社が潰《つぶ》れ、何社か名乗りを上げたが条件面で折り合わず……一部の熱心なファンが日本でのDVD発売を嘆願《たんがん》するメールを彼に送ったりと、地道なアクションは起こしていたんだが、なかなか形にならなかった。彼は別に会社を持っていて本職が多忙《たぼう》なようだしな。が、さすがに生誕百年を間近に控《ひか》え、重い腰《こし》を上げたんじゃないかと俺は睨《にら》んでるんだが——で、どうする?」

「……そんなすごい方のお相手が、俺なんかに務まるとは思えません」

祐は首を左右に振《ふ》った。無理だ。庶民《しょみん》代表の自分にセレブの通訳なんて。

「先方は時間に余裕があって体力のある若い男がいいって言っているらしい。あと二十歳若かったら、俺が馳《は》せ参じたいところだがなぁ。仕事があるからそうもいかない。ま、その前に英語できないしな」

本当に残念そうにバリバリと顎鬚《あごひげ》を掻《か》いた鈴木が、祐の目をじっと見た。

「せっかくのチャンスなんだから受けたほうがいい。幸い、今のところ仕事の進行に余裕があるし、一週間くらいなら俺ひとりでもなんとかなる。うちで雑用してるよりは、水瀬くんにとっていい経験になると思うよ」

「…………」

説得にぐらぐらと心が揺《ゆ》れるのを感じる。

本当のことを言えば、やってみたい。どこまで自分の英語が通用するのか、チャレンジしてみたい。

それでもまだ、気後《きおく》れから一歩を踏《ふ》み出せずにいると、ぽんと二の腕《うで》を叩《たた》かれた。

「一流の映画ビジネスの現場を身近で見られるなんて、またとない機会だぞ」

「でも……もし何かミスをして、間に入っている丸山さんに迷惑《めいわく》がかかったら」

「失敗が許されるのは若者の特権。俺らの年代になったら、一度の失敗が命取りになるんだからな」

渋《しぶ》い表情でつぶやいた鈴木が、もう一度祐の目を見る。

「失敗を恐《おそ》れて尻込《しりご》みしてたら、なんにも摑《つか》めないぞ」

発破をかけられ、ついに祐は覚悟《かくご》を決めた。

「わかりました。やらせていただきます」

きっぱりとした物言いに、目の前の髭面《ひげづら》がにやっと笑う。

「よっしゃ、決まった！　ＤＶＤ化に関してネタを摑んだらこっそり教えてくれよ？」

子供のように目をキラキラと輝《かがや》かせた鈴木が、デスクの上の携帯《けいたい》にいそいそと手を伸《の》ばした。

「それにしても、どんなやつなんだろうな、その孫ってのは」

ひとりごちてからフリップを開き、耳に当てる。

「もしもし、丸山さん？　お世話になってます、鈴木です。例の通訳の件ですけど、うちの水瀬が引き受けますって。はい、夜は学校があるので六時までになりますが。いえ、うちは大丈《だいじょ》夫《ぶ》です。滅多《めった》にない経験ができるチャンスですし……じゃあ明日の朝九時に……場所は？」

携帯を耳から離《はな》した鈴木が祐に確かめてきた。

「明日の朝九時に【カーサホテル東京】の新館ロビー、大丈夫だよな？」

「あ、はい、行けます」

「大丈夫だそうです」

鈴木の声を耳にしながら、じわじわと実感が湧《わ》いてきて、祐は両手をぎゅっと握り締《し》めた。

胸の高まりのままに、明日から同行するクライアントに思いを馳せる。

三十二歳の英国人男性。あのサー・テレンス・ロイドの孫で、英国名門出身のセレブ。

事前の情報はそれだけ。

（一体、どんな人なんだろう？）

3

翌朝は電子音のアラームが鳴り始める前に目が覚めた。

枕《まくら》に後頭部を付けたとたん、墜落《ついらく》するみたいに眠りに落ちるのが常なのに、昨夜はしばらく寝付《ねつ》けなくて、天井《てんじょう》のシミを五十ちょっとまで数えたくらいだったので、相当緊張《きんちょう》していたんだろうと思う。

その緊張を引きずったまま身支度《みじたく》を終え、一連の朝の行事を済ませた祐は、いつものように仏壇《ぶつだん》の前に座った。

「じいちゃん、父さん、母さん、今日から新しいアルバイトです。俺が大ポカしないように見守っててください」

今は亡《な》き家族に手を合わせてお願いする。

昨夜遅《おそ》く、紹介者《しょうかいしゃ》の丸山さんから直接携帯にメールが来たのだが、夕方の六時までという労働条件を呑《の》んでくれた上で、そこに提示されていたバイト代に祐は目を丸くした。間違《まちが》いじゃないかと、何度も見直してしまったくらいだ。

ラッキーと思うにはあまりに高額で、その金額に見合った働きができるのかどうか、すごく不安だけど。

（受けた以上はがんばるしかない）

「行ってきます」

仏壇に一礼して、祐は立ち上がった。

出際《でぎわ》にもう一度洗面所の鏡を覗《のぞ》き、口の端《はし》に歯磨《はみが》き粉が残っていないか、髪《かみ》が撥《は》ねていないかを確認《かくにん》する。

クライアントと初対面ということで、一応トップスは襟《えり》付きの白いシャツにしてあった。ボトムはジーンズ以外で唯一《ゆいいつ》持っているコーデュロイのパンツ。靴《くつ》は高校時代に履《は》いていた黒のローファーを昨夜念入りに磨いた。

本当ならジャケットくらい着たほうがいいのかもしれないけれど、生憎《あいにく》と持っていない。洋服には年相応の興味があるが（ファッション誌もコンビニでざっと立ち読みするし）、毎月カツカツのやりくりの中では、衣類は購入順位の最下位になってしまうのが現状だった。

いつものダウンジャケットを羽織り、脱《ぬ》いでしまえばわからないと自分に言い聞かせる。バッグを斜《なな》め掛《が》けにして「よしっ」と気合いを入れ、玄関《げんかん》を出た。

【カーサホテル東京】に行くのは初めてだったけれど、事前に電車の乗り継《つ》ぎを携帯で調べておいたので、特に迷うこともなくスムーズに駅の改札を抜《ぬ》けることができた。

携帯で検索《けんさく》した地図を頼《たよ》りに、落ち葉がひらひらと舞《ま》う中、蛇行《だこう》した坂道を上り切ると、クラシックな佇《たたず》まいの建物が見えてくる。常緑樹の生け垣《がき》に【カーサホテル東京】と刻印された真鍮《しんちゅう》のプレートが嵌《は》め込まれているのを確認した。

「ここかぁ」

鈴木が「昭和の文豪《ぶんごう》に愛された格調高い老舗《しにせ》ホテル」と言っていたが、たしかにそんな感じだ。

「新館のロビー……だったよな」

案内板の指示のとおりに進み、車寄せをぐるっと回って新館の正面玄関まで辿《たど》り着く。

「いらっしゃいませ」

横合いから声をかけられ、ぎくっと肩《かた》を揺らした。おそるおそる声のした方向を顧《かえり》みて、フロックコートを着たドアマンと目が合う。

「あ………」

にっこりと微笑《ほほえ》みかけられた瞬間《しゅんかん》、反射的にぺこっとお辞儀《じぎ》をしてしまった。直後、いかにもお上りさん的な自分の態度に、かーっと顔が熱くなる。

(……恥《は》ずかしい)

よく考えてみたら、ドアマンがいるような一流ホテルに足を運ぶのは、生まれて初めてなのだ。今まで遠目に眺《なが》めることはあっても、中に入ったことは一度もない。

見るからに場違《ばち》いであろう祐を、それでもドアマンは訝《いぶか》ることも邪険《じゃけん》にすることもなく、ガラスのドアを押し開けてくれた。

「どうぞお入りください」

やさしく促《うなが》され、ぎくしゃくとした足取りでエントランスロビーに足を踏み入れる。ほどよく効いた暖房《だんぼう》にほっと息を吐《は》きつつ、きょろきょろと周囲を見回した。

レリーフが刻まれた天井。磨き込まれた石の床《ゆか》。柱とかインテリアもアンティークっぽくて、全体的にしっとりと落ち着いた雰囲気《ふんいき》だ。

（なんか、大人《おとな》の空間って感じ）

格調高い設《しつら》えに圧倒《あっとう》されながらもロビーの中をぐるっと視線で一巡《いちじゅん》して、最後、吹《ふ》き抜けの中央に置かれた巨大《きょだい》なツリーに目を留める。

季節柄《がら》、赤や緑、金色のデコレーションが施《ほどこ》されたツリーはよく街中でも見かけるが、このツリーのオーナメントはすべてシルバーで統一されていた。電飾《でんしょく》は白と淡《あわ》いブルーだ。

「すげー……きれー」

青白く発光するツリーに近寄り、思わずそっと枝に触《さわ》る。その感触《かんしょく》はイミテーションのものではなかった。

「本物のモミの木だ」

高さ七、八メートルはあろうかというモミの木を見上げるようにして立ち尽《つ》くしていると、背後から静かな声が聞こえてきた。

「昨夜、飾《かざ》り付けを済ませたばかりなんです」

またしてもびくっと肩を揺らし、後ろを振《ふ》り返る。と、視界の中に、黒いスーツに身を包んだ、はっと息を呑むほど綺麗《きれい》な男の人が映り込む。

透《す》き通るように白い肌《はだ》と、絹みたいなさらさらの黒髪《くろかみ》。

その美貌《びぼう》に目を奪《うば》われる祐に、彼が優雅《ゆうが》に頭を下げた。

「いきなりお声をかけてしまいまして、大変に失礼致《いた》しました」

「い……いいえ」

制服を着ていないけれど、どうやらこの人もホテルのスタッフらしい。

「あの……こういった色合いのツリー、初めて見ましたけど、すごく綺麗ですね。クールでスタイリッシュな感じで」

「ありがとうございます」

彼が律儀《りちぎ》にもう一度頭を下げた。

「ミラノ在住の当ホテルのオーナーからツリーのディスプレイに関して指示書が送られて参りまして、その指示書をもとに専門の方に飾り付けをしてもらいました」

オーナーがミラノ在住ということは、つまりここは外資系のホテルなのか。

内心でそんなことを考えていると、彼が改まった面持《おもも》ちで問いかけてくる。

「ロビーでどなたかとお待ち合わせですか？」

「あ、はい。――ミスター・サイモン・ロイドと」

祐の返答を聞いた彼の切れ長の双眸《そうぼう》が、わずかに見開かれた。

「ミスター・サイモン・ロイドと？」

（……しまった。言わなきゃよかった）

おそらく、セレブと約束するには自分は不釣《ふつ》り合いだと思われたのだ。

でも、ロイド氏に取り次いでもらえないと困る。

「あの、俺……じゃなくて僕」

焦《あせ》った祐は、たどたどしい口調で事情を説明し始めた。

「今日からロイドさんの通訳をすることになっているんです……っていっても本職じゃなくってアルバイトなんですけど」

つい言わなくてもいいことまで言ってしまった直後、凛《りん》と涼《すず》やかな声が吹き抜けの空間に響《ひび》く。

『総支配人《ジェネラルマネジャー》』

エレベーターホールからの英語の呼びかけに反応して、黒いスーツの彼が振り返った。

（――え？）

今度は祐が瞠目《どうもく》する番だった。

総支配人？　この人がこのホテルの？

（こんなに若いのに!?）

驚《おどろ》いている間に、すらりとスタイルのいいスーツ姿の外国人男性が近寄ってくる。

一瞬《いっしゅん》、この人がミスター・サイモン・ロイドかと思い、ドキッと心臓が高鳴ったが、総支配人が口にした名前は予想したものと違った。

『クリス様』

クリスと呼ばれた男性は、総支配人とはまた別の意味で人目を引く容貌をしている。

緩《ゆる》くウエーブのかかったゴージャスなハニーブロンド、菫色《すみれいろ》の瞳《ひとみ》にミルクコーヒー色の肌というエキゾチックかつ個性的な組み合わせ。目鼻立ちが派手なせいか、彼が登場しただけで、ぱっと場が華《はな》やぐようだ。

『おはようございます』

『おはようございます。今、ちょうどお部屋に伺《うかが》おうと思っていたところでした』

流暢《りゅうちょう》な英語でそう言って、総支配人が祐に視線を転じる。

『ミスター・サイモン・ロイドをお客様が訪ねておいでです』

その段で初めて祐の存在に気がついたかのように、菫色の瞳がこちらを見た。

『ああ！』

祐を見て、合点《がてん》したみたいな声を出す。体の向きを変えたブロンドの男性が尋《たず》ねてきた。

『あなたが……ミナセユウ？』

『はい』

すると男は優美な仕草で右手を上げ、腕時計《うでどけい》を確認《かくにん》してから、にっこりと笑った。

『九時五分前。時間に正確ですね。私はクリス・シン・ナーグラ。サイモンの秘書をしています。今回はサイモンとふたりで来日しました』

そのルックスと同様にエキゾチックな名前は、彼がいくつかの人種のミックスであることを示している。

『これから六日間、よろしくお願いします』

右手を差し出された祐は、あわてて自分も右手を前に出した。

『こ、こちらこそ、よろしくお願いします』

こんなふうに誰かと握手《あくしゅ》をするのも初めてで、どのタイミングで手を離《はな》せばいいのかわからずに迷っていると、クリスのほうからさりげなく離してくれる。

もう一度目が合い、にこっと微笑まれた。

(よかった)

少なくとも、この人はいい人そうだ――。

『サイモンは上の部屋で待っています。行きましょうか』

『はい』

祐は緊張《きんちょう》した面持ちでうなずいた。

『クリス様、何かお飲み物でもお持ち致しましょうか』

横合いからの総支配人の申し出に、クリスが首を横に振る。

『いいえ、大丈夫《だいじょうぶ》です。あとで車を手配していただくかもしれませんが、まだ時間が読めないので、その時になったら改めてご連絡《れんらく》します』

『かしこまりました。では、私もエレベーターまでご一緒致《いっしょいた》します』

三人でエレベーターに乗り込み、最上階の八階まで上がった。するすると音もなく扉《とびら》が開く。先に降りたクリスのあとを追うように、分厚い絨毯《じゅうたん》が敷《し》き詰《つ》められたエレベーターホールに足を踏《ふ》み出してから、ふと背後を振り返ると、ケージの中で総支配人が頭を深々と下げていた。

その姿を見て、どうやら彼が自分たちを見送るためだけに、八階まで上がったらしいことに気がつく。

(総支配人自らがここまで丁重《ていちょう》に扱《あつか》うってことは、やっぱりすごいセレブなんだよな)

その超《ちょう》セレブともうすぐご対面だ。

意識した刹那《せつな》、ドクンッと心臓が高鳴る。

(うわ。やばい。すげードキドキしてきた……)

胸の鼓動《こどう》をなんとか鎮《しず》めようと、こっそり何度か深呼吸する。壁《かべ》に飾られている絵画を横目に、しばらく廊下《ろうか》を歩いた。やがて突《つ》き当たりのドアの前で、クリスが足を止める。彼の肩越《かたご》しにどっしりと重厚《じゅうこう》な木の扉を眺《なが》め、祐は心持ち背筋を伸《の》ばした。

この扉の向こうに、六日間のクライアント――テレンス・ロイドの孫がいる。

コンコンと軽くノックしたあとで、クリスが声をかけた。

『クリスです。通訳を連れてきました』

『入れ』

ドアノブを回し、クリスがドアを押し開ける。

『先に入ってください』

促《うなが》された祐は、怖々《こわごわ》と室内への一歩を踏み出した。

――広い。

スイートルームに入るのは初めてなので、まずはその広さに圧倒《あっとう》される。自分のアパートの部屋を全部合わせたより全然広い。二十畳《じょう》はあるだろう。

明るい陽射《ひざ》しが差し込む一面の窓。高い天井《てんじょう》からぶら下がるシャンデリア。複雑な模様が描《えが》かれた壁紙《かべがみ》。毛足の長い絨毯。歴史を感じさせる調度品の数々。

「…………」

贅《ぜい》を尽《つ》くした部屋の真ん中でぼーっと立ち尽くす祐の後ろから、クリスが言った。

『サイモン、彼が通訳のミナセユウです』

その声にぴくっと震《ふる》え、視線をうろうろと彷徨《さまよ》わせる。

（いた！）

祐の左手に位置する革張《かわば》りのソファに、彫刻《ちょうこく》のように整った顔立ちの男が座っていた。背もたれにゆったりともたれ、長い脚《あし》を高く組み、その膝《ひざ》の上に右手を乗せている。

ダークブラウンの髪《かみ》が一筋かかる秀《ひい》でた額。ノーブルな鼻筋と端整《たんせい》な唇《くちびる》。

気むずかしげな眉《まゆ》の下から、思慮《しりょ》深そうなオリーブグリーンの瞳がこちらを厳しく見据《みす》えている。

濃紺《のうこん》のチョークストライプのスリーピースにワイドスプレッドカラーのシャツ、濃紺地に水玉模様のネクタイ、足許《あしもと》はピカピカに磨《みが》き上げられた黒のオックスフォードシューズという一分の隙《すき》もない着こなしは、誰もがイメージする「英国紳士《しんし》」そのものだ。

前ボタンを外したシングルブレストの下は、やはりシングルのウエストコート。六つのボタンが並んだそのウエストコートの隠《かく》しポケットから、金鎖《きんさ》が垂れているのが見える。

一見して気位の高そうな美しい男を前にして、祐の喉《のど》がこくっと小さく鳴った。

（すご……）

男が全身から発する威圧感《いあっかん》に完全に呑《の》まれていると、端整な唇が開く。

『ミナセユウ――か？』

低く、滑《なめ》らかな、そのノーブルな容姿に相応《ふさわ》しいクイーンズイングリッシュ。完璧《かんぺき》な発音を耳にすれば、いよいよ緊張が高まる。果たして、この英国紳士に自分の我流英語が通じるんだろうか。

『は……初めまして』

カラカラに渇《かわ》いた喉を開き、なんとか絞《しぼ》り出した第一声は、みっともないほどに震えていた。

『お、お目にかかれて光栄です……ミスター・サイモン・ロイド』

『………』

男がぴくりと眉を動かし、秀麗《しゅうれい》な眉間《みけん》に縦筋が一本刻まれる。その不機嫌《ふきげん》そうな表情に、祐の全身の毛穴から冷たい汗《あせ》がじわっと噴《ふ》き出た。

(つ、通じなかった?)

顔を強《こわ》ばらせ、直立不動で固まる祐を、男の遠慮《えんりょ》のない視線がゆっくりと上下する。自分の通訳に相応《ふさわ》しいかどうか、ジャッジするような鋭《するど》い目線に晒《さら》されて、居たたまれない気分が込み上げてきた。くるっと反転してこの場から逃《に》げ去りたい衝動《しょうどう》をかろうじて堪《こら》える。そんなことをして、紹介者《しょうかいしゃ》の顔に泥《どろ》を塗《ぬ》るわけにはいかない。

永遠にも思えた長い時間をかけ、ようやくクライアントの値踏《ねぶ》みが終わった。

その審判《しんぱん》を固唾《かたず》を呑んで待っていると、男がおもむろに口を開く。

『仕事で人に会う格好じゃないな』

その台詞《せりふ》にはっとたじろぐ。

しまった! ダウンジャケットを着たままだった!

自分の失態に気がついた祐は、あわてて斜《なな》め掛《が》けのバッグを外して床《ゆか》に置いた。ダウンを脱《ぬ》いで前に抱《かか》える。そうしてから勢いよく頭を前に倒《たお》した。

『し、失礼しました！』

そろそろと顔を上げた瞬間《しゅんかん》、感情の読めない深い緑の双眸《そうぼう》と目が合う。

『ジャケットの一枚も持っていないのか？』

冷ややかな問いかけに、カーッと顔が熱くなった。恥《は》ずかしかったけれど、だからといってここで嘘《うそ》をついても仕方がない。頰《ほお》を上気させながら素直に認める。

『持っていません』

『ネクタイも？』

『……はい』

膝の上に乗せた手を持ち上げ、額に指を添《そ》えた男が、ふーっと嘆息《たんそく》を零《こぼ》した。

クライアントが自分にがっかりしていることを知り、頭に上っていた血が一気に引く。

『仲介者《ちゅうかい》からどういった説明を受けているのかわからないが、我々はきみに東京観光のガイドを頼《たの》みたいわけじゃない。ガイドも兼《か》ねて欲しいとは言ったが、第一に必要としているのは通訳だ。そのためにも、きちんと商談の場に同行させられるような服装でなければ困る』

言われてみれば、それはもっともな話で、今までのアルバイトと同じ感覚でいた自分がいけなかった。破格のアルバイト代を提示されたからには、それに見合う気構えが必要だったのだ。

『レストランにはドレスコードがある店もある。もしきみが店の中に入れなかったら、誰が我々の通訳をするんだ？』

ぐっと答えに窮《きゅう》した祐は、じわじわと俯《うつむ》いた。

自分では一応あれこれと考えて、ワードローブの中では精一杯《せいいっぱい》まともな格好をしてきたつもりだったけれど、ビジネスの場では通用しないことを思い知らされる。

(甘かった)

買うのは無理でも、せめてネクタイとジャケットを鈴木に借りるとか、対処のしようがあったはずだ。それをしなかった己《おのれ》の甘さに臍《ほぞ》を噛《か》む。

『サイモン、彼はまだ学生ですから』

見かねたらしいクリスがフォローの言葉を紡《つむ》いでくれたが、サイモンの険しい声音《こわね》は変わらなかった。

『学生だからといって誰もが大目に見てくれるわけじゃない。彼が失態を犯《おか》せば、雇《やと》った我々が見くびられるんだ。それに、外見だけでも取り繕《つくろ》わないと、それこそ渋谷あたりをうろうろしていそうなただの子供じゃないか』

容赦《ようしゃ》のない台詞の連打が、グザグサと胸に突き刺《さ》さる。

(……駄目《だめ》だ)

もはやジャッジを待つまでもなく、通訳失格の烙印《らくいん》を押されたも同然だった。

せっかく鈴木さんが背中を押してくれたけど、やっぱりセレブの通訳なんていう大役は、自分には荷が勝ちすぎたのだ。所詮《しょせん》、器《うつわ》じゃなかった。

『どうやら時間には正確らしいな。その点は評価しよう』

（初めから無理だったんだ）

『明日からもこの調子で遅刻《ちこく》はしないように』

——え？

半ば諦《あきら》めの心境で、絨毯《じゅうたん》のアラベスク模様をぼんやり眺《なが》めていた祐は、パチパチと両目を瞬《またた》かせた。ぱっと顔を振《ふ》り上げ、サイモンの顔を食い入るように見つめる。

『明日……から？』

てっきり不採用だと思っていたので、にわかには信じられない気分で確かめた。

『ぼ、僕で……いいんですか？』

『いまさら別の人間を探《さが》す時間もない。一応、英語はそこそこ使えるようだしな』

いかにも渋々《しぶしぶ》といったサイモンの口調に引っかかりを覚えつつも、かろうじて審査《しんさ》に合格したことにほっとして肩《かた》の力を抜《ぬ》く。

良かった。なんとか自分の英語で通じているみたいだし、ひとまず紹介《しょうかい》者の丸山さんの顔を潰《つぶ》さずに済んだ。

『専門学校の夜間部に通っているので夕方の六時までという条件は聞いた。朝は今日と同じ九時にはこの部屋に来て欲しい。我々のスケジュール如何《いかん》で通訳やガイドを必要としない日もある。その場合は、その都度別の仕事を頼むことになる。昼の休憩《きゅうけい》時間は一時間。この間は自由時間だ。土・日は学校がないということなので、状況《じょうきょう》によっては夜まで延長して仕事を頼む可能性もある。——以上で問題ないか？』

『はい』

『服装の件はこちらでなんとかする。わずか六日間のアルバイトのためにスーツを仕立てるわけにもいかないだろう』

『あ、スーツは知り合いに借ります』

『サイズの合わない借り物など、余計にみっともない』

申し出をぴしゃりと却下《きゃっか》されて、しゅんとする。相性《あいしょう》が悪いのだろうか。何を言っても彼の機嫌を損《そこ》ねてしまうようで、なんだか気が重くなった。

こんな気むずかしいクライアントと六日間も行動を共にするのか。

秘書がいい人そうなのが、せめてもの救いだけど。

『……あ、あの』

内心の溜《た》め息を押し隠し、祐はおずおずと切り出した。

『なんだ？』

『ありがとうございます』

雇い主に向かってぺこりと頭を下げる。たとえ時間の都合上の妥協《だきょう》であったにせよ、雇ってくれたことに対して謝意を表しておきたかったからだ。

『未熟者ですが、今日から六日間、精一杯がんばらせていただきます』

『……………』

眉間に縦皺《たてじわ》を刻んだまま、これといったリアクションを返さない主人を取りなすように、秘書のクリスが『こちらこそよろしくお願いします』と言った。

『私は日本語がさっぱりなので、いろいろと助けてくださいね』

その一言に救われた祐は、クリスに向かってぎこちない笑《え》みを浮《う》かべる。

『お力になれるようがんばります』

本当にいい人だ。

（それに比べて……）

横目でちらっと窺《うかが》うと、仏頂面《ぶっちょうづら》のサイモンが組んでいた脚《あし》を下ろし、少し前屈《まえかが》みになって尋《たず》ねてきた。

『映画の学校に通っていて、将来は映画関係に進みたいそうだな』

『はい』

『ひとくちに映画関係と言っても多種多様な職種がある。具体的に何がやりたいんだ？』

『具体的には……その……』

言い淀《よど》む祐に苛立《いらだ》ったように、サイモンが問い詰《つ》めてくる。

『監督《かんとく》か？　プロデューサーか？』

紳士《しんし》然とした見かけと違《ちが》って、どうもせっかちらしい。

こんなことを言えば、また相手の機嫌《きげん》を損ねる気がしたが、他《ほか》に答えようもなく、正直に告げた。

『それが……まだわからなくて』

『わからない？』

『映画が好きで、将来は映画関係の仕事に就《つ》きたいと思っていますけど、実際のところ自分に何ができるのか、まだ暗中模索《あんちゆうもさく》の段階で……』

クリエイターとしての才能はないことはわかっている。そんな自分が、それでも映画の傍《かたわ》らで生きていくにはどうすればいいのか。こんな自分に何ができるのか。

毎日考えてはいるが、なかなか答えが出ない。

そして案の定、祐の返答を聞いたサイモンの片眉《かたまゆ》が不機嫌そうに跳《は》ね上がった。

『ずいぶんと悠長《ゆうちょう》なことだな』

嫌《いや》みったらしい口調にカチンとくる。暗に、ネクタイの一本も買えないおまえにモラトリアムしている余裕《よゆう》があるのかと当てこすられた気がして。

『私が十九の歳には、ロイド家を継《つ》いでいた』

『……………っ』

自分でも自分の考えがぬるいのはわかっているから、その皮肉がことさら胸にこたえた。

才能がないなら夢なんかとっとと諦めて、地道に生きていくための職を見つけるべきだ。今のままじゃ、じいちゃんの遺産を無駄遣《むだづか》いするばかり。そう頭でわかっていても、どうしても吹《ふ》っ切ることができない。

（名家の出身で、生まれつきのお金持ちで、さらに有名監督の孫のあんたには、こんな気持ちわからないだろうけど）

恨《うら》みがましい気分で、目の前の美丈夫《びじょうふ》を上目遣《うわめづか》いに見る。

富と家柄《いえがら》に恵《めぐ》まれ、それに見合う器量を持って生まれた勝者特有の、人を高みから見下すような傲慢《ごうまん》な眼差《まなざ》し。がんばって数秒受け留めたが、その眼光の強さに押し負け、そっと視線を逸《そ》らした。

（顔はいいけど……嫌なやつ）

好きになれそうにない。

祐が六日間のクライアントに自己流の評価を下すのとほぼ同時、サイモンもまた祐のプライベートに興味を失った様子で、『まぁいい』とつぶやいた。

『すでに聞き及《およ》んでいるかと思うが、今回我々が来日した目的は、祖父の生誕百年を記念したフィルムフェスティバルの開催《かいさい》、及び日本語版ＤＶＤ発売についての最終的な話し合いだ』

どうやら鈴木の推測は正しかったようだ。

『テレンス・ロイドの作品は観《み》たことがあるか？』

質問の矛先《ほこさき》を変えられ、慎重《しんちょう》に答える。

『代表作を何本か拝見しました』

『それとカンヌでパルム・ドールを獲《と》った「沈黙《ちんもく》の夜」あたりか？』

『まさに代表作だな。それでは話にならない』

断じるなり立ち上がったサイモンが、ライティングデスクに近寄り、抽斗《ひきだし》を開けた。中から四角い箱を取り出し、片手で摑《つか》んで引き返してくる。

すぐ近くまで来たサイモンは、見上げるような長身だった。百七十センチの祐より、十五センチは高いだろう。悔《くや》しいけれど、肩幅《かたはば》がしっかりあって、胸も厚く、スリーピースのスーツがばっちり決まってる。おまけに間近で見てもやっぱり美男。シェークスピア俳優みたいだ。

『テレンス・ロイドの全集だ。全部で八本ある』

渡《わた》された箱は、両手で持ってもずっしりと重みがあった。豪華《ごうか》な布張りの箱で、八枚のDVDの他に、分厚い解説書《ライナーノーツ》が同梱《どうこん》されているようだ。

『まずはロイドコレクションを網羅《もうら》すること。仕事の話はそれからだ』

八本のうち二本はすでに観ているから、残りは六本。

（でも、これって英語版だよな……）

字幕も吹き替《か》えもないオリジナルフィルムを一気に六本観るのは大変な作業だ。

しかし、考えてみればたしかに、作品を知らないままで通訳はできない。伝言ミスを起こさないためにも、全作品の内容の把握《はあく》は避《さ》けて通れない関門。

（やるしかない）

腹をくくった祐はクライアントに確かめた。

『今からですか？』

『今からだ』

当然というようにサイモンがうなずく。

『どちらで拝見すればよろしいでしょうか』

『そのモニターを使え』

サイモンが視線で指したのは、部屋の一角を占《し》める巨大《きょだい》な薄型液晶《うすがたえきしょう》テレビだった。祐の家のテレビの倍の大きさはある。

『きみが全集を観ている間、私たちは出かける』

続けての発言に、祐は『えっ？』と声を出した。

『あの、外出先に僕が同行しなくていいんでしょうか？』

『今日の訪問先は日本在住の英国人だ。通訳は必要ない』

そうなんだと納得《なっとく》しかけた矢先、

『それに、今日のおまえの服装では我々が信用を失う』

駄目押《だめお》しをされて、祐は片頬《かたほほ》がひくっと引きつるのを感じた。

いつの間にか「きみ」から「おまえ」になってるし……。

だけど、服装の件に関しては自分が悪いので、しつこく当てこすられても我慢《がまん》するしかない。

強《こわ》ばった顔で『申し訳ありません』と謝ると、さらに釘《くぎ》を刺《さ》された。

『我々がいないからといって内容をスキップするなよ。話をすればすぐにわかるからな』

頭からサボタージュすると決めつけられ、さすがにむっとする。

『そんなことしません』

言い返してくるとは思わなかったらしく、サイモンが意外そうに目を細めた。しばらく祐の反抗的《はんこうてき》な眼差しを受け留めてから、片側の口角を持ち上げ、ふんと鼻を鳴らす。

『どんな感想が聞けるか楽しみだな』

嫌みっぽく言うなり祐に背を向け、続きの部屋へ行ってしまった。

(ほんっと嫌なやつ!)

その姿が視界から消えてもムカムカが収まらず、胸の中で悪態をついていると、外出の支度《したく》を済ませたクリスが話しかけてくる。

『私たちが戻《もど》るのは夕方になります。ランチはどうしますか？　ルームサービスを頼《たの》むのならサインだけしておいてください』

『お気遣《きづか》いありがとうございます。でも昼は持ってきていますから』

クリスが不思議そうな表情をしたので、祐は自分のバッグの中からラップにくるんだおにぎりを取り出して見せた。

『ライスボールを買ってきたのですか？』

『いいえ、自分で作りました』

『これを自分で？　へぇ……それはすごいですね』

やけに感心されて恥《は》ずかしくなる。

『全然すごくないです。ご飯を炊《た》いて握《にぎ》るだけですから』

首を横に振《ふ》っているところへ、チェスターフィールドコートを羽織ったサイモンが主室に戻ってきて、祐のおにぎりを覗《のぞ》き込んだ。

『昼はそれだけか？』

『え？　あ、はい』

『日本人は本当にライスが好きだな。ライスさえあれば、他に何もいらないと見える』

この人は、口を開けば何か皮肉を言わずにはいられないようだ。

『……一応、このライスボールの中におかずが入っています』

祐の反撃《はんげき》にサイモンが肩《かた》を竦《すく》めた。ふいっと視線を逸らしてつぶやく。

『クリス、時間だ。出るぞ』

『では行ってきます。五時には戻りますから』

『はい』

サイモンとクリスを玄関《げんかん》まで送りに出た祐に、サイモンが念を押した。

『さぼるなよ』

『だから、さぼりません。——行ってらっしゃい。お気をつけて』

ふたりの姿が廊下《ろうか》から消えたあと、ドアを閉めてふーっと息を吐《は》く。

「なんか疲《つか》れた……」

疲労《ひろう》の元凶《げんきょう》は、主にあの鼻持ちならない英国紳士《しんし》だけど。

「英国人は皮肉屋だって言うけど、シニカルにもほどがあるよ」

だが、この段階でぐったりしている場合じゃない。仕事はまだまだこれからが本番なのだ。

「よし。行くぞ六本耐久《たいきゅう》」

祐は気合いを入れ直し、ディスクをDVDプレーヤーにセットした。床《ゆか》の上に持参したお茶入りの水筒《すいとう》、膝《ひざ》の上には使い込んだ辞書を置き、テレビの前に正座する。

スタンバイOK。

リモコンの再生ボタンを押し、そこからはひたすら映像に意識を集中させる。

二本目を観終わった段で、時計を見ると十二時を過ぎていたので、バッグからおにぎりを取り出した。パクつきながら、ふたたび鑑賞《かんしょう》再開。

四本目をクリアして間もなく、サイモンとクリスが出先から帰ってくる。『いいから続きを観《み》ろ』と言われたので、そのまま観続けたが、五本目がもう少しで終わるというタイミングで六時のタイムリミットがきてしまった。

持ち帰りの許可をもらえたので、DVDの箱をバッグに入れ、ホテルの部屋から直接学校へ向かう。授業を受けて九時半にアパートに帰宅。

靴《くつ》を脱《ぬ》ぐなり、バッグから箱を取り出すと、祐は早速《さっそく》、ディスクをDVDプレーヤーにセットした。

別にサイモンから『今日中に全部観ろ』と命じられたわけではなかったけれど、観終わらない限り、通訳の仕事はできない。

チャプターでサーチして、中断していた続きのシーンから観始めた。夕食を作る時間すら惜《お》しみ、トイレに中座する以外はモニターの前に齧《かぶ》りつく。すべてを観終わった時には、空が白みかけていた。

「終わっ……たぁ」

六本目のエンドロールを眺《なが》めながら畳《たたみ》に仰向《あおむ》けに倒《たお》れ込む。

長時間の正座で腰《こし》も脚《あし》もズキズキ痛いし、酷使《こくし》した目の奥がジンジン熱かったけれど、不思議と気分は高揚《こうよう》していた。

六本耐久をクリアした達成感というのもあるが、何より、どの作品も面白《おもしろ》かったからだ。洒《しゃ》脱《だつ》な台詞《せりふ》回し、巧妙《こうみょう》なカメラワーク、深遠な人間ドラマ、神秘的で美しい映像にぐいぐいと引き込まれ、途中《とちゅう》から仕事であることを忘れて無心に見入ってしまったくらいだ。

六本中四本がモノクロ作品だったが、それも気にならなかった。

つい昨日まで抱《いだ》いていた「ロイド作品＝難解」というイメージは、全集を制覇《せいは》した今、祐の中で完全に覆《くつがえ》っていた。映画通の鈴木が信奉《しんぽう》者を公言するのもわかる。

「はぁ……おもしろかったぁ」

幸せな疲労感《ひろうかん》に溜《た》め息を吐き、ごろごろと畳を転がる。

思えば、こんなにどっぷりと映画に浸《ひた》ったのもひさしぶりだ。最近はバイトや授業に追われて、こういった楽しみ方を忘れていたかもしれない。新作映画を観るのも、半ばノルマになりつつあって……。

ヒートした脳裏《のうり》に印象的なシーンを還《かえ》しながら、柱時計に目をやる。

「五時二十分か」

本当なら、これからの長い一日を思えば、たとえ一時間でも眠《ねむ》ったほうがいいとわかっていたけれど、長時間「英語脳」を使ったせいで頭が冴《さ》えてしまっているのか、眠気はまったく襲《おそ》ってこなかった。

それより、誰かとこの興奮を分かち合いたい。

鈴木に電話しようかとも思ったが、時間を考えて諦《あきら》めた。まだ寝《ね》ているに決まっている。

そわそわと落ち着かない気分のまま、シャワーを浴びて早めの朝食を済ませた祐は、七時過ぎにアパートを出た。駅まで走って二十四時間営業のネットカフェに飛び込む。

「『テレンス・ロイド』一角空きで『映画監督《かんとく》』……っと」

検索《けんさく》してみると、ものすごい数のファンサイトやブログがヒットした。

どのサイトも一番の話題は日本語版DVDについて。来年の生誕百年を記念して再契約《さいけいやく》が為《な》され、ついにDVD全集が発売されるらしいという噂《うわさ》を取り上げている。

配給会社の有力候補の筆頭は、【日東ピクチャーズ】。

ざっと記事や書き込みを読んだところ、期待の反面、大手と手を組むことを不安視する向きも多く見受けられた。

《メジャー配給会社の字幕・吹《ふ》き替《か》えはひどい》

《ファンの意向を無視して、商業戦略に走るのではないか》

《何もわかっていないやつらにロイドフィルムを汚《けが》されたくない。そうなるくらいなら日本語版DVDは不要》

などなど、作品性を無視したDVD化を危惧《きぐ》する声だ。それらの記事に対するコメントが、また膨大《ぼうだい》な数ついている。ロイド信者の熱さはとみに有名だが、活発な意見交換《こうかん》は時に激しいバトルを呼び、沈静《ちんせい》化を狙《ねら》ってか、中には閉鎖《へいさ》しているサイトまであった。

(すっごい熱気)

祐自身、情報収集のために定期的に携帯《けいたい》で覗いている映画関連のサイトはあったが、ここまでの熱気を感じたのは初めてだった。それだけロイド作品に魅力《みりょく》があり、たくさんのファンに愛されている証拠《しょうこ》だろう。

でも今なら、自分にも彼らの気持ちが少しわかる気がする。

そんなすごい作品に関《かか》わることができるのだ。DVD化を待ち望んでいる多くのファンのためにも、配給会社との話し合いが円滑《えんかつ》に進むように——。

「がんばろう」

小さくつぶやいた瞬間《しゅんかん》、ふっと脳裏にサイモンの顔が浮《う》かんだ。

彫刻《ちょうこく》のごとく整った貌《かお》と、人を高みから見下ろすような冷ややかな眼差《まなざ》し。

(あんなに素晴《すば》らしい映画を作った監督の孫が、なんであんな男なんだろう)

傲慢《ごうまん》かつ不遜《ふそん》な言動を思い出すにつれ、胸の中に湧《わ》き上がってくるムカムカを頭を振って遠ざける。

作品に罪はない。

とにかく、限られた時間の中で、自分のベストを尽《つ》くすだけだ。

4

『あれだけの本数を一日で観たのか？』

朝九時ジャスト。

ネットカフェから直接【カーサホテル東京】の八〇三号室へ出勤した祐が、『ありがとうございました』と言ってDVDボックスを返却《へんきゃく》すると、今日はダークブラウンのスリーピースを隙《すき》なく着こなしたサイモンがわずかに瞠目《どうもく》した。

『観始めたら途中でやめられなくなってしまって……。それに、観てしまわないと通訳の仕事ができないので』

祐の説明を黙《だま》って聞いていたサイモンが不機嫌《ふきげん》そうに口を開く。

『少しは寝たのか？』

『え？』

『少しは睡眠《すいみん》を摂《と》ったのかと訊《き》いている』

『あ……は、はい』

とっさに嘘《うそ》をついたけれど、何故《なぜ》かばれてしまったらしく、サイモンの顔つきがいよいよ険しくなった。

『今から仮眠《かみん》を取れ』

『えっ？』

びっくりして思わず声が撥《は》ねる。

『そんな！　大丈夫《だいじょうぶ》です。一日くらい寝てなくたって平気です』

バイトの身分で出勤してすぐ仮眠なんて、そんな話聞いたことがない。しかし、サイモンは祐の主張をあっさり退けた。

『ウサギみたいな赤い目をして何が平気だ』

『で、でも、ほんと、大丈夫ですから！　そんな迷惑《めいわく》かけられませ…』

『おまえが倒れでもしたら、それこそ迷惑だ。仕事に差し支《つか》える』

『だから倒れたりしませんっ。こう見えても僕、頑丈《がんじょう》なんです。体力には自信あります！』

サイモンが鼻で笑う。

『そんな棒きれみたいなひょろひょろした体で威張《いば》られてもな』

『………っ』

どんなに肉体労働に勤《いそ》しんでも、ろくに筋肉がつかない薄《うす》っぺらい体形は、祐の最大のコンプレックスだった。相手がまた、身長・体格共に自分がこうだったら……と思わずにいられない理想的な体軀《たいく》の持ち主だから、馬鹿《ばか》にされた悔《くや》しさが倍増する。

『ひど……』

睨《ね》めつける視線の先で、男として数段格上の英国人が、余裕《よゆう》の笑《え》みを浮かべた。

『本当のことだろう』

『あの、ちょっといいですか』

それまでは一言も口を挟《はさ》まず、少し引いた位置でギャラリーに徹《てっ》していたクリスが、にこやかに割り入ってくる。

『仮眠を取られるなら、その前にミナセくんにお願いしたいことがあります』

目の前の意地悪な男から視線を引き剝《は》がし、祐はやさしいクリスを見た。

『お願い……ですか？』

ええ、とうなずいたあとで、クリスは右腕《みぎうで》を持ち上げて腕時計を確認《かくにん》する。

『ああ――丁度、そろそろですね』

何がそろそろなのかと訝《いぶか》っていると、ドアがコンコンとノックされた。

『どうぞ』

クリスのいらえに応じて扉《とびら》が開き、見知らぬ男がふたり室内に入ってくる。

先頭の六十過ぎの男は、白髪《しらが》交じりの頭をぴしりと撫《な》でつけ、チャコールグレーのスーツに身を包んでいた。その後ろに銀縁眼鏡《ぎんぶちめがね》をかけた、やはりスーツ姿の二十代の若い男が続く。彼は両手に大きな紙袋《かみぶくろ》をひとつずつ提《さ》げていた。

祐が何事かと彼らの動向を見守っている間にも、年配の男がサイモンに深々と頭を下げ、かなり正確なクイーンズイングリッシュで『商品をお届けに上がりました』と告げる。

『ご苦労様です』

クリスの労いに年配の男がもう一度会釈《えしやく》をし、背後の若い男を振《ふ》り返った。視線で促《うなが》された眼鏡の若い男が、紙袋の中から、横七十センチ×奥行き五十センチ×高さ十五センチほどの平たい箱を取り出す。恭《うやうや》しく蓋《ふた》を開き、ふたりに中身を見せた。サイモンが鷹揚《おうよう》にうなずく。

『ミナセ』

深みのある低音で呼ばれ、祐はびくんっと肩《かた》を揺《ゆ》らした。昨日はずっと「きみ」か「おまえ」だったので、名前を呼ばれることに違和感《いわかん》を覚えつつ返事をする。

『は、はい』

『着替《きが》えろ』

出し抜《ぬ》けに命じられ、ぽかんと口を開けた。

『は……？』

意味がわからず立ち尽くしていると、若い男が捧《ささ》げ持っていた箱をこちらへ向ける。箱の中には、薄紙《うすがみ》に包まれて、濃紺《のうこん》のスーツがゆったりと折り畳《たた》まれていた。

『着替えろって、このスーツにですか？』

面食《めんく》らって思わずサイモンを見返したら、他《ほか》に何があるという顔をされる。

『つまり……このスーツって……』

昨日ふたりで外出した際に、わざわざ自分のために見立ててくれた――とか？

その可能性を思い立ち、祐はゆるゆると瞠目した。

『仕立てる時間はないから既製服《きせいふく》の中から選ぶしかなかったが、さすがは銀座一の老舗《しにせ》だけあって、オーダーメイドと変わらぬ出来映《できば》えだ』

『ありがとうございます。わたくしがサヴィル・ロウのギーブス&ホークスで修業《しゅぎょう》しておりました頃《ころ》、お祖父《じい》様とお父上には大変にお世話になりました』

サイモンに誉《ほ》められた年配の男が嬉《うれ》しそうに頭を下げた。どうやらこのふたりの男は、銀座の老舗テーラーの店員であるらしい。

たしかに昨日、『服装の件はこちらでなんとかする』とは言われた。だけど、こんな高級店のスーツ、青二才のバイトにはもったいなさ過ぎる。量販店《りょうはんてん》の吊《つる》しで充分《じゅうぶん》なのに……。それじゃあ連れて歩くのが嫌《いや》なのかもしれないけど。

（でも、でも、人には相応な格ってもんがっ）

予想外の展開に内心で激しく狼狽《うろた》えていた祐は、さらに恐《おそ》ろしいことに気がつき、はっと息を呑《の》んだ。

そもそも、このスーツの代金って……？

さーっと血の気が引き、青ざめた顔で突《つ》っ立っていると、若い男が蓋を閉めた箱を差し出してきた。

「トラウザーズの裾《すそ》上げを致《いた》しますので、ご試着をお願い致します」

日本語で促され、うっと怯《ひる》む。

受け取ったが最後、スーツの代金を払《はら》わなければならない。バイト代から引かれるのだろうか。そんなことされたら完全に赤字どころか、多額の借金を背負うことにもなりかねない。

『早くしろ』

苛立《いらだ》った声でサイモンにせっつかれたが、体がフリーズして手が出なかった。

(これ、いくらするんだろう?)

テーラーのロゴが刻印された箱をまじまじと見つめる。

想像もつかないけど、軽く一ヶ月の生活費が吹《ふ》っ飛ぶ額であるのはたしかだ。下手《へた》をすると三ヶ月かもしれない。いつだったか、ファッション誌のスーツ特集を立ち読みした際、価格のゼロを数えたら予想と一桁違《ひとけたちが》っていたことを思い出し、ずーんと暗い気持ちになる。

『ミナセ、聞こえないのか?』

でも、これを着なくちゃ今日も仕事先に連れて行ってもらえない。

それは嫌だ。せっかくがんばって六本耐久《たいきゅう》したのに。

ロイドファンが一日も早い日本語版DVDの発売を待っているのに。

彼らのために自分に何ができるかなんてわからないけど。

それでも、エントリーすらできないのは嫌だ。

ぎゅっと拳《こぶし》を握《にぎ》り締《し》め、ごくっと唾《つば》を呑む。

（最悪十年ローンにしてもらおう）

えいっとばかりに両手を前へ出し、箱を受け取った。

『洗面所を借ります』

引きつり強《こわ》ばった顔で告げるなり、踵《きびす》を返そうとして、眼鏡の男に呼び留められる。

「こちらもお持ち下さい。シャツ、ネクタイなどの小物類と靴《くつ》でございます」

スーツの平箱の上に、さらにふたつの箱を重ねられた。

（げっ……さらに借金が）

クラクラしたが、いまさら引くに引けない。

「よろしければ、お着替えをお手伝い致しますが」

「結構です」

その申し出は即座《そくざ》に断り、ぎくしゃくとした足取りでパウダールームへ向かう。中に入って後ろ手に扉を閉め、キャビネットの上に箱を置いたとたん、はーっと溜《た》め息が零《こぼ》れ落ちた。

「……なんでこんなことに」

しゃがみ込んで頭を抱《かか》えたい気分だったが、外で短気な男が待っているので、そういつまでもグズグズしていられない。

「くそっ。なるようになれだ！」

祐は荒《あら》っぽい動作で、着ていたカットソーを頭からすぽっと引き抜いた。箱の中には新品のワイシャツが二枚入っていたが、そのうちの一枚を取り出し、広げて羽織る。両腕《りょううで》を通して袖《そで》口《ぐち》のボタンと前立てのボタンを留めた。

「へぇ……」

着てみて驚《おど》く。一見、普《ふ》通《つう》の白のワイシャツに見えるけれど、生地《きじ》の質がいいのか、肌触《はだざわ》りがすごく気持ちいい。

次にジーンズを脱《ぬ》いでテーラーの店員が『トラウザーズ』と呼んでいたスラックスを穿《は》き、ベルトを締める。丸椅子《まるいす》に腰掛《こしか》け、三足千円の靴下《くつした》をシルクのものに履《は》き替《か》え、革靴《かわぐつ》を履いた。靴ひもを結んで立ち上がる。裾上げ前なので当然丈《たけ》は長いけれど、ウェストはぴったりだ。靴もジャストサイズだった。

「俺のサイズ、なんでわかったんだろう？」

測ったわけでもないのに。

首を捻《ひね》りながら、上質なシルクの裏地付きの上着を羽織った。ジャケットなんて高校の制服以来だったけど、お仕着せで野暮《やぼ》ったかったアレとは全然違《ちが》う。軽《かろ》やかで、体に添《そ》うようにぴったりとフィットする。細身のラインなのに窮屈《きゅうくつ》さがまるでないのが不思議だった。

両腕を上げてぐるっと肩を回してみた祐《ゆう》は、思わず感嘆《かんたん》の声を発した。

「動きやすい！」

さすがにテーラーメイドは違う。

心底感心して、全身が映る鏡と向き合う。

しっかりと張った肩のライン、絞《しぼ》りのきいたウェストライン、チェンジポケット付き。スーツの原点とも言える正統派英国《ブリティッシュスタイル》スーツだ。

仕立てがいいせいか、恐れていたほどには七五三っぽくはないけれど、高級なスーツに着られちゃってる感じは否《いな》めない。外見に中身が追いついていないというか。

でも今の自分にはこれが精一杯《せいいっぱい》だ。サイモンやクリスのようにびしっと着こなせるようになるまでには、まだまだ男としての修行が必要なんだろう。

ネクタイは手に持ったまま、パウダールームから出た。

『お待たせしました』

声をかけると同時に注目が集まって、緊張《きんちょう》で顔がうっすら紅潮する。四人分の検分の視線を一斉《いっせい》に浴びた祐は、居たたまれない気分で三十秒ほど立ち尽《つ》くした。

『さすがはお見立てが素晴《すば》らしい。寸法はぴったりでございますね』

口火を切ったのは年配のテーラーだった。満足そうに目を細めている。

『それにしても、最近の若い方は手脚《てあし》が長くて格好がよろしいですな』

『よく似合っていますよ。チャコールグレーと迷いましたが、やっぱりこの色にして良かったですね？　サイモン』

同意を求めるクリスの呼びかけに、ソファのサイモンが肩を竦《すく》める。

『さすがはプロの技《わざ》だ。貧弱な体形を上手《うま》くフォローできている』

自覚していたことでも、嫌みな感じで口にされるとやはりカチンとくる。

微妙《びみよう》にむっとしていると、眼鏡《めがね》の男が祐の足許《あしもと》にしゃがみ込んだ。裾をピンで留めては立ち上がり、一歩引いてチェックしたあと慎重《しんちよう》な手つきで若干《じやつかん》の修正を加え——という動作を何度か繰《く》り返してから、祐に問いかけてきた。

『この丈でいかがでございましょう？　トラウザーズのシルエット、シューズにかかる裾のラインも美しいと思いますが』

答える前にサイモンがソファから立ち上がり、祐の前に腕組《うでぐ》みの体勢で立った。

『右を向け。——次、後ろ。——左。——前』

偉《えら》そうな指示どおりにぐるっと一回転したら、今度は『歩け』ときた。仕方なく五歩ほど歩く。

『そこの椅子に座れ』

顎《あご》で示されたスツールに腰掛けた。次はなんだ、逆立ちでもさせられるのかと身構えていると、ようやく納得《なつとく》したらしいサイモンがうなずく。

『これでいってくれ』

『シングルカフでよろしいですか』

『ああ、そうしてくれ』

『かしこまりました』

祐が口を挟《はさ》む隙《すき》はまったく与《あた》えられぬままに眼鏡氏が一礼した。

「ピンが付いておりますので、気をつけてお脱ぎください」

祐がパウダールームで脱いだトラウザーズを受け取ったテーラーのふたりは、『一時間後にお届けに上がります』と告げて、部屋を辞していった。

慣れないスーツの試着で朝からぐったり疲《つか》れた祐に、サイモンが命じる。

『商品が届くまでの間、クリスの部屋で休め』

もはや逆らう気力も湧《わ》かず、素直《すなお》に指示に従って隣接《りんせつ》するクリスの部屋へと移動した。ホテルのスタッフに用意してもらったエキストラベッドに潜《もぐ》り込む。

「うわ……ふかふか……」

生まれて初めて体験する羽毛《うもう》の寝具《しんぐ》が最高に心地《ここち》よく、後頭部を枕《まくら》に沈《しず》めた一瞬《いっしゅん》後に眠《ねむ》りに落ちた――らしい。

『起きろ』

肩《かた》を揺《ゆ》すられて「……うーん」と寝返《ねがえ》りを打つ。

「おねが……も、ちょっと……だけ」

『甘えるな。裾《すそ》上げした商品が届いたぞ』

立っている。

耳許《みみもと》の低音に、祐はぱちっと目を開けた。がばっと起き上がると、ベッドの脇《わき》にサイモンが
「あ……？」

まだ、夢うつつのしゃっきりとしない頭で、傍《かたわ》らの長身をぼーっと見上げた。

自分を見下ろす緑の瞳《ひとみ》と目が合った瞬間、今までの経緯《いきさつ》を思い出す。そうだった。ここはホテルで、トラウザーズの裾上げが完了《かんりょう》するまで仮眠《かみん》を取っていたんだった。

『俺……どんくらい寝てました？』

『一時間だ』

『一時間』

ほんの数分だったような気がしていたけれど。

『よほど気持ちよかったらしいな。涎《よだれ》を垂らして寝ていたぞ』

『………っ』

指摘《してき》され、あわてて口の端《はし》を手の甲《こう》でぐいっと拭《ぬぐ》った。その様に唇《くちびる》の片端を持ち上げたサイモンが、『顔を洗って着替《きが》えてこい。スーツはクローゼットの中だ』と親指で指す。踵《きびす》を返して部屋を出ていく後ろ姿を見送ったあとで、祐は枕に顔から突《つ》っ伏《ぷ》した。

（寝顔……見られた）

しかも、最低サイアクな間《ま》抜《ぬ》けな面をクライアントに——。

「……ありえねー」

しばらく枕に顔を埋《うず》めて悶絶《もんぜつ》したのちに、頭をふるっと振《ふ》って起き上がる。へこんでいる時間はない。ただでさえ一時間のロスだ。

パウダールームで顔を洗い、ついでに歯も磨《みが》き直して、スーツに着替えた。今度はネクタイも結ぶ。これも高校卒業以来なのでひさしぶりだったが、悪戦苦闘《あくせんくとう》の末、なんとか結び目の形を作った。寝癖《ねぐせ》を整え、気合いを入れる。

「よし」

クリスの部屋を出て、隣接するサイモンの部屋をノックした。

『入れ』

『失礼します』

部屋の中にはサイモンひとりしかおらず、クリスの姿はなかった。何か用事があってロビーに降りているのかもしれない。まるでその思考を読んだかのように、書棚《しょだな》の前に立つサイモンが言った。

『クリスは買い物に出ている。――気分はどうだ？』

問われて気がつく。一時間寝たせいか、重たかった頭がだいぶ軽くなっていた。

『おかげさまですっきりしました。ありがとうございました』

軽くうなずいたサイモンが、書棚に本を戻《もど》し、こちらへ近づいてくる。一メートルほど手前で足を止め、じっと見下ろしてきた。

（な、何？）

部屋にふたりきりというシチュエーションに若干の戸惑《とまど》いを覚えていたところに、さらに至近から見つめられて焦《あせ》る。

（なんで、そんなにじろじろ……）

強い眼差《まなざ》しに圧《お》し負けるみたいに気まずく目を伏せ、もじもじしていると声が落ちてきた。

『だいぶ目の赤みも引いたな』

『あ、はい。すみませ…』

顔を上げた刹那《せつな》、不意打ちですっと手が伸《の》びてくる。大きな手でネクタイを摑《つか》まれ、びくっと肩を揺らした。

『そういちいちビクビクするな。本当にウサギみたいなやつだな』

サイモンが片頰《かたほお》を歪《ゆが》める。

『ウ、ウサギ？』

面食《めんく》らった声を出すと同時に、ぐいっとネクタイを引っ張られ、祐は前のめりにたたらを踏《ふ》んだ。

『うあぁっ』

サイモンの胸に倒《たお》れ込む寸前、なんとかギリギリで踏みとどまる。

『な、何するんですかっ』

『へたくそ』

思わずあげた抗議《こうぎ》の声を不機嫌《ふきげん》そうに遮《さえぎ》った男が、結び目に指をかけてクイクイと揺すった。抗《あらが》う間もなく、するするとネクタイを解《ほど》いてしまう。

『あ、あの』

『この衿《えり》の形にプレーンノットは合わない。ワイドスプレッドにはウィンザーノットが基本だろう』

『そのウィンザーなんとか、自分だと上手く結べなくて』

『結び方の見本を見せてやるから覚えろ』

『は、はい』

コンソールの上の鏡の前に立たされ、その背後にサイモンが立った。鏡に映った自分とサイモンは、ちょうど頭ひとつ分くらい身長が違《ちが》う。こんなふうに重なり合うと、体格の差も際立《きわだ》って、おのれの貧弱さを見せつけられるようだ。

『いいか？　まずチップとエプロンの長さを決める』

後ろからサイモンの腕《うで》が回ってきて、胸の前でネクタイの両端を摑む。さっきよりさらに近い距離《きより》に心臓がドクンッと跳《は》ねた。

（あれ？）

なんか、こ、この体勢ってまるで……その……抱《だ》き締《し》められてるみたいなんですけど。

恥《は》ずかしい考えが脳裏《のうり》を過《よ》ぎった直後、目線を合わせるためか、サイモンが身を屈める。

（うわ、首筋に息がかかる…っ）

ぞくぞくと鳥肌《とりはだ》が立つようなこそばゆい感触《かんしょく》に祐は息を詰《つ》めた。

『大体このバランスだ。覚えておけ。ここで間違うと仕上がりに影響《えいきょう》する』

棒立ちで固まる祐を後目《しりめ》に、サイモンは慣れた手つきでネクタイを操っていく。硬《かた》い胸が時折背中に密着して、鼓動《こどう》がいよいよ速くなった。包み込むようなコロンの甘い香《かお》りに頭がクラクラする。

せっかくサイモンが結び方を実践《じっせん》して見せてくれているのに、全然頭に入ってこない。

つか、俺、なんでこんなに緊張《きんちょう》してるんだ？

相手は同じ男なんだから、別に意識する必要なんかないのに。

そう頭では思っても、不可思議なドキドキはいっこうに収まらない。

早鐘《はやがね》を打つ心臓と格闘《かくとう》しているうちに、サイモンの実技指導は終わってしまった。最後に、きれいな三角形のノットを正しいポジションに据《す》えて、満足げにうなずく。

『よし、これでいい』

サイモンの腕が祐の胸から離《はな》れた。

（お、終わった）

極度の緊張状態から解放され、止めていた息をそろそろと吐《は》き出す。

全身の強《こわ》ばりを解いた瞬間、鏡越《ご》しに深い緑色の瞳と目が合った。そのまま、じっと見つめられる。

（そういや、さっきもこんなふうに……）

『…………』

強い眼差しに囚《とら》われて、逸《そ》らすこともできず、視線を合わせた状態で固まっていると、サイモンがふっと双眸《そうぼう》を細めた。

『ようやくなんとか人前に出せるレベルになったな』

つぶやきながら視線を外し、ウエストコートの隠《かく》しポケットから、見るからに年代ものの懐《かい》中《ちゅう》時計を取り出す。蓋《ふた》を開いて時間を確認《かくにん》した。

『いい頃合《ころあ》いだ。クリスが戻り次第《しだい》に出るぞ』

『出るって、どこかへ出かけるんですか？』

『十一時半から【日東ピクチャーズ】でミーティングだ』

——【日東ピクチャーズ】。

今朝、ネットカフェで見たファンサイトで、日本語版ＤＶＤ発売元の有力候補の筆頭と目されていた配給会社だ。

（やっぱり、そうなんだ）

こくっと息を呑《の》むと、表情を改めたサイモンが告げる。

『初仕事だ。ヘマをするなよ』


「えー、このたび、偉大《いだい》なる映画監督《かんとく》テレンス・ロイド氏の生誕百年にかかわる機会をいただきまして、我々と致《いた》しましても大変に光栄の至りです。えー、このご縁《えん》をですね、ぜひとも大切にし、今後も末永くおつきあいいただければと願う次第です。思えば、わたくしがロイド氏の作品と出会いましたのは四十年前……」

『ジジイの繰《く》り言はいいから早く話を進めろ──と伝えろ』

右隣《みぎどなり》のサイモンに囁《ささや》かれ、祐はぴくっと肩《かた》を揺《ゆ》らした。

道玄坂にある【日東ピクチャーズ】本社ビル八階の会議室に、総勢八名が会してそろそろ十分。名刺《めいし》交換《こうかん》やら握手《あくしゅ》やら挨拶《あいさつ》やらに時間を費《つい》やし、いっかな本筋に入らないことに、せっかちなサイモンは苛々《いらいら》し始めている。

たしかに祐自身も、前置きが長いとは思うけれど。

（だからって、そんなこと伝えられないよっ）

相手は自分の三倍以上の年齢《ねんれい》で、天下の【日東ピクチャーズ】の常務取締役《とりしまりやく》なのだ。

に。

一流企業《きぎょう》の会議室に足を踏み入れるのも初めてで、さっきからずっと緊張のしっぱなしなのに。

会議のメンバーの内訳は、日東サイドが、取締役クラスが二名、部長一名、担当者とその女性アシスタントの計五名。対してこちらは、サイモン、祐、クリスの三名。Uの字型の会議テーブルに、三対五で向かい合うように座している。

内藤という三十代半ばの担当者、及びアシスタントの女性はある程度英語ができるようだが、取締役と部長は話せない。

名刺のない祐をサイモンが通訳だと紹介《しょうかい》すると、【日東ピクチャーズ】側のメンバーは一様に驚《おどろ》き、その顔には漏《も》れなく「こんな若造で大丈夫《だいじょうぶ》なのか」といった懸念《けねん》が浮《う》かんでいた。さすがにサイモンの手前、実際に口に出す者はいなかったが。

まぁでも、その懸念ももっともだと自分でも思う。高級スーツで外見を取り繕《つくろ》ったところで、顔は童顔だし、場慣れしていないのも立ち居振《ふ》る舞《ま》いでバレバレだろうから。

「……というような奇特《きとく》なご縁を感じているわけでございます。我が社と致しましても、全社をあげて取り組む所存でありますので、契約《けいやく》に関しまして前向きなご返答を、何卒《なにとぞ》よろしくお願い申し上げます」

常務取締役がようやく言葉を切り、一礼した瞬間《しゅんかん》、五人の視線がこちらに集まった。

初仕事に胃がきゅっと縮まるのを感じつつ、祐は今の話をなるべく短く要約して傍《かたわ》らのサイモンに伝える。するとサイモンが低く応じた。

『ロイド作品に思い入れてくださるお気持ちは有り難《がた》いが、今はそれについて語るべき時間ではない。また、私情を交えることは双方《そうほう》にとって有益ではないだろう。御社《おんしゃ》と契約を結ぶか否《いな》かは、あなた方が提示する条件次第だ』

い、いきなり喧嘩腰《けんかごし》!?

サイモンの歯に衣《きぬ》着せぬ率直《そっちょく》な物言いに、冷たい汗《あせ》がじわっと噴《ふ》き出す。

言っていることは間違いではないと思うけれど、そのままダイレクトに伝えたら、のっけから険悪なムードになることは必至だ。そうなったら、まとまる話もまとまらなくなってしまうのではないだろうか。

危機感を覚えた祐は、とっさに思案を巡《めぐ》らせた。乏《とぼ》しいボキャブラリーを駆使《くし》して、できるだけソフトな言い回しに置き換《か》えることに腐心《ふしん》する。

「ロイド作品に思い入れてくださってありがとうございます。作品に関しましては、また別の機会にでもうかがえればと思います。今回のプロジェクトを成功させるためにも、より優《すぐ》れた提案を望んでいます」

攻撃《こうげき》的な言葉をどうにかこうにかオブラートに包むと、重役たちが納得《なっとく》したようにうなずいた。通訳としての第一関門をかろうじて突破《とっぱ》して、ほっとする。

「では早速《さっそく》ですが、本題に入らせていただきます。こちらが生誕百年記念イベント『テレンス・ロイドの世界』の企画書《きかくしょ》になります」

司会進行役の内藤の指示で、女性アシスタントが企画書を銘々《めいめい》に配る。サイモンとクリスには英訳したものが渡《わた》された。ふたりの間に挟《はさ》まれた祐も、手許《てもと》の日本語の企画書に急いで目を通す。

A4サイズで十ページほどの企画書の表紙を捲《めく》ると、まず、イベントの主旨《しゅし》と概要《がいよう》が記されていた。それによれば、開催《かいさい》予定は来年の夏。イベントの主となるのは、フィルムフェスティバルと日本語版DVDコレクションボックスの発売の二本。その他《ほか》、生誕百年を記念した書籍《しょせき》（英語版の翻訳《ほんやく》）の発行、およびグッズ販売《はんばい》。

二ページ目以降には、イベントを告知するための様々な提案がなされていたが、驚いたのは作品そのものよりサイモンを主役に据えた企画《きかく》が多いことだった。

雑誌・新聞の取材にはじまって、あらゆる紙媒体《ばいたい》、WEBとのタイアップ、トークイベントやらテレビ出演やら、ずらりと並んだ提案の中にはCM出演の企画まであった。

どうやら【日東ピクチャーズ】は、サイモンのルックスの良さを「売り」にしたいようだ。容姿端麗《たんれい》な英国人、名門の出身でサー・テレンス・ロイドの直系となれば、たしかにマスコミ受けしそうだけど。

ちらっと横目で窺《うかが》ったサイモンの横顔は、予想どおりに厳しかった。左隣《ひだりどなり》のクリスも困惑《こんわく》げに眉《まゆ》をひそめている。

頃合いを見計らってか、セルフレームの眼鏡《めがね》を押し上げた内藤が口火を切った。

「イベント告知に関してサイモン氏へのオファーが多く記載《きさい》されておりますが、これはロイド作品の素晴《すば》らしさを誰よりも理解しているサイモン氏に語っていただくことが、何より説得力があるという見解からの提案です。このあたり、いかがでしょうか」

そのお伺《うかが》いに対するサイモンの返答は、冷ややかで素っ気なかった。

『私は著作権の所有者としてロイドフィルムの管理を任されているが、スポークスマンではない。従って表に出るつもりはない』

祐がサイモンの意向を伝えると、その場の空気が一気に萎《しぼ》む。

広告塔《こうこくとう》としてのサイモンに期待を寄せていたらしい彼らは、露骨《ろこつ》に気落ちした表情になったが、サイモンはまるで動じなかった。

自身も失望を顔に浮かべながら、それでも場を取りなすように内藤が言葉を継《つ》ぐ。

「その件につきましては、まだ時間もありますので、今ここで早急《さっきゅう》に結論を出す必要はありません。じっくりとご検討いただくことにしまして……フェスティバルで上映する作品についてはいかがですか」

上映候補作として挙がっているのは、六本耐久の前に祐が観《み》ていた二作品だった。二本共に賞を獲《と》っており、テレンス・ロイドの名を出されておそらく十人中九人が思い浮かべるであろう有名な作品。

呼び物になるようなメジャーな作品を上映したいという配給側の思惑《おもわく》もわかるけど、少し捻《ひね》りがなさすぎるような気がする。手堅《てがた》いラインナップではあると思うけれど。

『この二作品は映画館での上映はもとより、日本でも過去幾度《いくど》となくテレビ放映されているはずだ。敢《あ》えて今回上映する意味がないのではないか』

サイモンの疑問に対して、内藤が【日東ピクチャーズ】サイドの「『テレンス・ロイドの世界』と銘打《めいう》つからには、やはり代表作を上映して看板にしたい」という意向を説明した。

サイモンの眉間《みけん》につっと筋が刻まれる。

「逆に、この作品を推《お》したいという具体的な候補があるようでしたら、今この場で挙げていただけますと助かります」

内藤の要請《ようせい》に応《こた》えてサイモンが挙げた候補は、いわゆる「通受けする」作品だった。モノクロフィルムで、どちらかと言えば内容も地味めだ。

祐自身は、実は八本の中でこれが一番好きな作品だったが、案の定、日東の重役クラスはピンと来ていないようだった。そもそも、その作品自体を知らないのかもしれない。

気まずい空気を察してか、内藤が「これに関しましても、ひとまず保留にします」と話題を切り替《か》えた。

「字幕翻訳は、国内外でも名の知られた著名な翻訳者に依頼《いらい》する予定です。ハリウッドメジャーの大作を何百本と手がけており、その実力は折り紙付きです」

企画書に記されているのは、本当に超《ちょう》有名な字幕翻訳者だった。本も何冊か出しているし、ハリウッド俳優の来日時などに、通訳としてテレビでもよく見かける。

これはさすがに文句はないだろうと思ったが——。

『この翻訳者は多忙《たぼう》にかまけてやっつけ仕事が多い。少なくとも、英国ではあまりいい評判を聞かないが』

えっ、そうなのか。

驚きつつもサイモンの言葉を伝えると、内藤が微妙《びみょう》な顔つきをした。

「……今回の仕事に関しましては、じっくりと時間をかけられるようにスケジューリングを調整致《いた》します」

しかし、サイモンは納得しない。

『他の候補も挙げてくれ。こちらで検討したい』

「わかりました。後日、何名か候補をピックアップして提出致します」

内藤が諦《あきら》めたような表情で請《う》け合った。

「それと、フェスティバルの会場ですが、この夏銀座にオープンしたばかりの新しい劇場を考えておりまして、こちらはぜひこの滞在《たいざい》中に一度ご視察いただきたいと思っております」

一考の末、サイモンが答える。

『いいだろう』

本日初めて、気むずかしい英国人の同意を得られて、内藤がほっとした表情を浮《う》かべた。

「フェスティバルに関しましては以上です。では次に、イベント会場でも発売予定の『テレンス・ロイド生誕百年記念・コレクションDVDボックス（仮称《かしょう》）』についてですが」

と、突然《とつぜん》、それまではほとんど発言のなかった営業部長が片手を挙げた。

「その件に関して一言申し上げたい。よろしいですか？」

『営業部長さんが話をしたいそうです。いいですか？』

祐の確認《かくにん》にサイモンが鷹揚《おうよう》にうなずき、営業部長がこほんと咳払《せきばら》いをした。いかつい顔を赤らめ、大きな声で熱弁をふるい始める。

「映画業界は現在、大きな転換期《てんかんき》を迎《むか》えております。シネコンの進出、異業種の参入、多様化するメディア、権利ビジネスの拡大――業界の再編成が急ピッチで進んでいる今、我々【日東ピクチャーズ】も国内最大手として、新たなビジネスモデルの指針を示していかねばなりません。近年、DVD化やテレビ放映などの二次使用からの収益は、劇場公開と同じほどの大きな比重を占《し》めております。これは見逃《みのが》せない数字であり、今回のロイドフィルムのDVD化につきましても、各部署から期待の声が上がっております。つきましては……」

できるだけ正確にニュアンスを伝えようと頭をフル回転させ、部長の言葉を同時通訳していた祐を、不意にサイモンが遮《さえぎ》った。

『どうやら勘違《かんちが》いされているようなので訂正《ていせい》しておくが、私はまだ、あなた方に上映権を許諾《きょだく》するとお約束したわけではない』

突《つ》き放すような低音に意表を突《つ》かれる。

『………っ』

息を呑《の》む祐を、サイモンの鋭《するど》い視線が射貫《いぬ》いた。

『伝えろ』

『は、はい』

これに関してはオブラートに包んで意訳するわけにはいかない。

やや上擦《うわず》った声で、本日のミーティングの根本を覆《くつがえ》すようなサイモンの爆弾《ばくだん》発言を伝えた瞬《しゅん》間《かん》、会議室が水を打ったようにシーンと静まり返る。

「し、しかし」

反論の声をあげた内藤に、サイモンが非情な追い打ちをかけた。

『DVD化に関しても同様だ』

凍《こお》り付いた空気の中で、祐もまたフリーズする。

出だしからずっと双方《そうほう》の意見が嚙《か》み合わない状態で話し合いがなされてきていたけれど、このまま物別れで終わってしまうんだろうか。

(でも、それじゃあDVD化を心待ちにしているファンが……)

固唾《かたず》を呑んで成り行きを見守っていると、重役たちの非難の視線を浴びた内藤が強《こわ》ばった面《おも》持《も》ちで切り出した。

「それは、その……当社の提案がお気に召《め》さなかったということでしょうか」

『お互《たが》いのスタンスの違いを明確に感じた。我々が手を組むのは難しいかもしれない』

サイモンの率直《そっちょく》な返答に、内藤が衝撃《しょうげき》を隠《かく》せない様子で「……そうですか」とつぶやく。重役たちが顔色を変えてざわめき始めた。

「き、企画書《きかくしょ》の内容に関しましては社内で早急に協議をし、再度ご提案させていただくことにしましてですね、その間にブッキング予定のシアターを視察していただくことは問題ありませんか？」

『それは構わない』

内藤のお伺いにサイモンが答える。

「では、早速ですが明日の午前中はいかがでしょう？」

『明日の予定はどうなっている？』

サイモンの問いにクリスが手帳を開く。

『明日は十時から十二時の間でしたら空いています』

「では、午前十時にホテルにお迎えに上がります。――本日はわざわざご足労いただいたのに、このような結果となり、申し訳ございませんでした。一両日中には新しい企画書をご用意させていただきますので」

結局、【日東ピクチャーズ】の提案はひとつとしてサイモンの了承《りょうしょう》を得られないままに、会議はお開きになった。

浮かない顔つきの重役たちがガタガタと椅子《いす》を引いて立ち上がり、サイモンとクリスに挨拶《あいさつ》をして退出していく。

祐も企画書を手にして立ち上がった。

（つ、疲《つか》れた……）

自分でもぐったり憔悴《しょうすい》しているのがわかる。時計を見ればわずか一時間にも満たない時間だったが、その間ずっと神経を張り詰《つ》め、脳味噌《のうみそ》をフル回転していたので、なんだか一日分のエネルギーを消耗《しょうもう》した気がする。

『すみません……ちょっとトイレに行ってきます』

会議室を出たところで祐はクリスにそう断り、廊下《ろうか》の突き当たりの洗面所へと向かった。用を済ませたあと、休憩《きゅうけい》室の前を通りがかった祐の目に、自販《じはん》機の横に設置されたウォーターサーバーが飛び込んできた。それを見たとたんに急激な喉《のど》の渇《かわ》きを覚え、発作《ほっさ》的にサーバーに近寄って、紙コップを手に取る。紙コップに汲《く》んだ冷水を、勢いよく口腔《こうこう》内に流し込んだ。

ひりひりと熱を帯びた喉を冷たい水が滑《すべ》り落ちる感覚に、思わず「あー」と声が漏《も》れる。

考えてみれば、一時間ほとんど休憩もなくしゃべりっぱなしだったのだ。喉が渇くはずだ。

「美味《おい》しい……生き返る」

朝の試着から続いていた緊張状態《きんちょうじょうたい》からようやく解放され、冷たい水が五臓六腑《ごぞうろっぷ》に染《し》み渡《わた》る感覚を噛《か》み締《し》めているうちに、今朝方のサイモンの台詞《せりふ》がふっと蘇《よみがえ》ってきた。

——初仕事だ。ヘマをするなよ。

（ヘマか）

致命的《ちめいてき》なミスはなかったような気がするけど、かといって及第点《きゅうだい》にはほど遠い出来だった。長い台詞はところどころ訳しきれないところがあったし、敬語とかの微妙なニュアンスが伝わったかどうかもいまいち不安だ。気位の高いサイモンの気に障《さわ》るような言い回しもあったかもしれない。

実りのないままに会議がフェードアウトしたのは、自分のせいじゃないと思いたいけれど。

（この先、日東と上手《うま》くいくのかな）

今日の会議を見る限りでは波乱の船出のように思える。無事に契約《けいやく》成立までこぎ着けるのだろうか。

ぼんやりと契約の行く末に思いを巡《めぐ》らせてから、祐はふるっと頭を振《ふ》った。

ロイドフィルムをどうするのかを決めるのは、著作権を持つサイモンの仕事だ。アルバイト通訳である自分にできるのは、限られた時間で全力を尽《つ》くすことだけ。

そのためには、もっともっと英語を勉強しなくちゃ駄目《だめ》だ。日常会話や映画を観《み》るのに支障がない程度では、やっぱり仕事の場では通用しない。

今日はそれでも、進行役の内藤がある程度英語を解したからなんとかなったけど、そうでなかったらきっと場が混乱していたに違いない……。

初仕事を振り返り、おのれの未熟さを痛感していた祐は、背後からぽんと肩《かた》を叩《たた》かれ、ぴくんと反応した。顧《かえり》みた背後に、グレーのスーツの男が立っている。

セルフレームの眼鏡《めがね》にツンツン頭。今まさにその名前を思い浮かべていたばかりの――内藤だ。

「お疲れ様。きみ……ええと」

レンズの奥の目を細めて言い淀《よど》む男に、祐は自ら名乗った。

「水瀬です」

「そうそう、水瀬くん。さっきからずっと考えていたんだけど、きみとどこかで会ったような気がしてしょうがないんだよね」

そう言われて、もしかしたらと思い当たる。

「あの……僕、普段《ふだん》は【オフィス鈴木】の鈴木さんのところでアルバイトをしているんです。何度かこちらのビルにもお届け物でうかがったことがあるので、その時にお会いしていたのかもしれません」

内藤が「ああ！」と大きな声を出した。

「そうか！　紹介《しょうかい》された時から絶対見たことがあるって思っていたんだけど、鈴木さんのところの子かぁ。高価《たか》そうなスーツなんて着てるからわからなかったよ」

「身の丈《たけ》に合ってないんですけど……」

恐縮《きょうしゅく》して身を縮めると、「いや、そんなことないよ。すごく似合ってるよ」と内藤がフォローしてくれる。セルフレームの奥の目がにこにこと笑った。

（いい人だ）

この人も、あの気むずかしいサイモンの皮肉攻撃《こうげき》に耐《た》えているのかと思ったら、親近感がじわじわと湧《わ》いてくる。

「でも、どうしてきみがサイモン氏の通訳を？」

不思議そうに問われ、「鈴木さんの紹介です」と答えた。

「鈴木さんのところに字幕翻訳《ほんやく》家の丸山さんからお話が回ってきて、ミスター・サイモン・ロイドが短期で通訳兼《けん》ガイドを探しているからやってみないかって。僕、夜は映画の専門学校の夜間部に通っているので」

「そうだったのか。――きみ、通訳希望なの？」

「あ、いえ、そういうわけではないんですが、こんな機会は滅多《めった》にないし、いい経験になるからって鈴木さんに言われて。実は通訳のお仕事は今日が初めてだったので、いろいろ未熟ですみません」

ぺこりと頭を下げると同時、内藤の意外そうな声が落ちてくる。

「へぇ、初めてだったんだ。そのわりには上手かったよね」

「本当ですか？」

思わず顔を振り上げた。

すっかり自信喪失《そうしつ》していたところだったので、お世辞だとわかっていても嬉《うれ》しくて、つい顔がほころぶ。

「ありがとうございます」

感謝の言葉を述べると、内藤がレンズ越《ご》しに祐をじっと見つめてきた。無言の眼差《まなざ》しに居心《いごこ》地《ち》の悪さを感じ始めた頃《ころ》、おもむろに口を開く。

「きみさ、学生だって言っていたけど、映画関係志望？」

「あ、はい、一応」

「今、何年？　就職決まってるの？」

祐は首を左右に振った。

「二年です。来年の春で卒業なんですけど、まだ全然……」

「今はどこも厳しいよね。俺でよければ相談に乗るけど？」

「えっ？」

思いがけない申し出に両目を見開く祐の肩に、内藤が腕《うで》を回してくる。生あたたかい吐《と》息《いき》が耳にかかるのを感じた刹那《せつな》、ひそっと囁《ささや》かれた。

「携帯《けいたい》の番号とか教えてよ。俺の番号はさっき渡した名刺《めいし》に……」

『――ミナセ』

「………っ」

低音で名前を呼ばれ、びくっと肩を揺《ゆ》らす。

振り返った視線の先――廊下の中程《なかほど》にサイモンが立っていた。こちらを厳しい顔つきで見据《みす》える男の、長身から立ち上る剣呑《けんのん》なオーラに息を呑《の》む。

そっと祐の肩から手を離《はな》した内藤が、『お疲《つか》れ様です』と会釈《えしゃく》したが、サイモンは無言のまま、険しい表情を緩《ゆる》めなかった。

『帰るぞ』

『あ、はい、今行きます』

仕事中なのに、さぼって無駄《むだ》話をしていたと思われたのかもしれない。

雇《やと》い主から不穏《ふおん》な気配を感じ取った祐は、内藤に「失礼します」と頭を下げ、あわててサイモンのもとへと駆《か》け寄った。

5

祐が側まで近寄るやいなや、サイモンが肩を翻《ひるがえ》す。大きなストライドで歩き出しながら尋《たず》ねてきた。

『内藤と何を話していた？』

置いて行かれないように歩幅《ほはば》を広げつつ、祐は口を開く。

『前に会ったことがあるんじゃないかって話しかけられて……』

『あるのか？』

『たぶん。アルバイトのデリバリーで何度かここに来たことがあるので、その時に顔を合わせていたのかもしれません』

『それだけか？』

就職のことで話をしたと言ったら、仕事中に無駄話をするなと怒《おこ》られる気がして『それだけです』と答えた。ただでさえ不機嫌《ふきげん》なのに、これ以上機嫌を損《そこ》ねたくない。

不意にサイモンが足を止めたので、祐も立ち止まった。

『…………』

何か嫌《いや》みを言われるのかと緊張《きんちょう》して、目の前の広い背中を窺う。が、数秒の沈黙《ちんもく》のあと、サイモンは何も言わずにふたたび歩き出した。

（……？　なんだろう？）

ほどなく廊下《ろうか》の先にクリスの姿が見えてくる。サイモンと祐を認めたその美しい貌《かお》に、安堵《あんど》の表情が浮《う》かんだ。

『大丈夫《だいじょうぶ》ですか？』

近づくなり心配そうに尋ねられ、戸惑《とまど》う。

『なかなか戻《もど》ってこないのでサイモンが心配して様子を見にいってくれたのです。ほとんど寝《ね》ていないのに緊張を強《し》いてしまったので、どこかで倒《たお》れているんじゃないかって』

そうだったのか。それでわざわざ迎《むか》えに？

傲岸不遜《ごうがんふそん》な男の意外な一面を見た思いでサイモンを見上げる。目と目が合った瞬間《しゅんかん》、形のいい唇《くちびる》を歪《ゆが》められた。

『案じるだけ無駄だったな。さすがに雑草は強い』

（うっ……）

一瞬《いっしゅん》、ちょっとはいいところもある？　とか思った俺の馬鹿《ばか》！

雑草で悪かったですね！　どーせあなたと違《ちが》って庶民《しょみん》ですよっ！

心の中でサイモンに悪態をつきながらも、クリスに対しては謝った。

『ご心配をおかけしてしまってすみません。喉《のど》が渇《かわ》いたので休憩室《きゅうけいしつ》で水を飲んでいました』

『顔色、戻りましたね。さっきはかなり憔悴《しょうすい》していたけれど』

『はい。もう大丈夫です』

『よかった。――さて、昼食はどうします？』

クリスが祐からサイモンへと視線を転じた。

そっか。もう昼時か。

腕時計《うでどけい》を見れば、十二時二十分過ぎ。意識すると、現金にも急にお腹《なか》が空いてきた。さっきまでは緊張がMAXでそれどころじゃなかったけれど。

『本日は会食の約束がないので、ホテルに戻ってもいいですし、たしかこの近くにも評判のいいフレンチがあるはずですが……どうしましょうか？』

クリスの伺《うかが》いには応《こた》えず、サイモンは祐に尋ねてきた。

『おまえはまたライスボールか？』

からかうような声音《こわね》にひくっと口元を引きつらせ、首を横に振《ふ》る。

『今朝はさすがに時間がなくて作れなかったんで、僕は適当にそのあたりで済ませます。時間を決めてくだされば、その頃にレストランにお迎えに上がりますので』

しかしサイモンは浮かない顔つきで肩《かた》を竦《すく》め、『フレンチは飽《あ》きた』とつぶやいた。

『じゃあ和食にしますか？　懐石《かいせき》、天ぷら、しゃぶしゃぶ、スキヤキ……いっそイタリアンという手もありますが』

『どれももう充分《じゅうぶん》だ』

クリスの提案を遮《さえぎ》り、今一度祐を見る。

『おまえと一緒《いっしょ》に行く』

『えっ？』

『おまえが行く店に私たちも同行する』

とんでもない要求を突《つ》きつけられ、祐はぎょっと目を剝《む》いた。

ど、同行って⁉

『食事を摂《と》る店を見繕《みつくろ》うのもガイドの仕事だろう？』

言われてはっと気がつく。そうだ……自分は通訳兼ガイドだった。通訳業務だけでいっぱいいっぱいで、きれいさっぱり忘れていたけれど。

『で、でも、僕、おふたりに釣《つ》り合うような高級レストランとか全然知らないですし！』

『誰もおまえに高級店をリコメンドしろなどと言っていないし、期待もしていない』

サイモンが鼻で笑った。

『特別なレストランである必要はない。おまえがいつも行くような店でいい』

『って、言っておきますけど、ものすごーく庶民の店ですよ？　本気でチープですよ？　ナプキンもなければ、テーブルクロスも敷《し》かれていませんよ？』

必死の抵抗《ていこう》を封《ふう》じ込めるように、サイモンが横柄《おうへい》に命じた。

『そこでいい。連れて行け』

（さっきからみんな振り返ってる）

それも当たり前だ。明らかに、どう考えても場違いだもんな。

ごちゃごちゃと猥雑《わいざつ》な渋谷の中でもとりわけディープな裏通りを、カシミアのコートに身を包んだ英国人二名を引き連れた祐は、行き交《か》う人々の視線を痛いほどにひしひしと感じていた。

『後ろから車が来ました。気をつけて』

ただでさえ道幅《みちはば》が狭《せま》いところにもってきて、路肩《ろけん》や店の前に自転車やバイクが無造作に停《と》められているので、歩きづらいことこの上ない。車とすれ違うのも一苦労だ。

『すみません。狭くてゴミゴミしてて』

道が狭いのも、迷惑駐輪《めいわくちゅうりん》も自分のせいではないのに、思わず謝ってしまう。サイモンもクリスもいつも移動は車だから、こんな裏道には足を踏《ふ》み入れたことがないんじゃないだろうか。

そんなことを考えていたら、頭上からぽつりと低音が落ちてきた。

『……懐《なつ》かしいな』

『へ？』

聞き間違いかと思って、傍《かたわ》らの長身を見上げる。

今、懐かしいって言った？

緑色の双眸《そうぼう》が、まるで遠い記憶《きおく》と目の前の風景とを重ね合わせてでもいるように、じわりと細められた。

『あの……』

祐の訝《いぶか》しげな眼差《まなざ》しに気がついたらしいサイモンが、郷愁《きょうしゅう》を断《た》ち切るように顔をこちらに傾《かたむ》け、『まだ着かないのか？』とせっついてくる。

『もうすぐです。あ——あそこです』

祐が指さしたのは、かなり年季の入った店構えだった。流行を敏感《びんかん》にその街並みに反映し、月替《つきが》わりでテナントが入れ替わる渋谷において、十年一日《いちじつ》のごとく変わらぬ営業を続けている。地元密着型の定食屋。バイト先の鈴木に連れて来られて以降、渋谷で外食する時はここと決めている。なんといっても安くて、美味《うま》くて、量が多いからだ。

とはいえ、乞《こ》われるがままに連れてきてしまったものの、この店の良さが外国人——しかも上流階級に属するふたりにわかるとは思えない。

わざわざ庶民の店で食事をしたがるのは、あれだろうか、金持ちの気まぐれってやつ？

『本当にここでいいんですか？　くどいようですけど本当に汚《きたな》くて……いや、不潔って意味じゃないんですけど、でも』

この期《ご》に及《およ》んで尻込《しりご》みする祐を、サイモンが『くどい』と一蹴《いっしゅう》し、勝手に引き戸に手をかけてカラカラと開けてしまった。

「はーい、いらっしゃ…」

掛《か》け声と同時に振り返った顔馴染《かおなじ》みのおばちゃんが、異色の三人を見て目を丸くする。

「あら、まぁ……」

店の客の「なんだなんだ?」といった好奇《こうき》の視線が一斉《いっせい》に集まる中、祐はあわてて一歩前へ出た。

「こんにちは。三名入れます?」

祐を間近でまじまじと見て、おばちゃんはやっと常連客だと気づいたらしい。

「やだ!　スーツなんか着てるからわからなかったわよ!　どうしたの?　ガイジンさん引き連れちゃって」

「ちょっとバイトなんです。……渋谷で一番おいしい店に連れていけって言われて」

おおざっぱな説明に、それでもおばちゃんの顔がほころんだ。

「まぁまぁ、それはわざわざありがとうね。むさ苦しいところですけど、どうぞおかけくださいな」

店主とその妻で賄《まかな》っているこぢんまりとした店なので、いつも昼時は店の外に客が並ぶほどなのだが、時間が少しずれているのが幸いして、壁際《かべぎわ》の四人掛けの席がひとつだけ空いていた。

コートを脱《ぬ》いだクリスとサイモンが肩を並べ、祐はサイモンと向かい合うようにして、それぞれ椅子《いす》に腰《こし》を下ろす。大柄《おおがら》なサイモンのウェイトにパイプ椅子がギシッと音を立てた。

『おもしろい店ですね』

壁にずらりと貼《は》られた短冊《たんざく》形の品書き、油で黄ばんだ有名人のサイン色紙、季節はずれのビール会社のポスターなどを物珍《ものめずら》しげに眺《なが》めてから、クリスが感慨《かんがい》深げにつぶやいた。祐の頭の上に設置された小さなテレビでは、昼の連続ドラマが放映されている。

そんなドメスティックな場所と、テーラーメイドスーツを隙《すき》なく着こなす英国人二名は、想像していた以上にミスマッチだ。そのシュールな絵を目《ま》の当たりにして、祐は悪い夢でも見ている気分になった。

『ここは何を食わせる店だ？』

やはり店内を視線でぐるっと一巡《いちじゅん》してから、サイモンが尋《たず》ねてくる。

気を取り直して、祐は説明を始めた。兎《と》にも角にも今はガイドに徹《てっ》し、クライアントの空腹を満たさなければ。

『昼は定食の店なんですけど、夜はお酒も呑《の》めるんです。壁に貼ってあるのが夜の単品のメニューです』

『定食？』

『定食っていうのは、えーと、そう「ランチメニュー」で、メイン料理に小皿のオプションがついて、あとライスと味噌《みそ》スープでワンセットになっているんです』

『ワンディッシュプレートみたいなものか』

『正確にはワンディッシュじゃないですけどそんな感じです。おふたりとも、定食でいいですか？』

ふたりがうなずき、サイモンがさらに質問を重ねる。

『その「定食」とやらにはどんな種類があるんだ？』

『デフォルトの定食はとんかつとフィッシュフライ、サバの味噌煮、肉野菜炒《いた》めで、今日の日替わり――つまりスペシャルメニューはオイスターのフライだそうです』

クリスがしばらく悩《なや》んでから『じゃあ、私はフィッシュフライにします』と言った。

『おまえの薦《すす》めるメニューはどれだ？』

サイモンに問われ、祐は一考した。高級レストランのメニューはさっぱりだが、通い慣れたここならば、何が美味《おい》しいかはわかる。

『スペシャルメニューの「カキフライ」はいかがでしょう？　海外ではオイスターは生食がほとんどだと聞いたことがありますが、フライにすると甘みが出てすごく美味しいですよ。今、シーズンですし』

『たしかにオイスターのフライはめずらしいな。英国はもとより他《ほか》の国でも見たことがない。では私はそのスペシャルメニューを』

『フィッシュフライとスペシャルメニューでよろしいですね。僕は肉野菜炒めにします。あと、サイドディッシュになりますけど、ここのポテトサラダはかなり美味いです』

『それも頼《たの》もう』

水を持ってきたおばちゃんにオーダーを伝える。先にポテトサラダが運ばれてきたが、ガラスの器《うつわ》から零《こぼ》れそうなくらいに大盛りだった。サービスしてくれたらしい。

祐は備え付けの木箱から割り箸《ばし》を取り出し、パキッと割ってふたりに渡《わた》した。未使用の自分の箸で小皿にポテトサラダを取り分ける。

『どうぞ』

思いがけず器用に割り箸を操《あやつ》りながら、ポテトサラダに口をつけたサイモンが、しばらく無言で味わってからつぶやいた。

『美味い』

『本当ですか!?』

緊張《きんちょう》の面持《おもも》ちで反応を窺《うかが》っていた祐は、思わず大きな声を出す。

『素朴《そぼく》な味だが、ポテトの茹《ゆ》で加減が丁度いい』

サイモンの言葉にそそられた顔つきで、クリスもポテトサラダに箸をつけた。

『本当だ。固茹でのポテトに歯ごたえがあって、美味しいですね』

『程良《ほどよ》いドレッシングの酸味と卵の味のミックスが絶妙《ぜつみょう》だ』

おそらくは世界中の美食を味わい尽《つ》くしているのであろうふたりに交互《こうご》に絶賛されて、ますますテンションが上がる。

『ジャンクな食べ方なんですけど、このポテトサラダにちょっとマスタードとソースを入れて混ぜると、また美味いんです。——どうですか？』

『たしかに……美味いな』

『うん……さっきとはまた違《ちが》った味わいで美味しい』

祐はテーブルの下で小さくガッツポーズを作った。

誰かをもてなすホストの悦《よろこ》びを初めて知ると同時に、自分とは生活のステージが違うと思っていたふたりを、少しだけ身近に感じる。

（生まれ育った国や境遇《きょうぐう》は違っても、美味しいものを美味しいと思う感覚は同じなんだな）

ポテトサラダの器が空になったところで、タイミング良く定食が運ばれてきた。今度もご飯が大盛りだ。

『なんの魚だ？』

『白身のようです。熱々で美味しそうだ』

『オイスターも揚《あ》げたてだな。このグリーンはなんだ？』

『キャベツの千切りです。——あ、違います。この小皿に芥子《からし》を入れて、ソースで溶くんです。そう、お箸でグルグル掻《か》き回して』

つい定食屋ビギナーを相手にあれこれと世話を焼いてしまう。

祐の指示どおりに芥子入り特製ソースをつけたサイモンが、大振《おおぶ》りのカキフライをひとつ、口の中に放り込んだ。サクッと音を立てて噛《か》んだ瞬間《しゅんかん》に大きく目を見開く。

『美味《うま》い！』

心からのものとわかるその感嘆《かんたん》に祐は舞《ま》い上がった。自分で薦めてしまっただけに、口に合わなかったらどうしようと内心でドキドキしていたので、余計に嬉《うれ》しい。顔がにやけそうになるのを我慢《がまん》して『お口に合って良かったです』とだけ言った。

『オイスターは生に限ると思っていたが、これは驚《おどろ》きだ。ジューシーで本当に甘いな』

『オイスターのフライがそんなに美味しいなら【ロイドハウス】の料理長に教えなければいけませんね』

クリスが話しかけたが、サイモンはカキフライに夢中で答えない。

『あの、もしよかったら、僕の肉野菜炒めも食べてみてください』

食べかけのものなんて嫌《いや》がるかな、と思いつつ一応薦めてみたら、サイモンが箸を伸《の》ばしてきて、祐の皿から肉野菜炒めを直接口に運んだ。

『うむ、しっかりと火が通っているのにちゃんと歯ごたえがある。高温で手際《てぎわ》よく炒めなければこうはならない。ミソスープの中に入っているのは？』

『わかめ――海草と豆腐《とうふ》です』

『このスープも美味しいですよ』

食事がおいしいと会話が弾《はず》む。ものの数分で、各々《おのおの》の前の皿はきれいに空になった。

「あらー、きれいに食べたわねぇ」

食後のお茶を持ってきたおばちゃんが、化粧《けしょう》っけのない顔をくしゃっとして笑う。

「すごくおいしかったと伝えてくれって彼らが言っています」

「こんな映画俳優みたいなガイジンさんに言われると照れちゃうよ」

本当に顔を赤らめたおばちゃんが、祐に小声で訊《き》いてきた。

「ひょっとして本当に俳優なの？　だったら色紙にサイン書いてもらうんだけど」

「違いますよ。まったくの一般《いっぱん》人でもないですけど」

食器を下げていくおばちゃんを見送りながら、演歌歌手の色紙の隣《となり》にサイモンのサインが並ぶ図をうっかり想像してしまい、笑いを堪《こら》える。

湯呑《ゆの》みのお茶に口をつけたサイモンが、『グリーンティーは微妙《びみょう》だな』とひとりごちた。たしかに、かなり出がらしっぽい。

『だが他はパーフェクトだ。いい店を紹介《しょうかい》してもらった』

労《ねぎら》いの言葉に、祐はくすぐったい気分で『こちらこそ、いろいろ差し出がましい口をきいてすみませんでした』とつぶやいた。初対面から、口を開けば出るのは嫌みか皮肉だったので、誉《ほ》められるとなんだか気恥《きは》ずかしい。

『そういえば、まだロイド全集を観《み》た感想を訊いていなかったな。おまえはどの作品が一番気に入った？』

突然《とつぜん》、仕事の話を振《ふ》られ、祐は表情を改めた。

身内の前で作品について語るのは難しい。

湯呑みを両手で包み込み、慎重《しんちょう》に口を開く。

『どれも素晴《すば》らしかったですけれど……敢《あ》えて一番ということでしたら、僕は「黄昏《たそがれ》」が好きです』

「黄昏」は、没落《ぼつらく》しつつある英国の貴族と、その舘《やかた》に仕《つか》える老執事《しつじ》の日常を描《えが》いた映画だ。偶然《ぐうぜん》にも、サイモンが先程の【日東ピクチャーズ】とのミーティングで、フィルムフェスティバルの上映作にと推した作品でもあった。

『ずいぶんと地味な作品を選んだな』

サイモンの目が、おべんちゃらならいらないぞと告げている。

『たしかにテーマは地味めで、シナリオも淡々《たんたん》としているんですけど、全作品を観終わったあともずっと心に残っていたのがこの作品だったんです。静かな余韻《よいん》があるっていうか』

サイモンが傍《かたわ》らの秘書をちらりと見た。なんだろうと思っていると、クリスと目で合図をし合ってから、ふたたび祐に視線を戻《もど》す。

『あの老執事のモデルは、クリスの祖父なんだ』

『えっ、本当に？』

クリスが『ええ』と肯定《こうてい》した。

『祖父は十五歳で印度《インド》から英国に渡り、その後の五十有余年の生涯《しょうがい》をロイド家の執事として過ごしました。今はその仕事を父が受け継《つ》いでいます。――現実のロイド家は没落しておりませんが、「黄昏」はテレンス・ロイドが祖父をモデルにして、滅《ほろ》びゆく英国貴族の美学を描いた作品だと言われています』

『……そうだったんですか』

映画の最後、子供の頃《ころ》より何十年と仕えてきた館の主人が失意のままに亡《な》くなると、彼の死を看取《みと》った執事は古びた革鞄《かわかばん》ひとつを携《たずさ》え、自分の生まれ故郷へ帰っていく。

ラストは彼の故郷の田園風景で終わるが、このシーンが息を呑《の》むほど美しいのだ。

『不思議なんですけど……思い返した時に眼裏《まなうら》に浮《う》かぶラストシーンは、なぜか目にしみ入るみたいな緑なんですよね。……モノクロのフィルムなのに』

祐の訝《いぶか》しげなつぶやきに、サイモンが端整《たんせい》な唇《くちびる》の端《はし》を持ち上げた。

『名作と呼ばれるモノクロフィルムは、途中《とちゅう》からだんだん色が見えてくるようになる』

『そうなんですか？』

『そういうものだ』

サイモンがうなずいた時だった。

ブルルルルルッ。

祐のジャケットの内側で携帯《けいたい》が震《ふる》え始める。

『僕の携帯です』

スーツの内ポケットから携帯を取り出し、バイブ音を切ろうとしたら、サイモンに『緊急《きんきゅう》の用かもしれない。出なさい』と言われた。

『すみません』

体を若干斜《じゃっかんなな》めに傾《かたむ》け、フリップを開いた携帯を耳に当て、祐は小声で囁《ささや》いた。

「はい、水瀬です」

『水瀬くん？　鈴木だけど』

「あ、鈴木さん、お疲《つか》れ様です」

『今昼の休憩《きゅうけい》だろ？　どうだ？　通訳の仕事は上手《うま》くいっているか？』

興味津々《きょうみしんしん》といった声音《こわね》に、横目でサイモンを見やる。いつの間にやら定食屋にも馴染《なじ》み、すっかりくつろいだ様子のふたりは、店内を興味深げに見回しながら、あれこれと話をしていた。

「えっ……と……いろいろ大変です」

実感の籠《こ》もった返事を返すと、鈴木が回線の向こうで笑う。

『テレンス・ロイドの孫はどんな男だ？』

「どんなって……」

まぁ日本語ならわからないか。

「そうですね。気難しい人です。皮肉屋でせっかちで……」

刹那《せつな》、サイモンがぴくっと反応したような気がして焦《あせ》った。

（まさか日本語はわからないはずだよな？）

それでもやっぱり、本人を前にして噂話《うわさばなし》をするのは気が引けて、早々に話を切り上げる。

「すみません。今クライアントと一緒《いっしょ》なので、また夜にでもかけ直します」

『おーそうか。すまんすまん。じゃあまたな。がんばれよ』

「はい、ありがとうございます。鈴木さんもお仕事がんばってください」

ピッと通話終了《しゅうりょう》ボタンを押したとたん、前方から低音が尋《たず》ねてくる。

『誰だ？』

携帯を内ポケットにしまいつつ祐は答えた。

『今回の仕事を紹介してくれたアルバイト先の人です。映画学校の先輩《せんぱい》にあたる方なんですけど、公私共にすごくお世話になっていて』

『…………』

サイモンの眉根《まゆね》がじわりと寄った。

あれ？　なんだろ？　微妙に不機嫌《ふきげん》そう？

カキフライの効果か、せっかく機嫌がよかったのに。何か興を損《そこ》ねるようなことをしただろうか。出ろと言われて携帯に出ただけなのに。

戸惑《とまど》っているうちに、サイモンがコートを摑《つか》んで立ち上がった。クリスもそれに倣《なら》う。

『出るぞ』

『は、はい』

祐も椅子《いす》を引いて立ち上がった。

『チェックは？』

『あそこのレジで支払《しはら》うシステムです。——あ、カードは使えませんから！』

サイモンが財布《さいふ》の中から黒光りするカードを取り出すのを見て、あわてて忠告する。

しかもブラックカードなんて絶対おばちゃん見たことないし！

（もちろん自分だって初めて見たけど……）

『私がキャッシュを持っていますから』

結局、クリスがまとめて支払いを済ませた。

『あの……これ』

店を出たところで自分の分の定食代を払おうとしたが、サイモンに『ここは私が持つ』と断られてしまう。

『いい店を紹介してくれた礼だ』

『でも……』

迷ったが、分不相応なバイト代を払ってもらう上に、昼食まで奢《おご》ってもらうのは申し訳ない気がした。その対価に見合う仕事ができているとはとても思えない。

『やっぱり自分の分は払います』

六百円を握《にぎ》り締《し》めた拳《こぶし》を突《つ》き出すと、いよいよサイモンの顔つきが険しくなる。

『相変わらずかわいげがないな』

ほどなく落ちてきた忌々《いまいま》しげな低音が聞き取れず、祐は聞き返した。

『……え？』

『いいからコインを財布にしまえ。――行くぞ』

これでもうこの話は終わりだと言わんばかりに踵《きびす》を返し、サイモンがさっさと歩き出す。

『って、どこへですか!?』

焦った祐の呼びかけに長身の男が振《ふ》り返り、傲慢《ごうまん》に命じた。

『この街を案内しろ』


翌朝、十時。前日の約束どおりに内藤がホテルまで迎《むか》えにきた。

黒塗《くろぬ》りのリムジンハイヤーの後部座席――三人座っても充分《じゅうぶん》に余裕《よゆう》がある――のなるべく端《はし》

っこに身を寄せながら、祐は窓の外の師走《しわす》の街を眺《なが》めた。

適度にエアコンの効《き》いた高級リムジンの中からは、見慣れているはずの東京の街も違《ちが》って見えるのが不思議だった。

昨日は結局、乞《こ》われるがままに渋谷の街を案内しているうちにタイムリミットの六時がきて、サイモンたちと別れた祐は代々木の学校へ向かった。

六本耐久《たいきゅう》＋初めての通訳の余波で、授業を受け終わった時点でさすがにエネルギーが切れ、アパートに戻ってスーツを脱《ぬ》ぐなり、鈴木に電話をする余裕もなくダウンしてしまった。

今朝は今朝で、昨日サイモンに教わったのにもかかわらずネクタイが上手く結べず、四苦八苦していたら危うく遅刻《ちこく》しかけ、カーサの手前の上り坂を全力疾走《しっそう》する羽目になった。

今日でバイトも三日目。

(泣いても笑ってもあと三日か)

その三日間で、自分にも何か少しでも貢献《こうけん》ができるといいのだけれど。今のところは通訳としてもガイドとしても、ほとんど役に立っていない気がする。

「前回のミーティングにおきましてご指摘《してき》いただいた点は、現在社内で調整中です。本日は取り急ぎ劇場視察に関連のある項目《こうもく》のみ、ドラフトを作ってきました」

助手席の内藤が振り返り、A4サイズのファイルを各自に配る。透明《とうめい》のファイルには書類が一枚挟《はさ》まっていた。例によってサイモンとクリスには英文、祐には日本語のものだ。

「移動中にざっと目を通していただけますと幸いです」

内藤の言葉をふたりに訳してから、祐も手許《てもと》の紙面に目を通した。

テレンス・ロイド生誕百年記念イベント『テレンス・ロイドの世界』（仮称《かしょう》）。

場所は銀座の一等地にこの夏オープンしたばかりの複合型イベントスペース【GINZA CURIOUS】三階の映画館【シネキュアリアス1】。キャパシティ五百十席。

フェスティバル期間は八月上旬《じょうじゅん》から一週間（予定）。

デイ興行のみ。休憩を挟み二作品を上映予定（約三時間十五分程度）。

午前と午後の二興行。

演目は現在調整中。

豪華《ごうか》パンフレット&オリジナルグッズ付きの前売り鑑賞券《かんしょう》を、三ヶ月前より発売（パンフレット及《およ》びグッズは劇場にて鑑賞券と引き替《か》え）。

フェスティバル参加者の特典として、劇場にてプレミアムエディション付き、日本語版DVDボックス『テレンス・ロイド生誕百年記念　コレクションDVDボックス（仮称）』を先行発売。

概要《がいよう》をざっと目で追っていた祐は、前売り鑑賞券の予価を見て息を呑《の》んだ。

（は、八千円!?）

高い！　いくら二作品分で豪華パンフレットとオリジナルグッズがついているからって高す

ぎる！

テレンス・ロイドのファンは中・高年が多いと聞くから、お金に余裕がある彼らをターゲットに据《す》えているのだろうけど、自分ならとてもこの金額は出せない。

思わず傍《かたわ》らのサイモンの様子を窺《うかが》ったが、紙面に視線を落とす彫像《ちょうぞう》めいた横顔は静かで、何を考えているのかわからなかった。

「到着致《とうちゃくいた》しました」

三十分ほどで目的地に車が着く。リムジンハイヤーを降りた一行は、地下の駐車場《ちゅうしゃ》からエレベーターで直接【シネキュアリアス1】の入り口のある三階まで上がった。

【GINZA CURIOUS】は十階建てで、一階と二階にコンサートや舞台《ぶたい》などを行う劇場が大・小二ホールあり、三・四階がシアター（二スクリーン）、五階がレストランフロア、六階以上が外資系のホテルになっていることを、エレベーターの中で内藤に説明を受ける。

【シネキュアリアス】の存在は知っていたが、鑑賞券が通常より高いので、祐はまだ一度もここで映画を観《み》たことがなかった。

ポンッと頭上で音が鳴って、スライドドアがするすると開く。

「うわぁ……」

目の前に広がるゴージャスな空間に、つい歓声《かんせい》が漏《も》れた。

きらきらと煌《きら》めくシャンデリア。床《ゆか》一面に敷《し》き詰《つ》められた真っ赤な絨毯《じゅうたん》。壁《かべ》に並ぶ絵画やトルソー。見るからに高級そうな調度品の数々。

（これが映画館？）

まるでオペラかミュージカルの劇場みたいだ。——と言っても、その劇場自体、本物は知らない。映画の中で見ただけだ。

ケージから足を踏《ふ》み出すと、靴《くつ》が毛足の長い絨毯にずぶっと沈《しず》んだ。底が革張《かわば》りの靴との相乗効果でめっちゃ歩きにくい。カーサに通って多少は慣れたとはいえ、あそこはもう少し機能的だし。

ふかふかの絨毯に足を取られているうちに、内藤、サイモン、クリスが先に歩き出す。置いて行かれないようにと、祐は足を速めた。

「【GINZA CURIOUS】にはシアターが二スクリーンございまして、イベント用にと考えておりますのはキャパシティが大きい【シネキュアリアス1】です。こちらは一・二階席を合わせて五百十席あります。——こちらから入ります。どうぞ」

内藤が両開きのドアを開けて、三人を通してくれる。

【シネキュアリアス1】は、二階席もある大きなホールだった。ドーム型の天井《てんじょう》には、何やら宗教画のようなものが描《えが》かれている。床はやはり真っ赤な絨毯敷き。

クロス張りの椅子《いす》はゆったりと大きくてクッションが効いている。これならば長時間座っていてもお尻《しり》が痛くならなさそうだ。前後の席との間隔《かんかく》も充分で、さすがは高い料金を取るだけのことはある。

「二階席へは、こちらの階段からご案内致《いた》します」

ひととおり館内を案内した内藤が、そう説明してホールの端《はし》にある階段を上り始めた。クリスが内藤のあとに続く。祐も急いで階段を上り始めた。

通訳をするために急がなければと気持ちが焦《あせ》る。

階段の中程《なかほど》まで到達《とうたつ》したところでもどかしくなり、二段抜《ぬ》かしで上ろうとして、革靴がつるっと滑《すべ》った。反動で体が反っくり返る。

「うわあぁっ」

とっさに腕《うで》を回して持ちこたえようと足掻《あが》いたが敵《かな》わず、後ろ向きにふわっと体が浮《う》いた。天井の宗教画が視界に飛び込んできて、ひやっと背中が冷たくなる。

ヤバイ！　落ちる——っ！

目を瞑《つぶ》った次の瞬間《しゅんかん》、どんっという衝撃《しょうげき》と共に、背中が何か硬《かた》いものにぶつかった。自分の腰《こし》を抱《だ》く腕に反射的にぎゅっとしがみつく。

「……はぁ……はぁ」

心臓がものすごい勢いで早鐘《はやがね》を打ち、体中の毛穴から冷たい汗《あせ》がどっと噴《ふ》き出すのを感じた。

息を詰め、身を固くして数秒待ったが、覚悟《かくご》していた衝撃や痛みは訪《おとず》れない。

（た、助かった？）

それでもまだ半信半疑でおそるおそる薄目《うすめ》を開く。じわじわと仰向《あおむ》いて、オリーブグリーンの瞳《ひとみ》と目が合った。

――サイ…モン？

背中に感じる硬く張り詰めた胸。包み込むようなコロンの香《かお》り。自分を抱き締《し》める、強い腕。

それらすべてがクライアントのものだと気がついた祐は、大きく両目を瞠《みは》る。

俺、今、サイモンの腕の中にいる？

ようやく状況《じょうきょう》を把握《はあく》するのと同時、視線の先の端整《たんせい》な貌《かお》がみるみる険を孕《はら》んだ。

『馬鹿《ばか》っ、何をやってるんだ！』

頭上から怒鳴《どな》りつけられ、びくっと体が竦《すく》む。

『す、すみませ…』

あわてて身を引こうとした足がもつれ、ぺたんと階段に尻餅《しりもち》をついてしまった。

「あ………」

腰が抜《ぬ》けた祐を呆《あき》れたように見下ろし、前髪《まえがみ》を搔《か》き上げたサイモンが溜《た》め息を吐《つ》く。

『まったく、危なっかしい』

『……すみません』

恥《は》ずかしい。穴があったら入りたい。

『肝《きも》が冷えたぞ。――ほら』

摑《つか》めというように目の前に差し出された大きな手を、祐は赤い顔でぼんやりと見つめた。ほどなく頭の片隅《かたすみ》でパチッと火花が散る。

（あれ？）

俺、この手を知っている。白くて、指が長くて、大きな手を知っている……気がする。

これって何？　デジャ・ビュってやつ？

危機《きき》一髪《いっぱつ》の衝撃を引きずったまま階段にへたり込み、ぼーっとサイモンの手を眺《なが》めていたら、上から声がかかった。

『大丈夫《だいじょうぶ》ですか⁉』

はっと我に返り、首を後ろに捻《ひね》る。階段の上から心配そうに覗《のぞ》き込んでいるクリスに『大丈夫です』と答えた祐は、サイモンの手を摑んで立ち上がった。

『助けてくださってありがとうございます』

礼を言って頭を下げると、サイモンが不機嫌《ふきげん》そうに眉《まゆ》をひそめる。

『気をつけろ。下まで落ちたら骨折では済まなかったぞ』

本当に、サイモンがいなかったら、大怪我《おおけが》をしているところだった。下手《へた》をすれば、サイモンまで巻き込んでいたかもしれないといまさら気がつき、ぞっとする。

『……以後気をつけます』

しゅんとうなだれた祐は、今度は一段一段を慎重《しんちょう》な足取りで上り始めた。

二階席を見終わり、ホールの外へ出たところで、内藤がサイモンに話しかける。

「いかがでしたでしょうか。こちらで問題ないようでしたら、とりあえず来夏の第二週で仮押さえしてしまいたいと思っています。ご覧いただいたように設備も最新鋭《さいしんえい》ですし、とにかく人気の高いシアターですので、今は特別にお願いして待っていただいていますが、どうやら年内いっぱいがギリギリなようです」

『……少し考えさせてくれ』

思案げな面持《おもも》ちのサイモンがそう答えると、内藤は心得たもので、それ以上のごり押しはしなかった。

「わかりました。――時間に余裕《よゆう》がお有りでしたら、上の階にカフェがございますので休憩致《きゅうけいいた》しましょう。今席が空いているかどうかを見てきますので、ここでお待ちください」

クリスも洗面所に立ち、祐はサイモンとふたりきりで踊《おど》り場に残される。

先程《さきほど》失敗をして叱《しか》られたばかりだったので、微妙《びみょう》に気まずい気分で立ち尽《つ》くしていると、腕《うで》組《ぐ》みを解いたサイモンがおもむろに問いかけてきた。

『今回の一連の企画《きかく》だが、おまえはどう思う?』

『え?』

一瞬《いっしゅん》、何を訊《き》かれているのかわからなかった。たかがバイトの自分ごときに、まさかサイモンが意見を求めてくるとは思わなかったからだ。

本当に……自分の意見なんか聞きたいのか？

しかし、目の前のサイモンの表情は真剣《しんけん》で、からかっているようには見えない。

初めは驚《おどろ》きのほうが勝っていたけれど、やがてじわっと胸の奥から歓喜《かんき》が込み上げてくる。

自分の存在を認めてもらえた気がして……。

たとえ気まぐれであっても嬉《うれ》しかった。

『そうですね……』

その期待に応《こた》えてなんとか少しでも役に立ちたい一心で、昨日・今日で目を通した【日東ピクチャーズ】の企《き》画書《かくしょ》を思い起こす。

新聞・雑誌、トークイベント、テレビ出演、生誕百年を記念した書籍《しょせき》の発行などの、マスメディアとのタイアップ。グッズ販売《はんばい》。有名な字幕翻訳《ほんやく》者。ラグジュアリーな映画館。さらに、豪華《ごうか》パンフレット付きの前売り観賞券。全作品を網羅《もうら》したコレクションDVDボックス。――すべてが目が眩《くら》みそうにゴージャスだけれど。

(何かが違《ちが》うような気がする)

企画先行のイベント。ロイドファンは、果たして本当にこんなものを求めているんだろうか。

胸に浮かんだ疑問を、祐はゆっくりと言葉にした。

『ロイドファンはとても熱いので、どんな企画でも受け入れてくれるとは思いますけれど』

『けれど？』

サイモンに促《うなが》され、数秒迷ってから、思い切って口にする。

『その熱意を利用するようなイベントは……やっぱりちょっと違う気がします』

『………』

サイモンの双眸《そうぼう》がじわりと細まった。怒《おこ》らせてしまったかと焦る。

『す、すみません。生意気なことを言って』

いいや、とサイモンが頭を振《ふ》った。

『おまえの言うとおりだ。熱心なファンを食い物にすべきではない』

ひとりごちるような低いつぶやき。サイモンがジャケットのボタンを外して、ウエストコートの隠《かく》しポケットから垂れる金鎖《きんさ》を引っ張った。手繰《たぐ》り寄せた懐中《かいちゅう》時計を手のひらに載《の》せ、ぱちっと蓋《ふた》を開く。サイモンの眼差《まなざ》しにつられ、祐も蓋の裏側に細かい細工が施《ほどこ》された金の懐中時計に視線を落とした。

『その懐中時計……アンティークですか？』

『祖父の形見だ』

『テレンス・ロイドの？』

『祖父もまた、その父から受け継《つ》いだという。祖父が私に遺《のこ》したのはロイドフィルム、この時計、そして……』

『そして？』

何気なく鸚鵡《おうむ》返すと、サイモンが顔を上げた。目と目が合い、視線と視線が絡《から》み合う。深いグリーンの瞳に自分が映っているのを意識した瞬間、出し抜けに心臓がドクンッと跳《は》ねた。そのままトクトクと速い鼓動《こどう》が止まらなくなる。

（な、何？　なんで俺、こんなにドキドキして……？）

不可思議な胸の高鳴りを持て余し、祐はぎゅっと両手を握《にぎ》り締めた。

まるで魔法《まほう》にでもかかったみたいに体が動かない。先程危ないところを抱き留めてもらった際の、硬《かた》い胸や強い腕《うで》の感触《かんしょく》を不意に思い出し、こめかみがカッと熱くなる。

『………』

無言で見つめてくるサイモンの眼差しを、やはり言葉もなく受け留めていると、カフェの様子を見に行っていた内藤が戻《もど》ってきた。やや覚束《おぼつか》ない英語で話しかけてくる。

『ちょうど四人掛《が》けの席が空いていました』

彼の登場で張り詰《つ》めていた空気がふっと緩《ゆる》んだ。凝視《ぎょうし》を解いたサイモンが、近くまできた内藤に視線を転じる。

『クリスさんが戻られたら上に移動しましょう』

『先程の話だが』

その言葉を無視して、サイモンが切り出した。

『このシアターはキャンセルしてくれ』

『えっ』

内藤が雷《かみなり》にでも打たれたように肩《かた》を揺《ゆ》らす。

『ど、どうしてですか』

『貴社との契約交渉《けいやくこうしょう》を打ち切りたい』

『そんな……』

絶句する内藤を前にして、祐もまた、驚愕《きょうがく》に大きく目を瞠《みは》った。

6

「あった！　これだ――Assam《アッサム》」

映画学校からの帰宅途中《とちゅう》、深夜遅《おそ》くまで開いている輸入食品の店で目当てのものを見つけた祐は、商品棚《だな》に手を伸《の》ばした。

「へー、インド原産の紅茶なんだ」

缶《かん》の後ろのラベルを読んでつぶやく。

昨日観《み》た「黄昏《たそがれ》」の執事《しつじ》が淹《い》れていたミルクティーがすっごくおいしそうで、自分でも試《ため》してみたくなり、彼が映画の中で使用していた銘柄《めいがら》を探していたのだ。「黄昏」で初めて知ったのだが、どうやら英国人は一日に何度も紅茶を飲むらしい。日本人の緑茶みたいなものなんだろうか。

「うわ、高《た》けー」

値段を見てちょっと怯《ひる》んだが、隣《となり》に小さなサイズの缶があるのを発見。これならなんとか手が出る範囲《はんい》だ。たまには贅沢《ぜいたく》してもいいよね。もうすぐレギュラーのほうのバイト代も出るし。

自分に言い聞かせつつレジに持っていって購入《こうにゅう》した。

家に帰ったら早速淹《さっそくい》れてみよう。今まで紅茶と言えば、安売りのティーバッグしか飲んだことがなかったけれど、本格的な淹れ方をしたらどんな味がするんだろう。

わくわくしながらアパートへ戻った祐は、すぐにスーツを脱《ぬ》いでハンガーにかけた。革靴《かわぐつ》はボロ布で磨《みが》く。ケアをひととおり済ませてほっと一息。まだ一円もローンを払《はら》っていないので、スーツも靴もできるだけ長持ちさせなければならない。

「じいちゃん、父さん、母さん、ただいまー。無事戻りました」

仏壇《ぶつだん》に向かって手を合わせたあと、ストーブを点《つ》ける。できるだけ我慢《がまん》してきたけど、十二月に入ってさすがに夜は暖房《だんぼう》なしではきつくなってきた。

その後、台所に立って夕食を作り始める。

親子丼《おやこどんぶり》の夕食を済ませ、シャワーを浴びてから、映画で観た手順どおりにミルクティーを淹れてみた。ミルクの入ったマグカップに紅茶を注ぎ、たっぷりめの砂糖を溶《と》かして完成。

「うん……美味《おい》しい」

ひとくち含《ふく》んでひとりごちる。

これが「黄昏」の執事と同じ味なのかはわからないけれど、かなり美味しい。

「やっぱティーバッグとは全然違《ちが》うや」

甘く芳醇《ほうじゅん》な味わいのミルクティーを楽しみながら、今日の出来事をつらつらと振り返る。

銀座のシアター視察のあと、別件で人と会う約束があるというサイモンたちと祐は別れた。相手は英語が通じるので、通訳は必要ないと言われたのだ。

サイモンはロイドフィルムの著作権管理の他《ほか》に何か事業をやっているらしく——というか、そちらが本業なのだろうが——初日や今日の約束も、どうも本業関係のようだ。

内藤は別れの挨拶《あいさつ》もそこそこ、青ざめた顔で帰っていった。サイモンの爆弾《ばくだん》発言を受け、早急《さっきゅう》に社内で対応策を話し合うのだろう。

「……ちょっと気の毒だったな」

自分みたいな若造が言うのもなんだが、内藤さんはがんばっていたように思うけれど。

この先どうなるのだろう。本当にこのまま決裂《けつれつ》してしまうのだろうか。

それとも【日東ピクチャーズ】が条件面で譲歩《じょうほ》して、契約交渉再開にこぎ着けるのか。

自分としては、待っているファンのためにも、できれば日本語版ＤＶＤは出して欲しい。

日東側の、あの露骨《ろこつ》な「金儲《かねもう》け主義」がもう少しどうにかなればいいと思うけど……。それぱっかりは大人《おとな》の事情というものもあるのかもしれないので、難しい。

ミルクティーを飲み終わった祐は、お膳《ぜん》の上の携帯《けいたい》を摑《つか》み、充電器《じゅうでんき》に差し込んだ。三年前から機種変していないせいか、最近充電の減りが妙《みょう》に早い。

（いい加減変えないと駄目《だめ》かもしれないな）

固定電話回線を引いていないので、この携帯が祐にとって命綱《いのちづな》だった。まぁ変えるとしても、どのみち次のバイト代が出てからの話だが。

「さーて、明日もバイトだし、寝《ね》るかぁ」

立ち上がり、伸びをして、腕をぐるっと回した。緊張《きんちょう》の連続でかなり肩が凝《こ》っている気がする。それでも、今日は午後のバイトがなかったからずいぶんと楽だった。思いがけず時間ができたので、鈴木のオフィスにも顔を出せたし。

もしかしたら、そろそろ疲《つか》れが出る頃《ころ》だからって、そのあたりも配慮《はいりょ》してくれたのかな？

ぼんやりとそんなことを考え、まさかなと苦笑《くしょう》する。

クリスはともかく「あの人」が、そんなに思いやり深いわけがない。

首を振《ふ》り振り、歯を磨くために洗面所へ行きかけた時、携帯がピリリリリッと鳴り始めた。

部屋の隅《すみ》の充電器に手を伸ばす。ディスプレイに表示されているのは未登録の番号だ。

どうしようかと迷ったけど、バイト関係者の可能性も捨て切れず、通話ボタンを押す。

「はい……もしもし？」

『水瀬くん？　夜分にすみません。日東の内藤です』

思いがけない人物からの電話に驚《おどろ》き、祐は声を張り上げた。

「内藤さん!?」

『今朝はお疲れ様でした。ごめんね、いきなり電話しちゃって』

「ってゆーか、なんで俺のケーバン……」

『【鈴木オフィス】の鈴木さんに訊《き》いたんだ』

「鈴木さんに？」

わざわざそこまでして自分に連絡《れんらく》してくるなんてなんの用だろう？

携帯を手に戸惑《とまど》っていると、内藤が『実はね、水瀬くんに折り入ってお願いがあって』と切り出してくる。

「折り入ってお願い、ですか？」

いよいよ何事？

『今日ほら、ロイド氏がうちとの契約交渉を打ち切りたいって言い出したでしょう』

「あ……はい」

『うちとしてはこの企画《きかく》に力を入れているし、ここでご破算っていうのは正直かなりの痛手なんだよね。ここまで辿《たど》り着くのに相当な時間と費用もかかっているし』

内情を赤裸々《せきらら》にぶっちゃけられて、祐は「はぁ」と困惑《こんわく》の滲《にじ》む声を漏《も》らした。あらかた想像していたことでも、当事者から直接告げられると生々しく感じる。

『――で、ロイド氏にもう一度考え直してもらうためにも、うちの代表取締役《とりしまりやく》が食事をしながら話をしたいと言っているんだ』

それって要は社長直々の「接待」ってこと？

『と、ロイド氏に申し出たところ、けんもほろろに断られてしまって……』

「ああ……」

内藤の苦々しい声音《こわね》を耳に、祐は納得《なっとく》の声を出した。サイモンが接待を断ったというのは、すごく「らしい」。あの人、そういうの嫌《きら》いそうだもんな。

『それで水瀬くんにお願いなんだ。ロイド氏に会食の件を口添《くちぞ》えしてもらえないかな』

「えっ、僕がですか⁉」

驚きのあまり、携帯を取り落としそうになった。

（なんで俺⁉）

「それ無理！　っていうか、あの人は僕の言うことになんか耳を貸しませんよ」

『そうかな。俺には彼がきみを相当気に入っているように見えたけど』

内藤の買いかぶりを祐は即座《そくざ》に否定する。

「それはないです。今日もすげー叱《しか》られたし」

『うーん、ともかく言ってみてくれるだけでいいから。明日にでもお願いできないかな？　俺の話はもう端《はな》から聞いてくれないんだよね』

「やー……でも」

あのサイモンを口説くなんて、そんな大役とても務まりそうにない。

絶対無理！

胸の中で叫《さけ》びながら、脳裏《のうり》にふっと今朝のやりとりが蘇《よみがえ》る。

——今回の一連の企画だが、おまえはどう思う？

——ロイドファンはとても熱いので、どんな企画でも受け入れてくれるとは思いますけれど。

──けれど？

──その熱意を利用するようなイベントは……やっぱりちょっと違《ちが》う気がします。

──おまえの言うとおりだ。熱心なファンを食い物にすべきではない。

あの会話のあとだ。サイモンが契約交渉《けいやくこうしょう》を打ち切りたいと言い出したのは。

自分なんかの意見にサイモンが左右されるとは思わないし、最終決断を下したのは紛《まぎ》れもなくサイモン自身だけど、若干《じゃっかん》後押しをしてしまったような気も、ちょぴっとだけする。

『このまま企画が頓挫《とんざ》してしまうと、生誕百年の記念イベントを待っているファンをがっかりさせることになるし、何よりそれが辛《つら》くてね』

「それは……そうですね」

祐の心の迷いをその口調から嗅《か》ぎ取ったみたいに、内藤が言葉を継いできた。

『水瀬くんって、映画関係志望なんだよね。こんなことを言うとまるでバーターみたいだけど、今回の件で骨を折ってくれたら、お礼にうちの人事に口をきいてもいいけど？』

「……え？」

『いきなり正社員ってわけにはいかないけど、契約だったらなんとかできると思う。うちは国内じゃ最大手だし、悪い話じゃないと思うよ？』

「…………」

畳《たた》みかけるような内藤の言葉に、祐は黙《だま》り込んだ。

ここで交換《こうかん》条件を持ちかけてくる内藤はちょっとどうかと思うし、目の前の餌《えさ》に心を動かされたわけではないけれど。たしかに、このまま生誕百年の記念イベント自体が流れてしまうのは惜《お》しい。せめて日本語版ＤＶＤ発売だけでも、実現できないものだろうか。

あんなに素晴《すば》らしい作品を、言葉がわからないというだけで、観《み》られない人がいっぱいいるのは勿体《もったい》ない。特に自分と同世代とか、その下の世代に……。

『頼《たの》むよ。一生の恩に着る！』

考え込んでいる間にも、耳許《みみもと》で内藤が懇願《こんがん》し続けている。祐は小さく息を吐《は》いた。

「話してみるだけですよ？　結果はお約束できません」

念を押すと、回線の向こうの内藤がすかさず『もちろん！』と請《う》け合った。

『それで構わないのでお願いします』

「……わかりました。明日、話してみます」

請け負ってしまったものの、翌日は起き抜《ぬ》けから気持ちが重かった。

とても上手《うま》くいくとは思えない。きっと機嫌《きげん》を損《そこ》ねるだけだ。

（……なんで引き受けちゃったんだろう）

いまさらな後悔《こうかい》に重苦しい溜《た》め息が漏れる。

だけど約束したからには、破るわけにはいかない。

とりあえず、ダメモトで言うだけ言ってみる。玉砕《ぎょくさい》しても、それで内藤との約束は果たしたことになるんだから。

そう自分に言い聞かせ、いつものように九時にカーサホテルに出勤した祐は、別の意味で肩《かた》すかしを食《く》らうことになった。日東との契約交渉がペンディングになったせいで、取り急ぎ、祐の通訳の仕事もなくなってしまったのだ。

ひょっとしてもう自分は必要ないってこと？

『あの……当面の仕事がないということでしたら、今日はもう引き上げますけれど』

仕事をしないでお金をもらうのは申し訳ないと思い、サイモンにおずおずと切り出してみたところ、『契約は六日間だ』とそっけなく返された。

『でも……』

『いいから。――手を出せ』

煩《うるさ》そうに遮《さえぎ》られ、ずっしりと重いハードカバーの洋書を手渡《てわた》される。

本のタイトルはずばり『Sir Terence Lloyd』で、テレンス・ロイド監督《かんとく》とその作品について、英国人の評論家が記した解説書だった。パラパラとページを捲《めく》ってみたところ、フィルムのスチールなどの写真も満載《まんさい》で、かなり分厚く、読み応《ごた》えがありそうだ。

『生誕百年を記念して来年の初頭に英国で発行される本の、これは見本だ。その後、欧州《おうしゅう》各国でも翻訳《ほんやく》される予定となっている』

その説明を聞いて、日東の企画書《きかくしょ》に、この本を翻訳して日本でも出版するという項目《こうもく》があったことを思い出した。

『この本に目を通すのが今日のおまえの仕事だ』

『……わかりました』

クライアントがそう言うのならば、意向に従うしかない。

祐は渡《わた》された洋書と電子辞書を膝《ひざ》に置き、ソファに腰掛《こしか》けた。どのみち頃合《ころあ》いを見計らい、例の件について話しをしなければならない。

クリスとサイモンは、それぞれが真剣《しんけん》な顔つきでノート型パソコンに向かい、時折何かを打ち込んでいる。仕事のメールか何かだろうか。

デスクワークに勤《いそ》しむサイモンを初めて見たけれど。

いつもびしっとスリーピースで決めているので、ワイシャツにベストというスタイルは新鮮《しんせん》だった。これはこれでダンディっていうか……。

（カッコイイ）

無意識に胸の中でつぶやいてから、自分の心の声にぎょっとする。

（って、何考えてんだ、俺）

ふるふるっと頭を振《ふ》ってどうでもいい雑念を追い払《はら》い、気を引き締《し》め直して表紙を捲った。

そこから先は、ふたりがキーボードをカチカチ操《あやつ》る音と、祐が本のページを捲る音だけが静かな空間に響《ひび》く。

テレンス・ロイドの人となりを示すエピソードやシニカルでアイロニーに富んだ語録にだんだんとのめり込みつつも、祐の頭の片隅《かたすみ》から内藤との約束が離《はな》れることはなかった。

なんとなくそのほうが説得しやすいような気がして、サイモンとふたりきりになれる機会を窺《うかが》っていたが、なかなかチャンスが訪《おとず》れないままに午前中は過ぎる。

十二時五分過ぎ、ふたりが昼食に出た。

ひとり部屋に残って自作のおにぎりを食べた祐は、読んでいた本にしおりを挟《はさ》んで閉じ、ソファから立ち上がった。

先程までサイモンが座っていたライティングデスクへと、ぶらぶらと近寄る。

デスクの上には、朝からずっと気になっていた真っ黒なノートパソコンが載《の》っていた。身を屈《かが》めて顔を近づける。

「すげー……新しいノートブックだ」

たしか先月リリースされたばかりの新機種だ。

インターネット回線を引く余裕《よゆう》はないので、パソコンはもっぱらネットカフェか学校のＰＣ室で触《さわ》る程度の自分にとっては高嶺《たかね》の花。

憧《あこが》れのマシンを前にして好奇心《こうきしん》に勝てず、ちょっとだけ触ってみる。触るか触らないかのタッチだったが、スリープしていたマシンが目を覚ましてしまった。ディスプレイ画面に現れたのは、【Lloyd's AUCTION】の文字。英語のサイトだ。

「オークション？」

オークションという単語で祐が思いつくのは、ポータルサイトなどがサービスの一環《いっかん》として主催《しゅさい》するネットオークションだ。午前中ずっと、すごく真剣な顔でディスプレイに見入っていたけど、サイモンは何かを競《せ》り落とそうとしているんだろうか。

小首を傾《かし》げていると、背後でガチャッとドアノブの回る音がした。あわててライティングデスクから離れる。ドアを開けて入ってきたのはサイモンだった。

『お帰りなさい。早かったですね』

『下のビュッフェで済ませてきた』

『そうだったんですか』

ソファに戻《もど》りながら、ふと気がつく。

『クリスさんは？』

『下でGMの成宮と話をしている』

返答を聞いて、ローテーブルの上の洋書に伸《の》ばしかけていた手を止めた。

（やった！　チャンスだ）

ソファには腰《こし》を下ろさず半身を返し、脱《ぬ》いだ上着をクローゼットのハンガーにかけるサイモンに近づく。

『あの……ちょっとお話が』

振り返ったサイモンが、祐の緊張《きんちよう》した面持ちを一瞥《いちべつ》し、訝《いぶか》しげに片方の眉《まゆ》を持ち上げた。

『話？』

『はい……あの……その』

口火を切ったはいいが、いざ当人を前にすると気後《きおく》れが込み上げてきて、なかなか肝心《かんじん》の用件を切り出すことができない。

『なんだ？　早くしろ』

案の定、せっかちなサイモンが苛々《いらいら》し始めたのがわかり、いよいよ焦燥《しようそう》が募《つの》った。

『に、【日東ピクチャーズ】の件なんですけど』

ようやく、喉《のど》の奥から掠《かす》れた声を絞《しぼ》り出す。

『【日東ピクチャーズ】？』

『社長さんとの会食を断られたとお聞きして……』

言葉の途中《とちゆう》でサイモンの顔つきがみるみる険しくなるのがわかった。

しまった。いきなり単刀直入過ぎたかも。

『……誰に聞いた？』

低音の問いかけに顔を強《こわ》ばらせつつ、しどろもどろに答える。

『な…内藤さんです。昨日……携帯《けいたい》に電話がかかって…きて……』

『…………』

サイモンの形のいい眉がぴくっと蠢《うごめ》き、眉間《みけん》に深い縦筋が一本刻まれた。

（……ヤバ）

喉がコクッと鳴る。

相手がかなりむっとしている気配がびんびんと伝わってきたが、だからといっていまさら尻《しっ》尾《ぽ》を巻いて逃《に》げ出すわけにもいかない。

剣呑《けんのん》なオーラに気圧《けお》されそうになるのをぐっと堪《こら》え、祐は懸命《けんめい》に言葉を継《つ》いだ。

『こんなこと、学生の僕が言うのは僭越《せんえつ》だということはわかっています。でも、せっかくここまで進めてきた企画《きかく》を、すべて白紙に戻してしまうのは勿体《もったい》ないと思うんです。せめて日本語版DVD化の話だけでも継続《けいぞく》するわけにはいかないでしょうか？』

途中で失速するのが怖《こわ》くて一気に言い切った。サイモンは眉間に筋を刻んだ険しい表情のまま、何も言わない。

『……あの』

重苦しい沈黙《ちんもく》に耐《た》え切れず、祐が何か言葉を継ごうとした時、ようやくサイモンが口を開いた。

『あいつらは祖父の作品を手っ取り早い金儲《かねもう》けの手段としか考えていない。そのことが今回の来日でよくわかった』

『それは……』

その点は、自分もサイモンの指摘《してき》のとおりだと思うので反論の余地はないけれど。

『で、でも……今後の話し合いによっては、相手も譲歩《じょうほ》するかもしれません。企画のどの部分が気に入らないかというお話は前回のミーティングでおっしゃっていましたけど、じゃあ、具体的にどこをどう変えればいいのかということは、まだ先方に伝えていませんよね？』

『……』

『そういった意味でも、【日東ピクチャーズ】の社長さんとの会食はいい機会だと思うんですけど』

必死に言葉を重ねたが、サイモンの返答は素っ気なかった。

『接待など時間と経費の無駄《むだ》だ』

『そうおっしゃらずに』

頑《かたく》なな男を相手に途方《とほう》に暮れ、思わず縋《すが》るような声を出した刹那《せつな》、サイモンが厳しい眼差しを向けてくる。

『なぜ急に向こう側についた？　内藤に美味《おい》しい餌《えさ》でもちらつかされたのか？』

交換《こうかん》条件を提示されたことを見透《みす》かされ、ドキッとした。動揺《どうよう》しながらも即座《そくざ》に『違《ちが》います』と否定する。

『内藤さんに言われたからじゃありません。僕自身、この数日間少しだけ企画に携《たずさ》わらせていただいて、本当にここで終わってしまうのは残念だと思ったから……』

懸命に訴《うった》える祐を冷ややかな視線で射貫《いぬ》いたサイモンが、低くつぶやいた。

『私を上手《うま》く口説き落とせたら、就職口でも斡旋《あっせん》してやると取引を持ちかけられたか？』

『……っ』

『ふん、図星か？』

狼狽《うろた》える祐にサイモンが双眸《そうぼう》を細める。

『た、たしかにそういう話は出ましたけど……で、でも、本当にそのためじゃありませんっ』

『所詮《しょせん》は育ちの悪い犬だな』

憎々《にくにく》しげな声で吐《は》き捨てられ、祐は息を呑《の》んだ。

――育ちの…悪い犬？

『躾《しつけ》のできていない駄犬《だけん》は誰にでもすぐ尾《お》を振る』

『……ッ』

後頭部をガツンと殴《なぐ》られたみたいな衝撃《しょうげき》に、束《つか》の間言葉を失う。

この人は……自分のことをそんなふうに思っていたのか。

サイモンの本心を突《つ》きつけられた気がして、祐は唇《くちびる》をきつく嚙《か》み締めた。

そりゃサイモンに比べれば自分は何もかも劣《おと》った存在だけど、そんなふうに見下されていたなんて――。

『酷《ひど》い…っ』

キッと睨《ね》めつけると、サイモンが片方の眉を皮肉げに持ち上げる。

『酷い？　身持ちが緩《ゆる》いのは本当のことだろう？　安い餌であっさりと寝返《ねがえ》ったくせに』

言葉そのものよりも、まるで虫けらでも見るような侮蔑《ぶべつ》の眼差しに、より深く傷ついた。

『だから違うって言ってんだろ！　あんたこそ、なんにもわかっていないくせに！』

敬語を使う余裕《よゆう》も吹《ふ》っ飛び、思わず飛び出た乱暴な言葉遣《づか》いに、サイモンのこめかみがぴくりと蠢く。だけどもう止まらなかった。

『だから金持ちは嫌《きら》いなんだよ！　この石頭のわからず屋！』

『なんだと？』

目の前の瞳《ひとみ》が不穏《ふおん》な光を放つ。

頭のどこかで警鐘《けいしょう》が鳴っていたが、今まで我慢《がまん》していた分、一度感情が爆発《ばくはつ》してしまうと、抑制《よくせい》がきかなかった。

『いつだって人を上から見下してて自分勝手で皮肉屋で傲慢《ごうまん》でっ』

『……黙《だま》れ』

頭に完全に血が上ってしまっている祐には、低い声の忠告も耳に入らない。

『今すぐ黙らないと――』

今までで一番低い声が命じた次の瞬間《しゅんかん》、肩《かた》を強い力で摑《つか》まれた。そのまま後ろの壁《かべ》に背中を押しつけられる。

『あんたなんか大っきら……っ』

それでも叫《さけ》びかけた顎《あご》を大きな手で摑まれ、くいっと仰向《あおむ》けられた。

サイモンの顔が近づいてくる。

気がついた時には、唇を唇で塞《ふさ》がれていた。他人のあたたかい唇に覆《おお》われる、生まれて初めての経験に、祐はじわじわと両目を見開く。

（な……何？）

何、これ……夢？　俺、夢でも見てんの？　白昼夢？

だって、こんなことがあるわけがない。

サイモンが自分にキスしているなんて……そんなことあり得ない。

「んっ……」

混乱のままに反射的に身じろごうとしたけれど、強い力に阻《はば》まれて果たせなかった。どころか、却《かえ》って壁に一層きつく押しつけられてしまう。

「やだっ、……離《はな》し……っ」

サイモンの唇が一瞬わずかに離れた隙《すき》の、切れ切れの訴えも虚《むな》しく――。

「んんっ……ッ」

今度は熱くて濡《ぬ》れた舌が口の中に入り込んできた。立て続けに襲《おそ》いかかる未知の体験に、びくんっと全身が震《ふる》える。

(う、そっ)

ますますパニックに拍車《はくしゃ》がかかり、ショックで眦《まなじり》がじわっと濡れた。

たしかな意志を持った硬《かた》い舌が、口の中で蠢く。逃げまどう祐の舌を追い詰《つ》め、搦《から》め捕《と》る。

まるで、言うことをきかない祐に苛立《いらだ》ち、征服《せいふく》しようとでもするかのように——。

「んっ……ふっ」

強引《ごういん》な舌遣《したづか》いで容赦《ようしゃ》なく口腔《こうこう》内を掻《か》き混ぜられ、頭の芯《しん》がジンと痺《しび》れた。くちゅっ、くちゅっと濡れた音が響《ひび》き、意思に反して体がどんどん熱くなる。飲み下せない唾液《だえき》が口の端《はし》から滴《したた》り、酸欠で頭がぼーっとし始めた頃《ころ》、ようやくサイモンの拘束《こうそく》が緩んだ。

嬲《なぶ》るようなくちづけから解放された瞬間、祐は目の前の男を涙目《なみだめ》で睨みつけた。

「……なんで？」

荒《あら》い息に紛《まぎ》れ、衝撃のあまりに日本語で問いかける。

『…………』

サイモンは答えない。ただ熱っぽい眼差しで見下ろしてくるだけ。

「なんでキスなんかするんだよ!?」

バイトのくせに生意気に意見なんかしたから？　嫌《いや》がらせ？　意地悪？

だからってこんな仕打ちはない。からかうにしたってほどがある。

自分が貧乏《びんぼう》で無力な子供だから、何をしてもいいと思ってるのか。

育ちの悪い犬は傷つかないとでも？

「酷いよ……」

悲しい気分がどっと込み上げてきて、祐はクライアントをどんっと突き飛ばした。サイモンが怯《ひる》んだ一瞬の隙にその腕《うで》から擦《す》り抜け、荷物を掴むなりドアへと駆《か》け寄る。乱暴に扉《とびら》を開いて廊下《ろうか》へ飛び出した。

『ミナセッ』

背後でサイモンが叫ぶ。

しかしその呼びかけに振《ふ》り返ることなく、祐はエレベーターホールまでの距離《きょり》を一気に駆け抜けた。

7

『喧嘩《けんか》をした？』

『…………』

『……ミナセとですか？』

『……ああ』

部屋に戻《もど》ってきたクリスにミナセの不在の理由を問い詰められ、サイモンは渋々《しぶしぶ》とうなずいた。

『喧嘩の原因は？』

『あいつは就職口斡旋を餌《えさ》に内藤に手なずけられていたんだ。私に【日東ピクチャーズ】の「接待」を受けろと』

『それで怒《おこ》って追い出したんですか？』

『……いや、あいつのほうが出ていった』

さすがにカッと頭に血が上ってキスをしたことは言えない。——冷静になって考えてみれば、立派なセクシャルハラスメントだ。

自分でも、なぜあんなことをしてしまったのか、わからない。

何もわかっていない子供に意見されたのが気に障《さわ》ったのか。

わかりやすい餌で他愛《たあい》なく内藤に懐柔《かいじゅう》されたことが許せなかったのか。

わからず屋の石頭と罵《ののし》られたことに腹が立ったのか。

理由はいずれか、いや全部かもしれない。とにかく、気がつくとミナセを壁際《かべぎわ》に追い詰め、その生意気な唇を奪《うば》っていたのだ。

『まったく大人《おとな》げない』

ハニーブロンドの髪《かみ》を掻き上げたクリスが、ふぅっと嘆息《たんそく》を零《こぼ》した。腰《こし》に手を置き、菫色《すみれいろ》の瞳でサイモンを睨みつける。

『ロイド家の当主ともあろう御方が十九歳の子供相手に何をやっているんです。そもそも、あなた幾《いく》つなんですか？　あの子とは一回り離れているんですよ？』

『……煩《うるさ》い』

『私はミナセはがんばっていると思いますよ？　もちろん、まだ経験値は少ないし、全体的に拙《つたな》いですが、あの子なりに一生懸命《いっしょうけんめい》ロイドフィルムのことを考えている。その真摯《しんし》な気持ちが立ち居振る舞《ふま》いから伝わってきます。「接待」を受けるように勧《すす》めたのも自分の利益のためだけではないはずです。あの子はいい子だ。私はあの子が好きです』

『………………』

『あなたもでしょう？　隠《かく》したってわかりますよ。あなたは昔っから好きな相手をいじめる癖《くせ》がありますからね。十二歳の時は側仕《そばづか》えの侍女《じじょ》マーガレット。「そばかす、そばかす」とよくはやし立てていた。パブリックスクールに入校してからは、同寮《どうりょう》だったルイス。そうそう新米神父様いじめもありましたね。今思えば、性別や年齢《ねんれい》の違《ちが》いこそあれ、全員が似たタイプだ。一見おとなしげでその実芯が強い。なんともわかりやすい』

しかし、サイモンはクリスの嫌みを右から左へ受け流し、ひとりごちるようにつぶやく。

『……好き？　私があのかわいげのない子供をか？』

『あなただってもうわかっていらっしゃるんでしょう？　なんだかんだ皮肉を口にしながらも、あれこれあの子に構うのがその証拠《しょうこ》です。どうでもいい人間は、あなた、目の端《はし》にも入れないし、何度教えても名前を覚えないじゃないですか。オックスフォードのサトウがいい例です』

『サトウ？　誰だ、それは？』

眉《まゆ》をひそめるサイモンに、クリスは『……もういいです』と二度目の溜《た》め息を吐《つ》いた。

『とにかく、明日からミナセがここに来なくなったらあなたのせいですよ？　今からちゃんと本人に謝罪してください』

『この私があいつに謝る？　悪くもないのに？』

先程の仕返しのようにサイモンの反駁《はんばく》を受け流し、クリスはジャケットの胸許《むなもと》から黒革《くろかわ》の手帳を引き出した。手帳を開き、ホテルの備え付けのメモパッドにさらさらと何かを書き付ける。ぴっと破って、サイモンの目の前に突《つ》きつけた。

『これがミナセの住所です。ドアボーイに渡《わた》せば車を手配してくれますから』

サイモンが顔をしかめる。

『わざわざ家まで行く必要があるのか？　電話で充分《じゅうぶん》だろう』

『電話できちんと彼と仲直りできる自信があるのなら、それでも構いませんよ？』

そんな自信はこれっぽっちもないサイモンは、憮然《ぶぜん》とした面持《おもも》ちで、ベストの金鎖《きんさ》を引っ張った。無意識に金鎖を弄《いじ》るのは、困難に見舞《みま》われた際のサイモンの癖だ。

そもそも誰かに謝った経験など、三十一年の人生において皆無《かいむ》に等しいのだ。

それに——先程《さきほど》の衝動《しょうどう》に駆られた愚《おろ》かな行いを、あの少年がそう簡単に許すとは思えない。一見びくびくと気弱そうに見えて、一度こうと決めたらがんとして譲《ゆず》らない強さがあることを、六年に亘《わた》って陰《かげ》ながら成長を見守ってきた自分が誰よりも知っている。

追い詰められたサイモンは、皺《しわ》の寄った眉間《みけん》に指を当てた。

『そうそう忘れていたが、これから顧客宛《こきやくあて》のメールを送らなければいけなかった』

『ニューヨーク在住のミスター・スミス宛《あて》に先程のオークションの結果報告ですよね。それは私がしておきます』

しかし最後の抵抗《ていこう》も、すげなく封《ふう》じ込められてしまう。

『……おまえは一緒《いっしょ》に行かないのか？』

退路を断《た》たれたサイモンは、それでもまだ往生際《おうじようぎわ》悪くクリスを誘《さそ》ってみた——が。

『ミナセを怒《おこ》らせたのはあなたでしょう？』

長年苦楽を共にした秘書兼《けん》親友に、けんもほろろに断られる。

『ちゃんと本人に謝ってくるまで、部屋に入れませんからそのつもりで』

さぁ行きなさい、というように玄関《げんかん》を左手で指し示された。コートと一緒に部屋の外へ押し出されると同時、背中でバタンとドアが閉まる。

『二重人格者め』

カシミアのコートを羽織りながら、サイモンは苦々しい声を廊下に落とした。

渋々とエレベーターに乗り込み、一階のロビーまで降りる。

たしかにクリスの言うとおり、大人げない行為《こうい》だった。早くに肉親を亡《な》くし、苦労しているだけあって、親がかりでちゃらちゃら遊び回っているそこいらの子供よりはしっかりしているが、まだ十九歳なのだ。やり手の内藤の甘言《かんげん》に惑《まど》わされてしまうのも仕方がない。

自分は六年の間ミナセの成長を見守ってきたが、彼のほうはロイド家の援助《えんじょ》を受けていることすら知らない。

そんな彼にしてみれば、これは六日間だけの雇用《こよう》関係で、しかもアルバイトだ。

そこまでの忠誠を期待するのが間違《まちが》っている。日東側についたからといって、裏切られた気分になるほうがおかしいのだ。

普段《ふだん》の自分は決して激情型ではない。最初の通訳を即日《そくじつ》クビにしたように決断は早いほうだが、どちらかと言えば怒りの感情は深く身のうちに秘《ひ》めるタイプだ。

それが、あの少年が相手だと、なぜか年甲斐《としがい》もなくムキになったり、激情に駆《か》られて我を忘れたりと、いつもの自分でなくなってしまう。

――……なんで？

――酷《ひど》いよ……。

最後に見た時の、祐の傷ついた顔が脳裏《のうり》に浮《う》かび、憂鬱《ゆううつ》な気分になる。

今にも泣き出しそうだったな……。

重い足取りでロビーを横断し、正面玄関の側まで行って足を止める。ドアを開けようとしたドアマンに首を振《ふ》って断り、くるりと踵《きびす》を返した。車に乗る腹が決まらず、ロビーのサロンまで戻ってアームチェアにどさっと腰を下ろす。片手で頭を抱《かか》えた。

（どんな顔で会えばいいんだ……）

セクシャルハラスメントで訴《うった》えられても仕方がないような、あんな仕打ちをしておいて。

大人げない自分が悪いのはわかっていたし、直接謝るべきだというクリスの主張が正しいのも頭では理解していたが、行動としては容易ではなかった。第一、家まで行ったところで、ミナセが会ってくれるかどうかもわからない。

二度と顔も見たくないと、ドアを開けてもらえない可能性だってあるのだ。いや、むしろその確率のほうが高い。

鼻先でドアをぴしゃりと閉められる図を想像しただけでいよいよ気持ちが重くなり、苛立《いらだ》った指先でアームをカツカツ叩《たた》いているうちに、憤怒《ふんぬ》に震《ふる》えた少年の声が耳に還《かえ》る。

——なんでキスなんかするんだよ⁉

(なんでだって?)

それがわかったら苦労しない。これこれこういう理由だったと説明して、謝罪することだってできる。だが、自分でもわからないから、困っているのだ。

——私はあの子が好きです。あなたもでしょう? 隠したってわかりますよ。

さらに先程のクリスの台詞《せりふ》が蘇《よみがえ》ってきて、サイモンは指の動きを止めた。

(好き?)

同じ男で、十二も離《はな》れた子供。どう考えても守備《しゅび》範囲《はんい》外の相手。

向こうだって、こっちを快く思っていないのは承知の上だ。知り合いとの電話で「皮肉屋でせっかち」だと言っていたし、さっきは面と向かって「自分勝手で皮肉屋で傲慢《ごうまん》」と言い放ち、あまつさえ最後には「大っ嫌《きら》い」とまで言われた。

そんな生意気でかわいげのない子供を……自分が?

答えの出ない疑惑《ぎわく》を胸の中で持て余していると、頭上から声をかけられる。

『ミスター、大丈夫《だいじょうぶ》ですか？』

顔を上げたサイモンの視界に、涼《すず》やかな美貌《びぼう》が映った。

『総支配人』

『どこか具合でも？』

心配そうな面持ちの成宮が、控《ひか》えめに尋《たず》ねてくる。

若きGMは執務《しつむ》室に籠《こ》もることなく、激務の隙を見ては館内を巡回《じゅんかい》して、ゲストとスタッフの動向に神経を行き渡らせているようだ。おそらくは今もロビーを見回っていて、自分の様子がおかしいと思い、声をかけてきたのだろう。

『いや……大丈夫だ。心配をかけてすまない』

それならばよろしいのですが……と、まだ気がかりな顔つきで成宮が言った。顔色を窺《うかが》うような眼差《まなざ》しを向けたのちに言葉を継《つ》ぐ。

『ご用の向きにはいつでもお声をかけてください。私はまだしばらくロビーにおりますので』

そう告げて立ち去ろうとした細い背中に、サイモンは思わず『総支配人』と声をかけた。

『はい』

自分に向き直り、ゲストの指示を待つ成宮をしばらく見つめ、サイモンはやおら口を開く。

『きみとエドゥアールは恋人《こいびと》同士なのだろう？』

『えっ……』

明らかに虚《きょ》を衝《つ》かれたといった声を発した直後、成宮の白皙《はくせき》がみるみる朱《しゅ》に染まった。

『ど、どうしてそれを？』

日頃《ひごろ》は冷静沈着《ちんちゃく》なオリエンタルビューティが狼狽《うろた》える様を興味深げに眺《なが》めつつ、サイモンは説明する。

『エドゥアールが話してくれた。長年想《おも》い続けていた相手と奇跡《きせき》的な再会を果たし、想いが通じ合ったと。電話だったので、詳《くわ》しい話は聞いていないが』

『そうですか。エドゥアールが……』

まだ幾分《いくぶん》と動揺《どうよう》を引きずった声音《こわね》で、成宮がつぶやく。

『出会いは十年前に遡《さかのぼ》るらしいな』

『はい。十年以上前、私がまだコーネル大学の学生だった頃《ころ》です。当時の私はニューヨークのアロマホテルでインターンをしておりました』

『アロマホテル』

ひさしぶりに耳にした懐《なつ》かしい名前を、サイモンは郷愁《きょうしゅう》を帯びた声音で繰《く》り返した。

今はもう処分してしまったが、以前はニューヨーク郊外《こうがい》にもロイドの屋敷《やしき》があった。祖父と離婚《りこん》した祖母が住んでいた家だ。

若い頃は女優であったこの祖母とサイモンは気が合い、夏の休暇《きゅうか》や試験休みなどを利用して、割合頻繁《ひんぱん》に彼女のもとを訪《おとず》れていた。当時は両親との折り合いがあまり芳《かんば》しくなく、オックスフォードの【ロイドハウス】に居づらかったせいもある。

ミッドタウンの劇場街に程近い老舗《しにせ》ホテルは祖母のお気に入りで、よくお供でレストランやバーに出かけたものだ。

『夏の終わりのある夕べ、そのアロマホテルで、有名な映画プロデューサー主催《しゅさい》のパーティが催《もよお》されました』

『十年前……』

遠い記憶《きおく》を探《さぐ》っていたサイモンが『ああ、あのパーティか』とうなずく。

『あの時はたしか、私に急用ができてオックスフォードに戻《もど》らなくてはならなくなり、その頃はまだ健在だった祖母のエスコートをエドゥアールに頼《たの》んだはずだ。ではあのパーティでエドゥアールと？』

『はい。ただパーティではお話をするまでには至りませんでした。その後、偶然《ぐうぜん》に同じエレベーターに乗り合わせたのですが、そこで停電が起こって私は彼に大変な迷惑《めいわく》をかけてしまいました。――それがきっかけといえばきっかけです』

『そうだったのか。しかし、その十年後にこのカーサで再会するとは、すごい偶然だな。私ですら運命を感じる』

サイモンが口にした「運命」という大仰《おおぎょう》な言葉に、少し恥《は》ずかしそうに微笑《ほほえ》んだ成宮が、ほどなく意外なことを言い出した。

『実は……私はミスターとも十年前にお話ししたことがあるのです』

『私と話を?』

ふたたび過去を探ってみたが、目の前の顔を見た記憶は見つからなかった。これだけ綺麗《きれい》な男なら、たとえ一度の邂逅《かいこう》でも覚えているはずだが。

『すまない。残念ながら記憶にないようだ』

『あ、違《ちが》います。直接お会いしたわけではないのです』

『会ったわけではない?』

益々《ますます》わからない。怪訝《けげん》そうなサイモンに、成宮が過去のいきさつを話し始める。

『停電のアクシデントのあと、お詫《わ》びとお礼がしたいと思い、名前のわからない恩人の部屋を探したのですが、当日の彼はミスターのお名前で取られたスイートに泊《と》まっていたので、私はすっかりレジストレーションカードに記載《きさい》された「ミスター・サイモン・ロイド」というお名前をエドゥアールの名前だと思い込んでしまったのです』

『ああ、そうか。そうだった。あの時は祖母のエスコートを引き受けてもらった礼に、部屋を取ったのだったな』

『その後も誤解や行き違いが積み重なり、私たちはすれ違い続けました。でも私は彼が忘れられなくて……連絡《れんらく》を取りたい一心で、ミスターのニューヨークのお宅に電話をしたのです。今思えば若気《わかげ》の至りでお恥ずかしいばかりなのですが……』

『その電話に私が出た？』

『はい』

『何を言った？』

問いかけに、成宮が困ったような表情をした。

『…………』

『教えてくれ。このままだと気になって夜も眠《ねむ》れない』

茶化すように繰り返し促《うなが》すと、実に言いづらそうに、消え入りそうな小声で囁《ささや》く。

『……「きみのことは知らないし、アロマホテルで会ったこともない」「こういった電話は迷惑だ。二度とかけてこないでくれたまえ」……と』

サイモンは眉《まゆ》をひそめた。まったく記憶にはないが、いかにも自分が口にしそうな台詞だ。

『言い訳をさせてもらえるならば、十八でロイド家を継いでから、見ず知らずの人間からの電話や手紙が急に増えて、その手の電話にはナーバスになっていた。しかし、その時の私の対応によって、ふたりの仲がこじれてしまったのなら申し訳ない』

謝罪の言葉を紡《つむ》ぐやいなや、成宮があわてたように首を大きく横に振《ふ》る。

『とんでもございません。ミスターは本当に私を知らなかったのですから、そうおっしゃるのは至極《しごく》当然なのです。私のほうこそすみません。余計な話をしてしまいまして』

恐縮《きょうしゅく》しきりといった体《てい》で、成宮が深々と頭を下げた。

『ただ……いつか機会に恵《めぐ》まれました折には、無躾な電話でご不快な気分にさせてしまったお詫びがしたいと常々思っておりました。――改めてお詫び申し上げます。その節は本当に申し訳ございませんでした』

心からの謝罪を受け取りながら、なるほどそういった経緯《いきさつ》があったから、初めて会った時に懐かしむような表情をしたのだとサイモンは内心で合点《がてん》した。

『もういい。いい加減、お互《たが》いに時効だろう』

成宮がゆるゆると顔を上げる。苦笑《くしょう》を浮《う》かべるサイモンを見て、ほっと安堵《あんど》したように体の力を抜《ぬ》いた。

『それにしても、無意識とはいえ、私の存在がふたりの恋路《こいじ》を邪魔《じゃま》していたとはな』

サイモンの感慨《かんがい》深げなつぶやきを成宮が、『でも今となっては、それでよかったと思います』と引き取る。

『もし、十年前にエドゥアールとすんなり想いが通じ合っていたなら、生きる世界が違う彼とは、長く保《も》たなかったかもしれません。離《はな》れていた十年の間にホテルマンとしての自分の方向性をある程度見定めることができましたし、紆余曲折《うよきょくせつ》があったからこそ、やはり自分にはエドゥアールしかいないのだと確信を持つことができたのだと思います』

成宮の静かな声には、エドゥアールへの深い愛情が満ち溢《あふ》れていた。

同性同士であるハンデ、上司と部下という関係、世界有数のセレブリティである恋人に対して、思い悩《なや》むことも多かっただろう。

十年という決して短くはない年月もさることながら、再会してから恋人として結ばれるまでの道程も、平坦《へいたん》でなかったことは想像に難《かた》くない。

その苦境を乗り越《こ》えた今、成宮の声には一切《いっさい》の迷いもなかった。

海を隔《へだ》て、その肉体は遠く離れていても、魂《たましい》が揺《ゆ》るぎなく結びついているふたりを羨《うらや》ましく感じる。

自分はかつて、ここまで深く誰かを愛したことがあっただろうか。

その問いかけにふっとミナセの顔が浮かび、サイモンはわずかに目を瞠《みは》った。

『……車を用意してくれないか』

思案げな声を落とすと、成宮が居住まいを正す。

『畏《かしこ》まりました。ただいま手配致《いた》します。どちらまで行かれますか？』

『このメモの住所に行きたいのだが』

サイモンが差し出したメモを受け取った成宮が、一読後、ドアマンに向かって片手で合図をした。

椅子《いす》から立ち上がったサイモンの横に成宮が並び、正面玄関《げんかん》まで一緒《いっしょ》に足を運ぶ。ドアマンが開けたドアの外へ、サイモンが足を踏《ふ》み出した絶妙《ぜつみょう》なタイミングで、車寄せに黒塗《くろぬ》りのハイヤーが滑《すべ》り込んできた。

『この住所の付近は道が入り組んでいて複雑ですから』

そう言って、成宮自らが運転手に行き先をナビゲートしてくれる。

『お気をつけて行ってらっしゃいませ』

ハイヤーが走り出してほどなく、サイモンがリアシートから後ろを振り返ると、一揖《いちゆう》して自分を見送る成宮の姿が小さく見えた。

8

なんで？　なんでだよ!?

【カーサホテル東京】から飛び出し、目の前の坂を一気に駆《か》け降りる。駅までの道を早足で歩き、電車に乗り込んでもなお、祐の頭は混乱し続けていた。

なんで男の俺にキスなんか？

わからない。あの人の考えていることが。

電車に揺られながらあれこれ理由を考えてみたけれど、やっぱりわからない。いくらなんでも自分を女と間違《まちが》えることはないだろうし、仮に百歩譲《ゆず》って女と間違えたのだとしても、そんなロマンチックな雰囲気《ふんいき》じゃなかった。

考えられる可能性はただひとつ。

きっと嫌《いや》がらせだ。こんなの……意地悪に決まっている。

（あんたにとってはただの嫌がらせでも、こっちはファーストキスだったんだぞっ）

ほっぺたチューが挨拶《あいさつ》代わりの外国人とはメンタリティが違うんだ。

生まれて初めて他人が触《ふ》れた——まだ熱を持って膿《う》んでいるような唇《くちびる》を噛《か》み締《し》める。

し、しかもビギナー相手に、し、舌まで……。

巧《たく》みで扇情《せんじよう》的な舌遣《したづか》いを思い出すだけで、体温が上がって顔から火を噴《ふ》きそうだ。

「……畜生《ちくしよう》」

悔《くや》し紛《まぎ》れにもう片方の手で車内のステンレスの支柱をぎゅっと握《にぎ》り締めた時、サイモンの冷ややかな声がフラッシュバックした。

――所詮《しよせん》は育ちの悪い犬だな。

――躾《しつけ》のできていない駄犬《だけん》は誰にでもすぐ尾《お》を振る。

侮蔑《ぶべつ》を色濃《いろこ》く含《ふく》んだ低音に、ズキッと胸が痛む。

初めて会った時から、ずっとそんなふうに思われていたのだ。

――仕事で人に会う格好じゃないな。

初対面の際、不機嫌《ふきげん》そうな表情でそう言い放ったサイモンが脳裏《のうり》に蘇《よみがえ》る。

威圧《いあつ》的なオーラを放つ、見るからに尊大で気位の高そうな男。

実際に仕事をしてみたら、第一印象そのままに、男は傲慢《ごうまん》でせっかちで気むずかしかった。

でも、なんだかんだ皮肉を言いながらもネクタイの結び方を丁寧《ていねい》に教えてくれたり、定食屋で庶民《しよみん》の食べ物を一緒に食べたり、仕事に関しても自分みたいな下っ端《ぱ》の意見に耳を傾《かたむ》けてくれたりと、気むずかしいけど本質は悪い人じゃないのかな、なんて思い始めてもいて……。

そんな自分が馬鹿《ばか》みたいだ。

あの人はずっと、俺を心の中で蔑《さげす》んでいたのに。

育ちの悪い犬――駄犬だって。

思ったとたん、鼻の奥がツンと痛くなって、祐はあわてて奥歯をぐっと食いしばった。

(こんなことで泣くな、馬鹿)

じいちゃんが死んだあと、親戚《しんせき》に心ないことをたくさん言われて免疫《めんえき》ができているはずじゃないか。

どこへも行き場の無かったあの頃《ころ》に比べたら、自分のアパートもあって、映画学校にも通えて、将来の夢もある。今の自分はかなり恵まれている。幸せだ。

そんなふうに胸の中で繰《く》り返しても、気持ちはいっかな浮上《ふじょう》しない。

けっこう打たれ強いほうだと思っていたのに……。

気落ちしたままいつもの駅で下り、昼下がりの商店街を通り抜ける。飲食店から漂《ただよ》ってくる食べ物の匂《にお》いにもそそられず、本屋で立ち読みするとか、レンタルDVDを物色するとか、普段《ふだん》なら立ち寄る場所に足を向ける気力も湧《わ》かずに、まっすぐアパートへ戻《もど》った。

学校が始まるまで約五時間。

こんな時、ぱーっと憂《う》さ晴らしできるような遊び場も思いつかない。それにつき合ってくれる友人も自分にはいない。いよいよ思考がナーバスに偏《かたよ》り、気分が沈《しず》んだ。

「ただいま」

暗い声で告げて部屋に入り、まずはスーツを脱《ぬ》いでタートルネックセーターとジーンズに着《き》替《が》える。手を洗ってうがいを済ませてから、仏壇《ぶつだん》の前に正座した。

「じいちゃん、父さん、母さん。……バイト、駄目《だめ》になっちゃったよ」

理由はともあれ、クライアントを突《つ》き飛ばして逃《に》げ帰ってきてしまったのだから、まず間違いなくクビだろう。

――だから金持ちは嫌《きら》いなんだよ！　この石頭のわからず屋！

――いつだって人を上から見下してて自分勝手で皮肉屋で傲慢でっ。

――あんたなんか大っきら……っ。

「すごいこと言っちゃったもんなぁ」

少し冷静になって自分の暴言を反芻《はんすう》してみれば、いまさらながら冷や汗《あせ》がじわっと滲《にじ》み出る。

駄犬発言に傷ついてカッとなったとはいえ、十二歳も年上のクライアント相手に言っていい言葉じゃなかった。

プライドの高い人だから、たぶん、どんなに謝ったって許してくれない。

(謝るつもりもないけど)

駄犬にだってプライドがあるのだ。自分を蔑んでいる人の下では働けない。どんなにバイト代が破格だって、お金の問題じゃない。

だからこれでよかったんだ。悔《く》いはない。あんな、口を開けば嫌みか皮肉の鼻持ちならない英国人と、とっとと縁《えん》が切れてよかったじゃないか。似合わない高級スーツから二日も早く解放されてラッキーだ。

ポジティブに自分を慰《なぐさ》めても、いっこうに気持ちは晴れない。

祐は正座した膝《ひざ》に苦しい息を零《こぼ》した。

せめて約束の六日間、ちゃんと最後まで仕事がしたかった。

せっかく丸山さんが紹介《しょうかい》してくれて、鈴木さんが後押ししてくれたのに。スーツから靴《くつ》まで一揃《ひとそろ》い用意して、クリスもいろいろフォローしてくれたのに。

【日東ピクチャーズ】の件も説得もできず、それどころか却《かえ》って怒《おこ》らせてしまった。

結局、なんにもできなかった。

自分の無力さに打ちひしがれた祐は、首をじわじわと前に倒《たお》して俯《うつむ》いた。


仏壇の前に正座した状態で、どれくらい放心していただろうか。

だけど、いつまでもこうしていたって、やってしまったことがリセットされるわけじゃない。

「内藤さんに電話しなくちゃな……」

踏《ふ》ん切りをつけるために、祐は声に出してそうつぶやいた。

説得が失敗に終わったことを内藤に報告して、そのあと鈴木にも連絡《れんらく》を入れなければならない。仲介者《ちゆうかい》の顔を潰《つぶ》してしまった件に関しては、丸山さんにも直接謝らなくちゃ。

重い腰《こし》を上げて座布団《ざぶとん》から立ち上がり、座卓《ざたく》の上の携帯《けいたい》にのろのろと手を伸《の》ばした時だった。

コンコンとドアがノックされる。

普段はバイトに出ている昼の時間帯に人が訪ねてくる当てもない。集金？　押し売り？

押し売りならドアを開けずに断ろうと、玄関《げんかん》まで行ってドア越《ご》しに尋《たず》ねる。

「どちら様ですか？」

『私だ』

返ってきた英語のいらえに耳を疑う。

（――え？）

『私だ』って、まさか……でも、この声！　サイモン⁉

彼が自分のアパートを訪ねてくるなんて、そんなことがあるわけがない。混乱しつつ、震《ふる》える手で鍵《かぎ》を回してドアを押し開けた。

果たして、そこにサイモンはいた。

下町の安アパートには場違《ばちが》いなテーラーメイドのスリーピース。ピカピカに磨《みが》き上げられた革靴《かわぐつ》。端整《たんせい》な貌《かお》のオリーブグリーンの双眸《そうぼう》と目が合い、びくっと肩《かた》が揺《ゆ》れる。

ほ、本物⁉

「え……な、なんで……ここに？」

実物を目の前にしてもまだ実感が湧かずに、思わず日本語で口走ってしまってから、あわてて英語で言い直す。

『なんでここに？　おひとりですか？』

訊《き》きながら視線を左右に向けてクリスを捜《さが》したが、その姿は見当たらなかった。

『ひとりだ』

『ど、どうやってここまでいらしたんですか？』

『ホテルで車を用意してもらった』

『車で……そう……ですか』

そこで会話が途《と》切《ぎ》れた。初っ端《ぱな》の衝撃《しょうげき》が過ぎると、入れ替《か》わるように今度はじわじわと気まずい気分が込み上げてくる。

駄犬呼ばわりされたこととか、暴言を吐《は》いてしまったこととか、キス……のこととか。

(馬鹿。思い出すなって)

本人に触発《しょくはつ》されて蘇ってきた生々しい唇の感触《かんしょく》を、懸命《けんめい》に頭の片隅《かたすみ》に追いやる。微妙《びみょう》に視線を逸《そ》らして玄関に立ち尽《つ》くす祐に、サイモンが尋ねてきた。

『部屋に上げてもらっていいか？』

その問いかけではっと我に返り、『あっ』と身を退《ひ》く。

『……ど、どうぞ。汚《きたな》いところですけど』

『ここで靴を脱ぐのだな？』

『はい。すみません』

なんだか申し訳ない気がしたが、サイモンは素直《すなお》に三和土《たたき》で靴を脱ぎ、板張りの三畳間《さんじょうま》に足を上げた。いつもは天井《てんじょう》が高い場所で会っているのでさほど気にならないけれど、改めてその上背を思い知る。気を付けないと鴨居《かもい》に頭をぶつけそうだ。

『こちらへ』

寝室兼居間《しんしつけんいま》の六畳間に客人を通し、祐は座卓の前に一番綺麗《きれい》な座布団を置いた。

『ここに座っていいのか』

『はい、どうぞお座り下さい』

サイモンが座布団に腰を下ろし、片膝《かたひざ》を立てる。

『失礼。正座も胡座《あぐら》もできないんだ』

『あ、いえ、お気になさらず。ご自由な格好でくつろいでください』

祐自身は座卓を挟《はさ》んで客人と向かい合うようにちんまりと正座した。

（なんか、嘘《うそ》みたい）

サイモンと自分のボロアパートで向き合っているなんて、全然現実みがなくて……日中から夢でも見てるみたいだ。

それにしても、こんなところまで一体何をしにきたのだろう。

もしかして、わざわざクビを通告に来た…とか？

突然《とつぜん》の訪問の理由を思い巡《めぐ》らせている間にも、サイモンは部屋の四方に視線を走らせている。

その興味深げな様子に、祐は居たたまれない気分で、もじもじと座布団の上の尻《しり》を動かした。

一応掃除《そうじ》はまめにしているので、不潔な感じはしないとは思うが、いかんせん建物の古さと間取りの狭《せま》さは隠《かく》しようもない。サイモンからしてみれば、トイレより狭く感じるだろう。

『すみません。狭くて……古くて』

恐縮《きようしゆく》して小声で囁《ささや》くと、サイモンが『いや』と首を振《ふ》った。

『私も子供の頃《ころ》は、母とふたりでイーストエンドの小さなアパートメントに住んでいた。ここよりは少し広かったが、建物自体の築年数は優に百数十年は経《た》っていた』

聞き間違《まちが》いかと思い、目の前の顔をまじまじと見る。

『お母さんと……ふたりで？』

サイモンがうなずいた。

『私は庶子《しよし》なんだ。父とメイドの間に生まれ、ロイドの姓《せい》を名乗るようになったのは、母親が死んで【ロイドハウス】に引き取られた十歳の時からだ。それまでの私は時間さえあればサッカーボールを蹴《け》っているような、下町のどこにでもいるただの子供だった』

『………っ』

予想外の告白に驚《おどろ》き、とっさに言葉を失う。

『母の死後、身を寄せる当てもなく困っていたところにロイド家から迎《むか》えが来た。その時私は初めて、血の繋《つな》がった父親が存在することを知った。母からは父親は早くに死んだと聞かされていたからだ。母は若い頃ロイド家でメイドをしていた。そこで邸《やしき》の主人と恋仲《こいなか》になり、私を身ごもったが、ロイド家に子供を取り上げられることを怖《おそ》れ、父に行く先を告げずに奉公《ほうこう》を辞《や》めた。その後は生まれ育った下町で私をひっそりと育てていた』

そこまで説明を受けても、にわかには信じられなかった。

だってサイモンは、生まれつき人の上に立つことを運命づけられていたみたいに堂々としていて。誰が見ても非の打ち所のない一流の紳士《しんし》で。

『……そんなふうには……全然見えませんでした』

上擦《うわず》った声で、どうにかそれだけを言葉にすると、サイモンが唇《くちびる》の片端《かたはし》をわずかに持ち上げる。

『継母《ままはは》に散々当てこすられて、下町のコックニーなまりを必死に直したからな』

『……義理のお母さんに？』

『彼女は貴族の娘《むすめ》で人一倍気位が高かった。突然降って湧《わ》いたように夫の隠し子が現れては、継子《ままこ》いじめに走るのも仕方がない――と、いい加減大人《おとな》になった今なら思うが、もちろんその頃は毎日心の中で「クソババア」と呪詛《じゅそ》を吐いていた』

つらっと、紳士らしからぬスラングを口にするサイモンに、ようやく彼の話が真実なのだという実感が込み上げてくる。

『……他《ほか》に、子供はいなかったんですか？』

『娘がふたりと、私とは五つ違いの兄にあたる人がいたんだが、不運にも事故で亡《な》くなってしまった。大切な跡継《あとつ》ぎを失ったロイド家は、わずかな可能性にかけて母の行方《ゆくえ》を追った。半年後に捜し当てた時には、母はすでに病死しており、かつての恋人たちの再会はままならなかったが、ロイド家は跡取りの代わりを手に入れることができた』

シニカルな物言いに、サイモンの複雑な心情が見え隠れしているように祐には思えた。

『で、でもそれってちょっと……跡継ぎがいなくなったからって急に捜すなんて』

『たしかに虫のいい話だが、どんな理由であれ、当時の私にとっては有り難《がた》かった。児童養護施設行きを免《まぬか》れたからな。だが義母の思惑《おもわく》は違《ちが》ったようだ。彼女は他家に嫁《とつ》いだ娘の子供にロイド家を継《つ》がせたいと思っていたらしい。それには私の存在が邪魔《じゃま》だった』

『邪魔だから、いじめたんですか？』

眉《まゆ》をひそめて問うと、サイモンが軽く肩を竦《すく》め、『あわよくば追い出したかったんだろうな』と肯定《こうてい》する。

『それに抵抗《ていこう》するには、下町なまりを矯正《きょうせい》し、七面倒臭《しちめんどうくさ》いマナーと黴《かび》の生えたラテン語を覚え、サッカーボールを捨てて乗馬とポロの鍛練《たんれん》を積むしかなかった。生きていくためには、ロイド家の当主に相応《ふさわ》しい紳士《ジェントルマン》を目指す他なかった』

(……下町のサッカー少年から、ある日突然、英国有数の名家の跡取り、か)

すごいギャップだ。

その波乱に満ちた生《お》い立ちを知れば、サイモンが皮肉屋だったり、気むずかしかったりする理由もわかるような気がした。

『その義理の母も私が十七歳の時に亡くなってしまったが』

サイモンの低音を耳に、ふっと思い出す。

そうか。それで、渋谷のゴミゴミとした裏道を歩いていたあの時。

――……懐《なつ》かしいな。

遠い記憶《きおく》と目の前の風景を重ね合わせるような眼差しをしたのか。

(この人も自分と同じだったんだ)

生まれながらの勝者で、下々の人間の痛みなんかわからないんだと思っていた。

でも、違った。そうじゃなかった。

生まれつき持っていたんじゃない。この人は今のポジションを自助努力で勝ち得たんだ。

別世界の人だと思っていたサイモンに急激に親近感が湧く。もちろん、昔は境遇《きょうぐう》が似ていたとしても、今の立場は全然違うのだから、勝手に親近感を抱《いだ》かれても迷惑《めいわく》なだけかもしれないけれど。

祐はおずおずと口を開いた。

『あの……僕も早くに両親を亡くして、六年前には唯一《ゆいいつ》の肉親だった祖父が死んで、身寄りはひとりもいなくなりました』

サイモンの眉根《まゆね》がじわりと寄る。その顔を見て、余計なことを言ってしまったかなと後悔《こうかい》した。

『すみません……だからどうってわけじゃないんですけど……。あ、でも僕も施設《しせつ》には入らなかったんです。今はじいちゃんが遺《のこ》してくれたお金で学校にも通えていますし、不自由はまったくないんで、その点は幸運だったと思います』

『ひとり暮らしはどうだ？』

『最初の頃はちょっと寂《さび》しかったけど、もう慣れました。高校一年の時から始めて、かれこれ五年になりますから』

『……そうか』

しばらく黙《だま》っていたサイモンが、不意に居住まいを正す。先程《さきほど》できないと言っていた正座をするサイモンに意表を突《つ》かれ、祐は瞠目《どうもく》した。

『ど、どうしたんですか』

『育ちの悪い云々《うんぬん》と言ったのは私の失言だ。申し訳なかった』

頭を下げられて、両目を大きく見開いたままフリーズする。

プライドの塊《かたまり》みたいな男が自分に謝った!?

一瞬《いっしゅん》後、驚愕《きょうがく》のあまりに裏返った大声が出た。

「え……ええええっ」

ありえない事態に激しく狼狽《うろた》え、腰《こし》を抜《ぬ》かしかける。

『……そ、そんなっ、あのっ、お、俺も悪かったんで。顔、上げてくださいっ、お願いですから！』

中腰《ちゅうごし》で懇願《こんがん》すると、サイモンが頭を上げた。

『では、明日もカーサに来てくれるか？』

『……はい。もし、そちらがそれでよろしいようでしたら』

最後まで全《まっと》うできるのなら、こちらとしてもそれに越《こ》したことはない。

『そうか、よかった。これでクリスに怒《おこ》られずに済む』

サイモンがほっとしたように小さく笑《え》んだ。

（あ……笑った）

眉間《みけん》に縦筋がトレードマークの、傲慢《ごうまん》男の笑顔に初めて接して息を呑《の》む。直後、目と目が合った。

『…………』

緑色の瞳《ひとみ》が心なしか熱を帯びているような気がして、心臓がドクンと大きく波打つ。

……そんな目で見ないで欲しい。

そんなにじっと見られたら、昼のキスを思い出しちゃうじゃないか。

脳裏《のうり》に「キス」という単語が浮《う》かんだ瞬間、視線がサイモンの唇に吸い寄せられてしまい、祐《ゆう》はごくっと唾《つば》を呑んだ。

（あの唇が……覆《おお》い被《かぶ》さってきて……熱い舌が口の中に……）

駄目《だめ》だ！　見るな。考えるな。思い出すなって！

無理矢理《むりやり》視線を引きはがし、俯《うつむ》いて、膝《ひざ》の上の手をぎゅっと握《にぎ》る。

別のことを考えなきゃ。何か別のことを——。

そういえば、さっき失言は謝ってくれたけど、キスに関してのコメントはなかった。

謝るほどのことじゃないってこと？

そもそもあれは、なんだったんですか？

本人に問い質《ただ》したいけれど……できない。

結局またキスに思考が戻《もど》ってしまっていることに気がつき、祐はやおら立ち上がった。もうこれ以上、一秒だって息苦しい沈黙《ちんもく》には耐《た》えられなかった。

『お茶！』

苦《くる》し紛《まぎ》れに叫《さけ》ぶと、サイモンが怪訝《けげん》そうに繰《く》り返す。

『お茶？』

『まだお茶も出していませんでした。今、淹《い》れます』

唐突《とうとつ》な申し出にサイモンが苦笑《くしょう》した。

『気を遣《つか》うな。もう帰るから』

帰ると言われて、急に寂しくなる。

（もう？　せめて、もう少し）

引き留めようと必死に思案を巡《めぐ》らせた。

『……そうだ！　紅茶を淹れますから飲んでいってください』

『紅茶？』

『ミルクティーです。「黄昏《たそがれ》」の中で執事《しつじ》が淹れていたミルクティーがすっごく美味《おい》しそうで、昨日初めて缶入《かんい》りのアッサムを買ってみたんです。見よう見まねなんで、本当にちゃんとその味になっているのかわからないんですけど……確かめてもらっていいですか？』

サイモンが面白《おもしろ》そうに『いいだろう』とうなずき、ふたりで台所に移動した。

祐がミルクティーを淹れている間、サイモンは後ろに立って手順をチェックし、時折『あらかじめミルクは冷やし、カップはあたためる』『蒸《む》らし時間は三分だ。それ以上でも以下でもいけない』などと指導してくれる。

本場英国人の監修《かんしゅう》のもと、二杯《はい》分のミルクティーが完成した。お盆《ぼん》にカップを載《の》せて六畳間《ろくじょうま》に戻り、座卓《ざたく》に置く。向かい合ってそれぞれカップを持った。

『うむ……美味《うま》い』

自分は飲まずにサイモンの感想を待っていた祐は、その一声に思わず身を乗り出した。

『本当ですか？』

『自分で確かめてみろ』

促《うなが》されて飲んでみると、サイモンの指導のおかげか、以前に増して濃厚《のうこう》な甘みが口の中に広がった。

『本当だ。紅茶の味が濃《こ》くて……美味しい』

幸せな溜《た》め息を吐《つ》く祐を見つめ、サイモンが『クリスの父親の味に近い』とつぶやく。

最高の誉《ほ》め言葉に自然と顔が緩《ゆる》んだ。

『ありがとうございます。レクチャーしていただいたおかげです』

あったかいミルクティーのおかげで、なんだかちょっとだけ、サイモンと心が通じ合ったような——。

（気のせいかもしれないけど）

ミルクティーを飲みながらそんなことを考えていると、サイモンがカップを置いた。何かを一考するような眼差しを祐に向けたあと、おもむろに端整《たんせい》な唇《くちびる》を開く。

『この紅茶のもてなしに免《めん》じて、【日東ピクチャーズ】の接待を受けよう』

静かな声が落ちた。

9

サイモンの気が変わっては困ると思ったのだろう。

早速《さっそく》、明けて翌日——土曜の夜に会食の席が設けられた。

場所は、麻布《あざぶ》にある高級フレンチレストラン。祐は知らなかったが、財界人・著名人御用達《ごようたし》で有名なレストランだそうだ。普通《ふつう》なら一ヶ月前でないと予約が取れないところを、【日東ピクチャーズ】の社長の顔《かお》利きでキープしたらしい。

メンバーは、日東側が代表取締役《とりしまりやく》社長、常務取締役社長、内藤の三人、片やサイモン、クリス、祐の計六名。

朝九時に祐がカーサに出勤すると、この食事のためにサイモンが新しいスーツを用意してくれていた。

二着目のスーツはチャコールグレーのシングルブレステッド。それに合わせて新しいシャツとネクタイも渡《わた》されて、一着目のスーツの代金すら払《はら》いきれるか自信のない祐は受け取りを固辞した。だが、『心配するな。今日だけのレンタルだ。食事が終わったら返却《へんきゃく》してもらう』と説得され、結局は着替《きが》えさせられてしまった。

日中は、先日と同じようにテレンス・ロイドの本を読んで過ごす。昼過ぎからクリスと一緒《いっしょ》に出かけたサイモンは、夕方戻ってきて、グレーのヘリンボーンのスリーピースに着替えた。深紅《しんく》のネクタイ、胸許に白のリネンチーフという、いつもよりほんの少しフォーマルな装いのサイモンにうっかり見惚《みと》れかけ、祐はふるふると頭を振《ふ》った。

昨日から、無意識に視線がサイモンを追ってしまう。

(やっぱり、あのキスがいけないんだ)

彼女いない歴十九年、女の子とまともなデートすらしたことがないのに、いきなりあんなディープキス……自分には刺激《しげき》が強すぎた。

おかげで昨日はあんまり眠《ねむ》れなかった。

サイモンは紅茶を飲んだあと、しばらくして帰っていったけれど、その後もずっと、学校で授業を受けている間も生まれて初めてのキスが頭から離《はな》れなくて……布団《ふとん》に入ってからも繰り返しサイモンの唇の感触《かんしょく》を再生しては悶々《もんもん》として……。

『ミナセ?』

ぼんやり意識を飛ばしていた祐は、自分の名を呼ぶひそめた声で現実に引き戻された。はっと肩《かた》を揺《ゆ》らした直後、右隣《みぎどなり》の席からクリスが囁《ささや》いてくる。

『気分でも悪いのですか?　さっきからぼーっとしてるけれど』

『あ、いえ。大丈夫《だいじょうぶ》です。……すみません』

会食の前にウェイティングルームで呑《の》んだ食前酒のキールがいけなかったのかもしれない。

なんとなく未成年だとは言いづらく、内藤に勧《すす》められるがままに口をつけてしまった。初めて身を置いた高級レストランの重厚《じゅうこう》な雰囲気《ふんいき》に、すっかり呑まれていたせいもある。

（……顔が熱い）

口当たりがよくて甘かったからつい全部呑んでしまったけれど、今になってアルコールが回ってきたようだ。

お酒を呑むのはほぼ初めての経験で、どれくらい酔《よ》いが回っているのかも判断がつかなかったが、全身が熱くて、なんだか頭がぼーっとする。

ヤバイよ。仕事中なのに。これから通訳の仕事をしなくちゃいけないのに。しかも契約《けいやく》が破談になるかどうかの正念場だ。

せっかくサイモンがくれたチャンスを潰《つぶ》すわけにはいかない。

（しゃきっとしなくちゃ）

焦燥《しょうそう》に駆《か》られた祐は、目の前のグラスを摑《つか》み、水をゴクゴクと飲んだ。グラスの水を一気に飲み干すと、斜《なな》め向かいの代表取締役が怪訝そうな顔つきをする。

【日東ピクチャーズ】代表取締役社長の青木氏《あおき》には初めて会ったが、痩《や》せぎすでごま塩頭の、こう言ってはなんだが、ぱっと見あまり風采《ふうさい》の上がらない六十代頭くらいの人だった。銀縁《ぎんぶち》眼鏡《めがね》の奥の細い目で、さっきからちらちらとサイモンの顔色を窺《うかが》っている。

すべての席が満遍《まんべん》なく埋《う》まったフロアの、一番奥まった六人掛《ろくにんが》けの細長いテーブルに一同が腰《こし》を下ろして、そろそろ十五分が経《た》とうとしていた。壁《かべ》に面した左端《ひだりはし》の席にサイモンと代表取締役社長が向かい合って座り、祐はサイモンの右隣《みぎどなり》、その隣にクリス、テーブルを挟《はさ》んで代表取締役社長の隣が常務、そして内藤という席順だ。

料理はコースで、先程ガラスの器《うつわ》に盛られたアミューズ・ブーシェ（という名前らしい。突《つ》き出しの小鉢みたいなもの？）が出てきたが、酔いと緊張《きんちょう》とで味はさっぱりわからなかった。

こんなふうに改まった食事の席は初めてだ。さっきも自分で勝手に椅子《いす》を引こうとして、黒服のフロアスタッフにあわてられてしまった。真っ白なクロスがかかったテーブルにつくのも初めてなら、布のナプキンも初体験。目の前にずらりと並んだぴかぴかのグラスやカトラリーを見るだけで緊張が高まる。

どれをどう使えばいいんだろう？　さっきは小さなスプーンがついてきたので、それを使ったけれど。

昼休みに本屋でマナーブックを立ち読みしてくればよかったと後悔《こうかい》したが後の祭りだった。

「いやぁ、さすがはパリの三つ星レストランにいたシェフだけあって素晴《すば》らしい味ですな。こちらのシェフは、うちの青木が個人的に懇意《こんい》にしておりまして、今回も青木の頼《たの》みならばと無理をきいてくれたんですよ」

見え透《す》いたおべっかを使う常務に、青木社長が薄《うす》い唇の端《はし》を自慢《じまん》げに持ち上げた。

「さすがに前日の予約では、個室は取れませんでしたが」

祐のほうを見て、通訳しろというように顎《あご》をしゃくる。

社長の要望どおり常務の言葉を訳したが、サイモンはまるでノーリアクションだった。

サイモンの反応を窺っていた社長が、つれないゲストに鼻白んだ表情をする。

サイモンの機嫌《きげん》がよろしくないのは一目瞭然《いちもくりょうぜん》だった。無愛想《ぶあいそう》と言っていいほどに無表情だし、初めに社長と二、三言挨拶《あいさつ》を交《か》わして以降、ほとんど誰とも口をきいていない。

ミルクティーに免じて接待を受けてくれたものの、本来乗り気ではないのだから仕方がないのかもしれない。会食は盛り上がらないままに、オードブル、スープ、魚料理の皿と、コース料理だけが着々と運ばれてくる。

おそらく今まで自分が目にしたこともないような高級素材が使われているのだろうけど、重苦しい空気のせいか、どの料理も砂のように味気なく感じた。これなら行きつけの定食屋のほうが何倍も美味《おい》しい。特にサイモンとクリスと三人で食べたポテトサラダ……。

メインの肉料理まできたところで、青木社長がコホンと咳払《せきばら》いをした。ナプキンで口を拭《ふ》き、両方の手のひらを擂《す》り合わせる。

「本日、ロイド氏にご足労願いましたのは他《ほか》でもありません。ぜひとも直接にお会いして、ご本心をお聞かせいただきたいと思ったからです」

ご本心？

内心で首を捻《ひね》りつつも、祐はサイモンに社長の言葉を訳して伝えた。

「現在のパーセンテージがご不満ということでしたら、はっきりおっしゃっていただけると有り難《がた》い。私どもと致《いた》しましても、契約を円滑《えんかつ》に進めるためでしたら、最大限の譲歩《じょうほ》は厭《いと》わないつもりです」

（……え？）

「腹蔵無くおっしゃってください。いかほどなら納得《なっとく》していただけますか？」

その言葉でようやく彼が言わんとしていることがわかり、祐は唖然《あぜん》とした。

この人は、サイモンが契約交渉《けいやくこうしょう》を打ち切ったのは、取り分を吊《つ》り上げるための駆け引きだと思っているのだ。

最大限の譲歩だかなんだか知らないけど、気位の高い英国人に対して逆効果だということが全然わかっていない。ただでさえ不機嫌なのに、そんなことを伝えたが最後、席を立ってしまうに決まっている。

しかし、空気が読めない社長の勘違《かんちが》いはそれだけに留《とど》まらなかった。

「さらに、スポークスマンとして宣伝活動にご協力いただけるなら、ロイド氏には契約料とは別のお支払《しはら》いを考えています」

（……そ、そんなこと言えない）

目の前が暗くなる気分で狼狽《ろうばい》していると、社長が祐を横目で睨《にら》んだ。

「きみ、早く通訳して」

「は、はいっ」

苛立《いらだ》った口調でせっつかれ、動揺《どうよう》にうっすら青ざめながらも懸命《けんめい》に考えを巡《めぐ》らせる。

せめて、オブラートに包んだ言い方をしなくては。

必死に頭の中で文章を組み立て、サイモンのほうに体を向けた直後だった。何かが肘《ひじ》に当たる感触があって、カツーン！　という大きな音がフロア全体に響《ひび》く。

「あっ……」

大理石の床《ゆか》にカトラリーを落としてしまった祐に、社長が不快そうに眉《まゆ》をひそめた。四方からの視線を浴び、背中がひやっとする。

「す、すみませんっ」

あわてて床のナイフを拾おうとして、サイモンに止められた。

『自分で拾うな。フロアスタッフの仕事だ』

たしかにその言葉のとおり、黒服がさっと駆けつけてきて床のナイフを拾い、「今新しいのをお持ちします」と言って立ち去った。額にじわっと嫌《いや》な汗《あせ》が滲《し》み出る。

『失礼しました。あの……先程《さきほど》の社長さんのお話ですが』

ハンカチで額の汗を拭《ぬぐ》い、なるべくソフトな言い回しで社長の話を伝えると、サイモンが冷ややかな声を落とした。

『金額の問題ではない。そして私は前座で舞台《ぶたい》に立つコメディアンでもない。そう伝えろ』

『は、はい』

（うわー……）

これもダイレクトには伝えられない。言葉を選び、しどろもどろに訳す。それでも社長の顔は険しくなった。

「本当にそう言っているのか？」

「はい」

社長が狐《きつね》のような目を細め、小声で「狸《たぬき》め」とつぶやく。

「いい加減に腹を割ってお話ししましょう。時間の無駄《むだ》だ」

『私が配給会社に求めているのは、ロイドファンのことを一番に考え、大切にする気持ちだ』

しかしサイモンの言葉は、頭から駆け引きだと思い込んでいる社長を苛立たせるばかりだった。

「これはビジネスです。私はお互《たが》いにビジネスマンとしてのお話がしたいのです」

『私にとってロイドフィルムはビジネスではない。祖父からの預かりものだと思っている。ロイドフィルムを心から愛し、ファンを大切にしてくれる会社と手を組みたい』

「そうおっしゃいますが、今までに国内のめぼしい配給会社のオファーは断ってしまわれた。もはや当社以外にあなたの要望を叶《かな》えられる会社はありませんよ？　お祖父《じい》様のためにも、ここはお互いに歩み寄る姿勢が必要なのではありませんか？」

『妥協《だきょう》して祖父の意に背《そむ》くくらいなら、何もしないほうがましだ』

一触即発《いっしょくそくはつ》の緊迫感《きんぱくかん》を孕《はら》んだやりとりが続く。他のメンバーは誰も口を差《さ》し挟むことができない。みな、固唾《かたず》を呑《の》んで険悪なムードのトップ会談を見守るしかなかった。

（……どうしよう）

このままでは本当に駄目《だめ》になってしまう。

だが気持ちが焦《あせ》るばかりで、現実にはどうすることもできない。自分にできるのは、なるべく正確にそれぞれの言葉を伝えることだけ。

やがてお互いの接点の見つからないままに平行線の会話が途切《とぎ》れ、サイモンと社長はむっつりと黙《だま》り込んだ。

ようやっと一息をつけた祐は、そっと水の入ったグラスに手を伸《の》ばした。極度の緊張状態が続いたせいか、背中がびっしょりと汗で濡《ぬ》れ、喉《のど》がカラカラに渇《かわ》いていた。

震《ふる》える手でグラスの柄《え》を摑《つか》んだ——つもりだったが、思っていた以上に力が入らず、手のひらからつるっとグラスが滑《すべ》る。

「……やばっ」

とっさに持ち直して落下を免《まぬか》れたが、弾《はず》みでグラスの中の水がぱしゃっと社長の顔にかかってしまった。取り返しのつかない失敗に血の気がさーっと引く。

「すっ、すみませんっ」

水を浴びた社長がみるみる形相を変え、ナプキンで顔の水を拭ったあとで「きみ！」と怒鳴《どな》りつけてきた。

「さっきから落ち着きのない。一体なんなんだね⁉」

「も、申し訳ありません！」

即座《そくざ》に椅子《いす》を引いて立ち上がり、平身低頭で謝ったが、社長の怒《いか》りは収まらなかった。

「そもそも、こんな青二才の通訳を雇《やと》ったのは誰なんだ？」

「社長、彼はロイド氏の専属で……」

内藤が小声で囁《ささや》いたが、社長には聞こえなかったらしく、顔を真っ赤にして「不愉快《ふゆかい》だ」と吐《は》き捨てる。

「まともに通訳もできない役立たずが。席を外しなさい。――内藤くん、きみが代わりを務めなさい」

「は、はい」

困惑《こんわく》の体《てい》で内藤がうなずいた。

（天下の【日東ピクチャーズ】の社長を怒《おこ》らせてしまった）

自分のしでかしてしまった史上最悪の失態に青ざめ、直立不動で立ち尽《つ》くしていた祐は、周囲のテーブルからの何事かといった視線に気がつき、はっと肩《かた》を揺《ゆ》らす。

「僕……すみません。……失礼します」

もう一度深々と頭を下げ、立ち去ろうとした刹那《せつな》、それまで彫像《ちょうぞう》のような横顔で黙り込んでいたサイモンが不意に『ミナセ』と呼んだ。

『座れ』

『え？　で、でも……』

ちらっと社長を見れば、すごい顔で「早く行け」というように自分を睨みつけている。その険しい視線に圧されて一歩後退しかけた祐は、横合いから伸びてきたサイモンの手に腕《うで》を摑まれた。

『おまえの雇い主は私だ。あのごうつくばりジジイじゃない。――座れ』

『は、……はい』

厳然たる声音《こわね》で命じられ、のろのろと腰《こし》を下ろす。前方から非難の眼差《まなざ》しを浴びせられ、針のむしろのような気分で縮こまっていると、傍《かたわ》らのサイモンがまっすぐ社長を見据《みす》えた。

厳しい眼差しで正面の顔を射貫《いぬ》き、ゆっくりと口を開く。

「彼は私の通訳だ。彼を侮辱《ぶじょく》することは、この私を侮辱するも同然」

シンとその場が静まり返る。

（……………え？）

雷《かみなり》に打たれでもしたかのような衝撃《しょうげき》の一瞬《いっしゅん》後、祐は首をくるっと捻《ひね》り、傍らの男を顧《かえり》みた。

サイモンは変わらず、目の前の男を厳しく見据えている。

今……日本語をしゃべった気がしたけど……空耳？　聞き間違《まちが》い？

半信半疑で他《ほか》のメンバーを見回すと、社長を筆頭に、クリス以外の全員が目を剝《む》き、ぽかんと口を開けていた。

(聞き間違いじゃない！)

「に、日本語しゃべれるんですか？」

あまりの衝撃に束《つか》の間自分の置かれた状況《じょうきょう》も忘れ、思わずサイモンに疑問をぶつける。

「その話はあとだ」

流暢《りゅうちょう》な発音に息を吞んだ。

(やっぱり日本語！)

「まともに通訳もできない役立たずという言葉は撤回《てっかい》していただきたい。彼は出来る限りの努力をし、正確に我々の言葉を伝えていた」

不意打ちの衝撃からどうにか立ち直ったらしい社長が、サイモンの要求に眉をひそめた。

「しかし彼はあまりに失礼で……」

「誰にでもミスはある。カトラリーと水の件に関しては、きちんと謝罪もしている。それでも彼に去れと言うならば、私も共に立ち去る。これ以上あなたと向かい合っていても、料理が不味《まず》いだけだ」

むっとした社長が口をへの字に曲げる。

「不愉快な一時間だったが収穫《しゅうかく》もあった。あなた方と仕事をすることは不可能だという確信を持つことができたからな」

言うなりサイモンは膝《ひざ》の上のナプキンをテーブルに置き、椅子を引いて立ち上がった。


「すみません。僕のせいです。僕のせいで契約《けいやく》が……すみません」

サイモンの背中を追いかけながら、祐は消え入りそうな声で謝罪を繰《く》り返した。いろいろなことが立て続けに起こって、頭はまだかなり混乱していたが、とにかく自分のせいで破談が決定的になったことだけはわかる。

「……本当に申し訳ありません」

レストランのエントランスロビーでサイモンが足を止め、振《ふ》り返った。深い緑の瞳《ひとみ》が、祐の強《こわ》ばった顔をじっと見つめる。

「おまえのせいじゃない。もともとあそことは相容《あいい》れなかったんだ。昨日おまえにＤＶＤの件だけでも継続《けいぞく》できないかと言われて考え直し、トップと直接話せば事態が変わるかもしれないと思ったが……やはり無理だった」

サイモンが苦い声でつぶやいた。

「おまえのせいじゃない。気にするな」

「でも……」

「おまえこそ就職の話が流れてしまったんじゃないのか？　もしそうなら悪かった」

いつになくやさしい言葉をかけられると、余計にやるせない気分が込み上げてくる。

「そんなの別にいいんです」

祐は俯《うつむ》いて唇《くちびる》を噛《か》み締《し》めた。胸の中でいろいろな想《おも》いがもやもやと渦巻《うずま》き、気がつくと大理石の床《ゆか》に恨《うら》みがましい声が落ちていた。

「なんで……黙っていたんですか？　日本語、こんなに上手にしゃべれるのに」

「しゃべれるといっても日常会話が不自由しないレベルでビジネスでは通用しない。中途半端《ちゅうとはんぱ》に口を出すよりは、おまえに任せてしまったほうが仕事が円滑《えんかつ》に進むと思った」

「…………」

説明を受けても、祐は素直《すなお》にうなずくことができなかった。

どんなに正当な理由があったとしても、サイモンが自分を偽《いつわ》っていたことには変わりがない。

それに、サイモンが日本語をしゃべれるのなら、そもそも通訳は必要ないわけで。

自分の存在意義を根本から否定された気がして、足許《あしもと》がぐらぐらと揺らぐような虚脱《きょだつ》感を覚える。

結局のところ、サイモンにとって自分の存在って意味があったんだろうか。

通訳としてもガイドとしてもほとんど役に立たず、却《かえ》って足を引っ張ってばかりで……ついには日東の社長まで怒らせてしまった。

ほんと、いいとこなしの駄目《だめ》人間。役立たず。

複合的なショックから立ち直れず、突《つ》っ立ったままずぶずぶと落ち込んでいると、車を手配しに行っていたクリスが戻《もど》ってきた。

『車が来ました。支払《しはら》いの件も支配人と話をつけましたので』

『ご苦労。やつらに借りは作りたくないからな』

クロークでコートを受け取ったサイモンが、正面玄関《げんかん》を出てハイヤーの後部座席に乗り込む。

続いてクリスが乗り込んだ。

ぼんやり車の横に佇《たたず》む祐に、車中から怪訝《けげん》そうな声がかかる。

『ミナセ？　どうしましたか？』

『どうした。早くしろ』

促《うなが》されても動かず、しばらく黙《だま》って俯いてから、思い切ったように顔を上げた。思い詰《つ》めた面持《おもも》ちで口を開く。

『約束の日数に一日満たないけど、僕……アルバイトを辞《や》めます』

『辞めるって……ミナセ』

クリスが菫色《すみれいろ》の瞳を瞠《みは》り、その奥のサイモンも瞠目《どうもく》した。ほどなく表情が険しくなる。

『急ですみません……でも、俺……いても意味ないから』

謝っているうちに鼻の奥がつーんと痛くなってきて、祐はあわててくるっと踵《きびす》を返した。この上、泣き顔なんて見せられない。

『ミナセ！』

『失礼します』

車に背を向けた状態で頭を下げると、祐は逃《に》げるようにその場から駆《か》け出した。


「……ただいま」

暗くて肌寒《はださむ》いアパートに戻り、いつものようにスーツを脱《ぬ》ぐ。革靴《かわぐつ》の手入れをしながら、これも今日で最後なんだなと思った。

長かったようで、あっと言う間の五日間だった。

その間、いろんな「初めて」を経験した。

初めてのスーツ、初めてのスイートルーム、初めての会議、初めての劇場、初めての高級フレンチレストラン……。

(初めてのキス)

溜《た》め息を吐《つ》き、ハンガーに掛《か》けたチャコールグレーのスーツから、携帯《けいたい》を取り出した。携帯を充電器《じゅうでん》に置いたとたん、携帯がピルルッと鳴り始め、びくっと肩《かた》が震《ふる》える。どうやら途中《とちゅう》でバッテリーが切れていたらしい。

ピルルッ、ピルルッ、ピルルッ。

着信音を聴《き》きながら、祐は逡巡《しゅんじゅん》した。

もしかしたらサイモンかもしれない。

もしそうなら、出たくない。

(話したくない)

かといって、この先ずっとサイモンと話さないで知らんぷりするわけにもいかないことは頭でわかっていた。一着目のスーツや靴の代金のこともあるし、二着目のスーツの返却《へんきゃく》もしなくてはいけない。

悩《なや》んでいる間も、携帯はしつこく鳴り続けている。出るまでは鳴らし続けるぞ、といった相手の強い意志を感じた。

仕方なく携帯を充電器から取り上げ、お尻《しり》の部分にACアダプタを繋《つな》げる。フリップを開いて耳に当てた。

「……はい、水瀬です」

『——私だ。……やっと出たな』

（サイモン！）

薄々覚悟《うすうすかくご》していたとはいえ、やはり心臓がドキッと跳《は》ねる。とっさに声が出ず、奥歯を食い締めて黙っていると、回線の向こうから押し殺すような低い声が言った。

『いいか？　一度しか言わない』

「…………」

『おまえが必要だ。戻ってきてくれ』

「………っ」

予想だにしなかった懇願《こんがん》に息を呑《の》む。祐はぎゅっときつく携帯を握《にぎ》り締めた。

──おまえが必要だ。

その一言が胸が震えるほどに嬉《うれ》しくて……泣きそうになる。

覚えている限り、この十九年間、誰かに必要とされたことなんか一度もなかったから。

──おまえが必要だ。

生まれて初めてもらった言葉を、噛み締めるみたいに何度も心の中で繰り返しているうちに、熱い何かが胸の奥からじわじわと染《し》み出してくる。

どこかが苦しいような、胸がぎゅっと締めつけられるような、甘くて切ない気持ち。こんな気持ち、生まれて初めてだったけれど、不思議とそれが何かはわかった。

俺、この人が好きなんだ。

男だけど。十二も年上だけど。国も人種も生きている世界も全然違《ちが》うけれど。

それでも、好きなんだ。

出会いからたったの五日間で、英国人の、それも男に恋《こい》をするなんてどうかしていると自分でも思う。

馬鹿《ばか》みたいだ。明後日の朝にはサイモンは英国に帰ってしまう。そうしたら、もう二度と会うこともないかもしれないのに。

実るはずもない、初恋。告白すら許されない……告げるまでもなく、終わってしまっているような恋。

『ミナセ……返事は？』

心もち緊張《きんちょう》したような低音が耳許《みみもと》で囁《ささや》く。その声を聞いたら、なんだかたまらない気分になった。

報《むく》われなくてもいい。気持ちを伝えられなくてもいい。

ただ、残された時間を側にいられるだけでいい。

今すぐ顔を見たい。

会いたい！

（でも）

今のままじゃ戻れない。今の自分じゃまだサイモンに会いにいけない。

『……少し考えさせてください』

戻ります──そう言いたい衝動《しょうどう》をぐっと堪《こら》え、それだけをどうにか口にした。

『ミナセ……』

何かを言いかけたサイモンが、結局は言葉にせず、『……わかった』とつぶやく。

『すみません』

『時間はいつでも構わない。待っているから必ず連絡《れんらく》をくれ』

そう念を押したあと、サイモンからの通話は切れた。

10

サイモンとの通話を終えたあと、祐はすぐにダウンを着込み、アパートを出た。電車を使って渋谷にある【オフィス鈴木】へと向かう。

事務所に到着《とうちゃく》したのは夜の九時を過ぎていたが、鈴木はまだ仕事をしていた。

「いきなりどうした？」

驚《おどろ》く鈴木に、祐はこれまでの経緯《いきさつ》をかいつまんで説明した。今日のトップ会談で、日東との話し合いが決裂《けつれつ》したことも話す。

「んー、そうか。駄目《だめ》だったかぁ」

顎《あご》の無精髭《ぶしょうひげ》を撫《な》でながら、鈴木がオフィスチェアの背もたれにギシッともたれた。

「まー、日東は配給の中でもとりわけハリウッドメジャー志向だからな。英国スタイルとは噛《か》み合わない予感がしていたが」

「方向性の違いで日東とロイドが決裂したのは、残念だけど仕方がないと思います。でも、このままDVD化の企画《きかく》がなくなってしまうのは避《さ》けたいんです。なんとかこの企画を存続させる術《すべ》はないでしょうか。今のままだと僕らの下の世代がロイドフィルムに触《ふ》れる機会がなくなってしまいます。あんなに素晴《すば》らしい作品なのに……」

「実際、契約《けいやく》のトラブルでお蔵入《くらい》りになっている名画は山とあるからな」

渋《しぶ》い顔の鈴木が顎を指先でぽりぽりと掻《か》く。

「ロイド氏も、ロイド作品を愛して、ファンを大切にしてくれるところにフィルムを預けたいと言っているんです。鈴木さんのお知り合いで、この企画を引き継《つ》いでくれる方のお心当たりはありませんか?」

「うーん……正直なところ、火中の栗《くり》を拾おうってぇ奇特《きとく》な会社は、そうはないと思うぜ。どこだって国内最大手を敵に回したくないもんな」

それはわかっている。だけど、諦《あきら》めたくない。

祐は必死に食い下がった。

「紹介《しょうかい》だけでいいんです。もし紹介していただけたら、交渉《こうしょう》は僕が一切《いっさい》やりますんで」

「俺だって、もし古巣の日東に睨《にら》まれたら、相当仕事がやりづらくなるしな」

そう言われてしまうと、二の句が継げない。鈴木には家族だっている。自分のように、背負うものがない気楽な身の上と違い、気持ちだけでは動けない立場なのだ。

「……そう、ですよね」

うなだれた祐は、しばらく悄然《しょうぜん》とカーペットを見下ろしていたが、不意にぎゅっと拳《こぶし》を握った。視線を上げ、鈴木をまっすぐ見つめて口を開く。

「俺、まだガキだから、大人《おとな》の事情とかわかりません。想像はできるけど、本当の意味ではわかっていないと思う。でも、大人になっていろんなしがらみが増えても、失ってはいけないものってあると思います」

　鈴木がちょっと驚いたように瞠目《どうもく》した。

「そんな澄《す》み切った目で睨むなよ。胸がチクチク痛むだろーが」

「生意気言ってすみません。でも、鈴木さん、以前僕に、いつかロイド作品のパンフレットを作るのが夢だっておっしゃっていましたよね」

「あー、ああ……まぁな」

「その夢が叶《かな》うかもしれないんです。これは最初で最後のチャンスです」

「…………」

「夢を夢で終わらせていいんですか？」

　鈴木が眉根《まゆね》を寄せた。そのまま何かを思案するように手のひらで顎を何度かさすり、やがてふーっと息を吐《は》いた。

「若者にそこまで言われたら、ロイド信者の端《はし》くれオヤジとしちゃー一肌脱《ひとはだぬ》がないわけにゃいかねぇな」

「えっ？」

「映画学校時代の同期に、小さなインディーズ系の配給会社を運営している太田《おおた》って男がいる。こいつが俺に負けず劣《おと》らずのロイドマニアだ。まずはそいつに話をしてみるよ」

ぱぁっと顔を輝《かがや》かせた祐は、苦笑《くしょう》する鈴木に向かって勢いよくお辞儀《じぎ》をした。

「ありがとうございます！」

（よかった。まだ……第一関門突破《とっぱ》でしかないけど）

それでも、一縷《いちる》の望みが繋がった。

鈴木に対する感謝の気持ちを嚙み締《し》める一方で、おずおずと気がかりを口にする。

「でも、あの、お仕事のほうは……大丈夫《だいじょうぶ》ですか」

「仮にこれがきっかけで日東の仕事が減ったら減ったで営業して他《ほか》を増やすさ。正直、あその、中身よりパッケージ重視ってぇ傾向《けいこう》には辟易《へきえき》していたんだ」

いっそさっぱりした顔でつぶやいた鈴木が、つと目を細めた。

「それにしても……水瀬くん、変わったなぁ。やっぱ実際に仕事の現場に身を置くと違うもんだな」

「そ、そうですか？」

自分では実感はないけれど。

「うん。ぐっと大人びて男前になったよ。通訳のバイトしてよかったな」

そのあと早速《さっそく》に鈴木が友人の太田に連絡を取ってくれた。話を聞いた太田も、『ぜひロイド氏にお会いして詳《くわ》しいお話を聞きたい』と言ってくれた。明後日ロイド氏が帰国するならば、明日の早い時間を空けます、とも。

さすがに業界人でロイドマニアだけあって、日本語版DVD化の話、さらには日東との契約《けいやく》交渉《こうしょう》が難航しているという噂《うわさ》も耳にしていたらしい。

好感触《こうかんしょく》を得た祐は、鈴木にもう一度礼を述べてから、急ぎ【カーサホテル東京】へ向かった。

最上階の八〇三号室のドアをノックすると、誰何《すいか》もなくいきなり扉《とびら》が開く。

「あっ……」

ドアを開けたサイモンと目が合って、思わず声が漏《も》れた。

乱れて額に落ちた前髪《まえがみ》と緩《ゆる》んだネクタイ。ジャケットを脱《ぬ》ぎ、ウエストコート姿のサイモンは、いつもの隙《すき》のない英国紳士《しんし》とは印象がずいぶん違《ちが》う。

オリーブグリーンの双眸《そうぼう》がゆっくりと見開かれ、薄《うす》く開いた唇《くちびる》から吐息《といき》混じりの声が落ちた。

「ミナセ……」

(サイモン)

恋《こい》を自覚したあとで初めて、好きな人の顔を間近で見て、今にも感情が溢《あふ》れ出しそうになるのを必死に堪える。気持ちを落ち着かせるために、祐はまずは謝罪を口にした。

「あの……先程《さきほど》はすみませんでした。突然《とつぜん》帰ったりして」

と、サイモンの手が出し抜《ぬ》けに伸《の》びてきて、祐の肩《かた》に触れる。

「…………っ」

大きな手に包まれた肩が小さく震《ふる》えた。落ち着かせたはずの心音がふたたび鼓動《こどう》を刻み始める。

「そんなことはいい。中に入れ」

「は、はい、失礼します」

内心の動揺《どうよう》を押し隠《かく》し、サイモンに促《うなが》されるがままに室内に入る。

『ミナセ！　戻《もど》ってきてくれてよかった！』

クリスが駆《か》け寄ってきて祐の手をぎゅっと握《にぎ》った。

『ご心配おかけしてすみません』

申し訳ない気分で謝罪を口にすると、『私よりサイモンが』と囁《ささや》いてくる。

『ずっと落ち着かなくて大変だったんですよ。檻《おり》の中のクマみたいに部屋の中を行ったり来たり……長いつきあいですが、あんなサイモンを初めて見ました』

『そうだったんですか』

顔が熱くなるのを意識しつつ、ちらっとサイモンを見る。すると、向こうもこちらを見ていたようで、バチッと目が合ってしまった。あわてて目を逸《そ》らす。

（駄目だ。意識しちゃ……）

今はとにかく、ロイドフィルムのことが最優先。明後日にはサイモンたちは英国へ帰ってしまう。時間がないのだ。

頭をどうにかオンに切り換《か》えた祐は、『おふたりにお話があります』と切り出した。

『話？』

『はい。実は――』

サイモンとクリスに太田の話をする。小さなインディーズレーベルだが、熱心なロイドファンで、日東との事情を知った上でサイモンと話がしたいと言っていると告げた。

『どんな会社かは、ホームページを見ていただくのが一番わかりやすいかと思います。PCをお借りしてもよろしいですか？』

サイモンのノートパソコンで、太田の会社のホームページにアクセスする。そこに書かれている会社のコンセプトやバイオグラフィ、取り扱《あつか》っている映画のリストなどを英訳して伝えた。

真剣《しんけん》な顔つきで祐の説明に耳を傾《かたむ》けていたサイモンが、ひとわたりサイトに目を通したあとで決断を下す。

『その男に会ってみよう』

翌、日曜日の朝の十時きっかりに、太田がカーサの八〇三号室を訪ねてきた。

三十代後半の大柄《おおがら》な男性で、浅黒い顔の半分が髭《ひげ》に覆《おお》われた、一見して山男風のルックスをしている。服装もジャケットこそ着ているが、タートルネックのセーターにボトムという組み合わせで、かなりラフな印象だ。

『初めまして、太田です。お会いできて大変に光栄です、ミスター・ロイド』

男は風貌《ふうぼう》に似合わず、美しいクイーンズイングリッシュを操《あやつ》った。

『こちらこそ、わざわざご足労いただいて恐縮《きょうしゅく》です』

名刺《めいし》——サイモンはネームカードだが——を交換《こうかん》し、握手《あくしゅ》を交《か》わしたあと、ソファを勧《すす》められた太田が腰《こし》を下ろした。サイモンは客人に向かい合う形でアームチェアに座す。祐は太田の左隣《ひだりどなり》に腰掛《こしか》け、クリスはサイモンの並びのアームチェアに座った。

『英語がお上手ですが、どちらで勉強なさったんですか』

サイモンの問いかけに太田が答える。

『大学時代、二年ほど英国に留学していました』

『ほう、英国のどちらです?』

『ケンブリッジです。文学者を志したんですがものにはならなくて、帰国後、前から好きだった映画の専門学校に入り直して現在に至ります』

そこからしばらくは英国の話で盛り上がり、大分うち解けたところで本題に入る。

驚《おどろ》いたことに、太田は昨日の今日で、もう簡単な企画書《きかくしょ》を作って持参してきていた。

『仕事が早いですね』

クリスが感心したようにつぶやくと、太田が照れたように頭を掻《か》いた。

『実は、ロイドフィルムの日本語版DVD化の件を小耳に挟《はさ》み、自分ならどうするだろうとシミュレーションで企《き》画《かく》を立ててあったんです。当てがあったわけではないんですが、自分にとってテレンス・ロイドは特別な監督《かんとく》ですので。彼がいたから今の自分があるみたいな……。昨日の夜突然に、その企画が日の目を見るかもしれないチャンスが転がり込んできて、本当に驚きました。正直に告白しますと、昨夜は興奮で眠《ねむ》れませんでした。目が赤いのはそのせいです。あ、髭はもともとですけど』

太田の気取らないキャラクターに場が和《なご》む。

英語の企画書に目を通したサイモンが、いくつか質問をし、太田が答えた。さらに、こういったことは実現可能か？　といったサイモンの提案を受けて太田が意見を述べる。

『DVD化に際しては、デジタルリマスターといって、アナログフィルムをHDDに取り込み、デジタルに変換《へんかん》して、フィルムのくすみや焼け、傷などを消去し、高品質な映像に復元して焼き直すこともできます』

『なるほど』

『あと、この企画書にも書きましたが、僕がぜひ実現したいと考えているのは、インタラクティブ機能を盛り込むことです』

『インタラクティブ機能?』

『視聴者《しちょう》がリモコン操作によって、映画鑑賞《かんしょう》中に注釈《ちゅうしゃく》データを取り出すことのできる機能です。ロイド作品の場合、欧州《おうしゅう》の文学・芸術・歴史・宗教などから多くの引用がなされていますので、文化の違《ちが》う我々、とりわけ若い視聴者などにはややハードルが高い。足りない知識をインタラクティブ機能で補うことによって、作品の背景や監督の描《えが》きたかったテーマをより理解しやすくなるのではないかと』

『それは面白《おもしろ》い試みだ』

日東の時とは違い、太田と話すサイモンは、祐の目にはかなりリラックスしているように映った。相性《あいしょう》がいいのかな、と感じる。

年齢《ねんれい》が近いというのもあるのだろうが、太田が本当に心底ロイド作品を愛しているということが、その表情や言葉から伝わってくるのがいいのかもしれない。

DVD化に関してのプレゼンテーションが終わった時点で、太田が居住まいを正した。

『うちは熱意ではどこにも負けないつもりですが、何せ従業員十人にも満たない小さな会社ですので、もしかしたら契約《けいやく》料などの点では、日東さんのレベルに遠く及《およ》ばないかもしれません。それでも、もし任せていただけるなら、万難《ばんなん》を排《はい》して全力を尽《つ》くします』

『ロイドフィルムを預かれば、あなたの会社が【日東ピクチャーズ】を敵に回すことになるかもしれない』

『もともとうちは日東さんが取り扱わないような小さな市場がメインですから、さほど実害はありませんよ。それに、ロイドフィルムに関《かか》われるなら安い代償《だいしょう》です』

太田の不敵な返答にサイモンがうなずき、椅子《いす》から立ち上がる。まっすぐ右手を差し出した。

『ぜひともこちらからお願いしたい』

『ありがとうございます！　がんばります！』

感激の面持《おもも》ちで、太田がサイモンの手をぎゅっと握り返す。

（よかった）

固い握手を交わすふたりを見て、祐も心から安堵《あんど》した。

これで、少なくともＤＶＤは実現化の目が出てきた。

『ＤＶＤの発売は、準備期間などを考えますとどんなに早くても半年先になってしまいますが、せっかくの生誕百年なので、何かイベントをやりたいですね』

興奮醒《さ》めやらぬ表情の太田の言葉に、祐が『あ、それいいですね！』と反応する。

日東と決裂《けつれつ》したことによってフィルムフェスティバルの企画も流れ、上映の機会が無くなってしまったことを残念に思っていたからだ。

映画館の大きなスクリーンで映画を観るのは、ＤＶＤ鑑賞とはまた違った良さがある。祐自身、ぜひともロイド作品をスクリーンで観てみたかった。

『たとえばですけど……カウントダウンフェスみたいなのはどうでしょうか』

思案しつつの祐の提案に、クリスが怪訝《けげん》そうな顔をする。

『カウントダウンフェス？』

『ファンを対象とした小さなフェスティバルです。サー・テレンス・ロイドの生誕百年イヤーを記念して、三十一日の夜から元旦《がんたん》の朝にかけて、ロイドフィルムを何本か上映するっていうのは？』

『三十一日まではあと三週間しかないが』

サイモンの懸念《けねん》を太田が払拭《ふっしょく》した。

『でも不可能な時間じゃないですよ。うん、面白いですね。会場でチラシを配ってＤＶＤの告知もできますし。どうですか？』

祐の顔を見たサイモンが、『スクリーンで観たいか？』と訊《き》く。迷わず『はい！』と答えた。

即答《そくとう》に唇《くちびる》の端《はし》をわずかに持ち上げたサイモンが、太田に視線を転じてうなずく。

『いいだろう』

『会場のブッキングに関しては任せてください。心当たりがあります』

『では、帰国次第《しだい》にフィルムをあなたのもとへ送るように手配しよう』

日東との話し合いがあれほど沈滞《ちんたい》していたのが嘘《うそ》のように、とんとん拍子《びょうし》に話が進む。

『お願いします。あー、緊張《きんちょう》しますね。ロイドのオリジナルプリントをこの目で拝めるなんて……また眠れなくなりそうだ』

子供みたいに目をきらきらと輝《かがや》かせ、ひとしきり自分が今どんなに興奮しているかを言葉で表現したあと、太田は『早速《さっそく》カウントダウンフェスティバルの企画を進めます』と言い置き、帰っていった。

今にもスキップしそうな太田を見送り、ドアを閉めたサイモンが、背後に立つ祐に向き直る。深い緑の瞳《ひとみ》でじっと見つめてきた。

「おまえのおかげだ」

「そんなこと……」

熱っぽい眼差《まなざ》しに顔が火照《ほて》るのを意識しながら、首を横に振《ふ》る。

「自分がそうしたいと思ったから……しただけで」

「おまえがいなかったら、私たちは徒労感を道連れに帰途《きと》についていただろう。おまえのおかげで光が見えた。心から感謝する。ありがとう」

本当に心からのものとわかる真摯《しんし》な声に胸がじわっと熱くなる。

六日間、ほとんど仕事らしい仕事はできなかったけれど、最後に少しでも役に立てたのならよかった。

改めてサイモンの顔を見て、やっぱり好きだという気持ちが込み上げてくる。

(でも)

明日には英国に帰ってしまうのだ。そうしたら次はいつ会えるのだろう。そもそも次のチャンスはあるのか？

「明日は……何時ですか？」

小さな声で問いかける祐の顔を、サイモンは黙《だま》って見下ろしていたが、不意に視線を逸《そ》らした。眉《まゆ》をひそめてつぶやく。

「朝の九時にはここを発《た》つ」

「朝の九時……」

そんなに早く——。

思っていたよりも早い別れに内心で密《ひそ》かに気落ちしていると、サイモンがふたたび視線を向けてきた。まるで誓《ちか》いの言葉のように告げる。

「だが、三十一日には時間の都合をつけて戻《もど》ってくる」


翌日の朝九時。

空港まで行くと、みっともないところをふたりに見せてしまいそうな予感がして……。

迷った末に祐はホテルでの見送りに留《とど》めた。

昨晩は最後の夜ということで、カーサのメインダイニングで三人でディナーを摂《と》った。料理はどの皿も盛りつけが絵画のように美しく、味も素晴《すば》らしかったけれど、別れの寂《さび》しさを紛《まぎ》らわせるほどの効果はなかった。

その席でサイモンから『スーツの代金は要《い》らないから二着とも受け取るように』と言われ、さらに白い封筒《ふうとう》を手渡《てわた》された。

『六日間の報酬《ほうしゅう》だ』

触《ふ》れただけでかなり分厚いことがわかり、祐は反射的に封筒を押し返した。

『スーツをいただいた上にこんなにいただけません。見合うような仕事をしていませんし、時間的にも午前中だけとかけっこうありましたから』

サイモンが苦笑《くしょう》する。

『私たちの気持ちだ。一度でいいから素直《すなお》に受け取ってくれ』

『そうですよ。このお金でたまにはライスボール以外のものも食べてください。あなたはどう考えても痩《や》せすぎです』

クリスとサイモンにふたりがかりで説得されて、結局、断り切れずに受け取ってしまったけれど……。

『ミスター・ロイド、お車の用意ができました』

傍《かたわ》らの総支配人成宮の声で、昨夜の回想に浸《ひた》っていた祐は我に返った。

エントランスロビーにずらりと並んだホテルスタッフが見送る中、クリスとサイモンのふたりが総支配人の成宮と握手《あくしゅ》をする。

『いろいろと世話になった。ありがとう』

『おかげさまでとても快適な滞在《たいざい》でした。細やかな配慮《はいりょ》をありがとうございました』

『道中お気をつけてお帰りください。おふたりのまたのご訪問を、スタッフ一同心よりお待ち申し上げております』

一揖《いちゆう》する成宮にうなずいたサイモンが、次に祐に視線を向けた。

『フェスティバルの件をよろしく頼《たの》む』

『はい。お任せください』

祐は無理矢理《むりやり》に笑顔《えがお》を作り、できる限り元気な声で請《う》け負った。サイモンも微笑《ほほえ》む。その笑顔を見たら胸がきゅんっと痛んだ。

『また、連絡《れんらく》する。――元気で』

『ミスターも……お……元気で』

『ミナセ、あなたと一緒《いっしょ》に過ごせてとても楽しかったです。また会う日まで元気で』

クリスが祐の頬《ほお》に唇で触れた。

次に、サイモンの指が軽く頬に触れる。

『…………』

視線と視線が絡《から》み合った一瞬《いっしゅん》後、コートの肩《かた》が翻《ひるがえ》った。

正面玄関《げんかん》でふたりが乗り込んだリムジンハイヤーを見送った祐は、黒塗りの車が視界から消えるのと同時に、全身から力が抜《ぬ》け落ちるのを感じた。へなへなとその場に頽《くずお》れそうになるのを、気力だけでなんとか持ちこたえる。こんな衆人環視《かんし》で泣き出したりしたら、成宮やカーサのスタッフに心配をかけてしまう。

どうにかロビーのトイレまで我慢《がまん》して、個室の中で膝《ひざ》を抱《かか》えて泣いた。

(本当に帰っちゃった)

自分の人生を変えた六日間が終わった。

もう明日からはここに出勤することもない。慣れないスーツを着て、たくさんの大人《おとな》の前で胃が痛い思いをする必要もない。嫌《いや》な汗《あせ》を掻《か》くことも、ドキドキすることも。

「……サイモン」

あの不機嫌《ふきげん》そうな顔はもう見られない。皮肉混じりの低音も聞けない。

それが、こんなにも寂しいなんて……。

涙《なみだ》が頬を流れるのに任せ、思いっきり悲しみに浸って……少し気持ちが落ち着いた祐は、トイレットペーパーでチーンと洟《はな》をかんだ。ペーパーを流し、ドアを開けて外に出る。洗面所で顔を洗ってハンカチで拭《ふ》き、目の前の鏡を覗《のぞ》き込んだ。

十九年間毎日見て、いい加減見飽《みあ》きた顔が見つめ返してくる。

だけど、同じようでいて違《ちが》う。一週間前の自分と今の自分は同じじゃない。

一週間前の自分は、こんな切ない想《おも》いを知らなかった……。

ふっと息を吐《は》き、祐は鏡の中の自分に向かってつぶやいた。

「がんばろう」

カウントダウンフェスティバルを開催《かいさい》できるようにがんばろう。

そうすれば、三十一日にはサイモンに会える。


それからの日々は、その思いだけを心の支えにして過ごした。

日東の内藤からはあれきり連絡はなく、祐の生活も、昼は鈴木のアシスタント、夜は学校といった以前のサイクルに戻った。サイモンにもらった二着のスーツは大事に押し入れに仕舞《しま》って、服装もセーターにジーンズ、スニーカーという本来のスタイルに戻っていた。

太田の奮闘《ふんとう》のおかげで、フェスティバル開催の準備は順調に進んでいる。サイモンからも約束どおり、ロイドフィルムのオリジナルプリントが送られてきた。

字幕の翻訳《ほんやく》は丸山が、無料配布のミニパンフレットは鈴木が手がけることに決まった。太田が下北沢《しもきたざわ》にある小さな映画館のオーナーに話をつけてきて、上映館も決まった。時間的に雑誌などに広告を打つのは難しいので、インターネットで告知をしたところ、ものすごい反響《はんきょう》が返ってきて、チケットは発売開始早々に SOLD-OUT となった。

それを知って、鈴木はますます発奮したようだ。

「終わるまでは家に帰らんぞ！　死ぬ気でついてこい！」

「はいっ」

今回のミニパンフは鈴木のツテで、ロイドフィルムに詳《くわ》しい識者に寄稿《きこう》してもらう他《ほか》に、インターネットで公募《こうぼ》したファンの声も掲載《けいさい》することが決まったので、その集計作業だけでもけっこうな手間だ。

学校の卒業制作やレポートの提出も重なり、毎日がめまぐるしかったが、サイモンと離《はな》れている寂しさを紛らわせるのには丁度良かった。

折を見て、祐はフェスティバルの進捗状況《しんちょくじょうきょう》をサイモン宛《あ》てにメールで送っていたが、レスポンスを返してくるのはいつもクリスだった。クリスの説明によると、どうやらサイモンは、今回の来日による、移動時間も含《ふく》めて約十日間のロスを埋《う》めるために、日々殺人的なスケジュールをこなしているようだ。

さらに年末に再来日の時間を作ろうとしているので、余計に大変なのかもしれなかった。

「バタバタしているうちに、もうクリスマスかぁ」

夕闇《ゆうやみ》にたなびく息が白い。

クリスマスカラー一色になった夕暮れの渋谷を、昼のアルバイトを終えた祐は、駅に向かって歩いていた。今日はイブだけど、一緒に過ごす相手もいないので、あまり特別な日という実感は湧《わ》かない。

それはけれど毎年のことで、だからそのことをとりたてて寂《さび》しいと思ったこともなかった。でも、今年はちょっといつもと違《ちが》った。仲睦《なかむつ》まじい恋人《こいびと》たちを見れば人恋しさを覚え、北風の冷たさがひときわ身にしみる。

(サイモン、どうしているのかな?)

イブの夜はどうするんだろう。一緒に過ごす人がいるんだろうか。

そういえば、サイモンに恋人がいるのかどうか、考えたことがなかった。いてもいなくても、自分にはあまり関係がないように思えたからだ。

たとえ今、特定の恋人がいなかったとしても、同性で十二も年下の、特別顔が綺麗《きれい》なわけでも何か才能があるわけでもない自分を好きになってくれる可能性はほとんどゼロに近いから。

期待なんかしていない。すれば惨《みじ》めになるだけだ。

好きになってくれなくてもいい。振《ふ》り向いてくれなくてもいい。

(ただ、会いたい)

「カウントダウンフェスまであと七日か……」

たった一週間が果てしなく遠い未来に思えて、遠い目をした時だった。ジーンズの尻《しり》がブブブッと震《ふる》える。祐はほとんど無意識の所作でポケットから携帯《けいたい》を引っ張り出し、耳に当てた。

「はい」

『私だ。元気にしているか?』

この二週間の間、何度も何度も耳に還《かえ》した声が聞こえてくる。

「………っ」

ドクンッと心臓が高鳴った。

サイモン!?

(嘘《うそ》っ)

イブに電話がかかってくるなんて都合がよすぎる気がして、とっさには信じられない。

『ミ、ミスター?』

おそるおそる確かめると、数秒のブランクのあとで懐《なつ》かしい声が返ってきた。

『ひさしぶりだな。連絡できなくてすまなかった』

耳に心地良いクイーンズイングリッシュ。

(ほんとにほんとにサイモンだ!)

実感すると同時に、どっと歓喜《かんき》が込み上げてくる。

『い、いいえ、とんでもないです』

こうして電話をくれただけで充分《じゅうぶん》……。

『三十一日だが、なんとか行けそうだ』

『本当ですか!?』

朗報を聞いたとたん、声がオクターブ高く跳《は》ねた。渋谷の駅前で小躍《こおど》りしそうになるのを理性を総動員して我慢する。

『そのために今、不眠不休《ふみんふきゅう》でがんばっている』

『すっごくうれしいです』

悦《よろこ》びのあまり、つい感情の籠《こ》もった本音が漏《も》れてしまった直後、回線の向こうのサイモンが黙《だま》り込んだ。歓喜から一転、長い沈黙《ちんもく》に不安になった祐は問いかける。

『ミスター？　どうしました？』

『……私に会いたいか？』

昏《くら》く、熱を孕《はら》んだ問いかけにドキッとした。

（ど、どうしよう）

迷ったけれど、気がつくと正直な気持ちが零《こぼ》れ落ちてしまっていた。

『はい。お会いしたいです』

『そうか。……私も……』

『私も……？』

『……おま、…………に………』

サイモンが何かを言おうとしている気配は伝わってきたが、雑音が混じる上に声が遠くて聞こえない。まるで分厚いフィルターが一枚かかっているようだ。

『もしもし？　ミスター？　すみません、電話が遠くて聞こえな…』

そのうちにピーッと音がして、音声がぶつっと切れてしまった。ディスプレイも真っ黒。バッテリー切れだ。

「うあ、信じらんねー。こんなタイミングで死ぬなんてっ……このボロ携帯……サイアクッ」

うんともすんとも言わなくなった携帯に悪態をついても後の祭り。

渋谷の雑踏《ざっとう》の中、祐は頭を抱《かか》えて立ち尽《つ》くした。


こんなことになるなら、さっさと携帯を新機種に変えておけばよかった。バッテリーが寿《じゅ》命《みょう》だってことはわかっていたのに、ケチッて騙《だま》し騙し使っていた自分が悪いのだ。

せっかくサイモンが電話をくれたのに。声を聞くのは二週間ぶりだったのに……。

俺の馬鹿《ばか》馬鹿！

自分を責めながら学校の授業を受けた祐は、気落ちしたまま家路についた。

（まぁでも、三十一日に会えることがわかっただけでも）

自分を慰《なぐさ》めつつ、明日は絶対に携帯を買い替《か》えることを心に固く誓《ちか》う。

それでもまだ浮上《ふじょう》できない自分を元気づけるために、コンビニに寄って小さなショートケーキ（賞味期限ギリギリで半額）を買った。

仏壇《ぶつだん》にお供えしてから、夕食のあとでミルクティーを淹《い》れ、ケーキを食べる。

その後、台所で洗い物をしながら、ふっと思い立った。

「そうだ。ツリーがあったっけ」

子供の頃《ころ》、じいちゃんが買ってきてくれた卓上《たくじょう》サイズのツリー。じいちゃんが死んでからは、もう何年も出していなかったけど。

「たしか、押し入れの中に……」

少しでも気持ちを持ち直す材料になればと、押し入れの中を四つん這《ば》いでごそごそと探索《たんさく》していて、茶箱を発見する。引っ越《こ》し以来開けていなかった茶箱からは、懐かしいものがごちゃごちゃと出てきた。大概《たいがい》はじいちゃんの遺品だ。煙草《たばこ》ケースやら、麦わら帽子《ぼうし》やら、仕事道具の剪定《せんてい》ばさみやらいろいろ。

「うわ、なつかしー」

懐かしがっているうちに、底のほうから文箱《ふばこ》が出てくる。蓋《ふた》を開けると、自分が描《か》いたじいちゃんの似顔絵や、じいちゃんが手がけた庭の写真、黄ばんだ年賀状などに交じって、蠟《ろう》で封《ふう》印《いん》された封書の束が現れた。蠟には『L』の刻印。

「ああ、これ……」

刻印に触発《しょくはつ》され、すっかり忘れていた遠い昔の出来事を思い出す。

じいちゃんが死んだあと、じいちゃんの知り合いとかいう英国のお金持ちから祐への援助《えんじょ》の申し出があったのだ。そんなことをしてもらう理由がないので断ったのだが、断っても断ってもしつこく何度も手紙を寄越《よこ》して……。

「結局、こんなに溜《た》まっちゃったんだよな」

当時を懐かしく思い出しながら封書を開く。透《す》かしの入った便せんに日本語のタイプ打ちで文章が記されていた。ざっと目を走らせてから、最後に記された署名を見て——ここだけは手書きだった——祐は「えっ」と声をあげた。

Simon Lloyd——サイモン・ロイド？

（サイモンと同じ名前？）

同姓同名《どうせいどうめい》……の別人だよな。まさか。

サイモンもロイドもそんなにめずらしい名前とは思えない。きっとそうだ。

一度はそう納得《なっとく》して、手紙を仕舞《しま》おうとした。だけどやっぱり気になって、もう一度すべての手紙に目を通す。何度読み返しても、どの手紙の署名も、『サイモン・ロイド』と読める。

サイモンのサインは見たことがないから比べようがないけれど、これって、本当に偶然《ぐうぜん》の一致《いっち》なんだろうか。

疑い始めると、連鎖《れんさ》のように次々と疑惑《ぎわく》が湧《わ》き起こってくる。

翻って考えてみるにそもそも、今回のバイトの件にしても、なんで自分のところに話がきたんだろう。通訳にしたってガイドにしたって、もっとちゃんとできる人が山ほどいるはずだ。お金はあるんだから、わざわざ素人《しろうと》の自分に頼《たの》む必要はないはずで。

（なんで俺？）

そういえばこの手紙も、弁護士の岡本さんが訪ねてきた頃から、突然《とつぜん》ぴたりと来なくなった。

あれだけしつこかったのに……。

あれも単なる偶然だったんだろうか。

なんだか胸がざわざわと騒《さわ》いで、居ても立ってもいられなくなった祐は、手紙を畳《たたみ》に置いて立ち上がった。

もう寝《ね》てしまっているだろうか。

壁《かべ》の古時計の十時半を示す文字盤《ばん》を横目で睨《にら》みつつ、充電《じゅうでん》が完了《かんりょう》した携帯《けいたい》を摑《つか》んだ。アドレスから岡本弁護士のデータを呼び出して通話ボタンをプッシュする。５コールで繋《つな》がった。

「夜分にすみません。水瀬です」

『まぁ、祐くん？　ひさしぶり。夏以来ね。どうしたの？』

急《せ》いた口調の祐とは対照的に、おっとりとした女性の声が回線越《ご》しに尋《たず》ねる。

「岡本さん、まだ起きていらっしゃいますか？」

『起きてるわよ。うちはほら、祐くんも知ってのとおり、宵《よい》っ張りだから』

「ちょっとお話があるんですけど、これからお宅にうかがってもよろしいですか？　たぶん一時間後くらいにそちらに着くと思います」

奥さんの了承《りょうしょう》を得るなり、祐はダウンを羽織ってアパートを飛び出した。

一時間後、中学時代を過ごした懐《なつ》かしい世田谷《せたがや》の家に着く。玄関《げんかん》のチャイムを鳴らすと、インターフォンから『はい』と女性の声が聞こえた。

「水瀬です」

『はいはい、今開けます。ちょっと待ってね』

しばらくしてドアが開き、一時は親代わりでもあった岡本夫人が顔を出す。柔和《にゅうわ》な笑《え》みを浮《う》かべて、「寒かったでしょう」と祐を迎《むか》え入れた。

「あなたー、祐くんが来たわよ」

奥に呼びかけてから「ささ、上がって」と促《うなが》す。客間に通され、ソファに腰《こし》を下ろしたところで、白髪《はくはつ》が上品な岡本弁護士が現れた。

「ご無沙汰《ぶさた》してました。こんな夜分にいきなりですみません」

「どうやら元気そうだね」

岡本が向かいの椅子《いす》に腰を下ろすやいなや、祐は挨拶《あいさつ》もそこそこに用件を切り出す。

「今日はどうしても岡本さんに確認《かくにん》したいことがあってお邪魔《じゃま》したんです。……じいちゃんの遺《のこ》したお金なんですけど、あれって本当にじいちゃんの遺産なんでしょうか」

「藪《やぶ》から棒にどうしたんだい？」

「実は、先月の終わりから今月の頭にかけて、英国人監督《かんとく》のテレンス・ロイドの孫に当たる方の通訳のアルバイトをしていたんです。その方のお名前が、以前に援助を申し込んでくださった英国のお金持ちの方と同じだって、ついさっき気がついて……」

正面の岡本が、ゆっくりと目を瞠《みは》った。

「それで、これって本当に偶然なのかなって疑問に思ってしまったんです。六年前、岡本さんが突然訪ねてきて、じいちゃんの遺産の話をしてくださったのと同時にぴたっと手紙が来なくなったのも、今思えば不自然だし。冷静に考えれば、年金暮らしのじいちゃんがあんなにたくさんのお金を遺したっていうのはやっぱり変な気がして……」

頭の中の混沌《こんとん》とした疑問を口にすると、黙《だま》って祐の話を聞いていた岡本が小さく息を吐《は》く。

「そうか。では、彼はついにきみと会ったんだね」

「え？」

「よかった。いつかはきちんと真実を明かすべきだと常々提言していたんだが、彼は真相を知ったらきみが気を悪くするだろうと言って、三年前も結局は会わずに帰ってしまったからね」

彼？　三年前？

「どういうことですか？」

「きみももうすぐ二十歳《はたち》だ。きみが二十歳になれば遺言《ゆいごん》は失効する。長い間彼からは口止めをされてきたが、これもいい機会だろう」

「遺言？　失効？」

いよいよ混乱して、祐は鸚鵡《おうむ》返《がえ》しした。

「遺言というのは、サー・テレンス・ロイドの遺言だ。死に際して、サーは日本に住む親友にもしものことがあった場合、身よりのないその孫が成人するまで、生活の一切《いっさい》の面倒《めんどう》をみるようにと書き残した。彼の孫にあたるサイモン・ロイド氏は、祖父の遺言を遂行《すいこう》するために、当時十三歳のきみに援助を申し入れたが、『援助の謂《い》われがない』との理由で拒否《きょひ》された。再三の申し出も受け入れられなかったので仕方なく、私を使って、陰《かげ》ながらの援助を続けてきたんだ」

六年の沈黙《ちんもく》を経《へ》て、今明かされる真実に、祐はごくっと唾《つば》を飲み込んだ。

「じゃ、じゃあやっぱり……岡本さんがじいちゃんの遺産って言ってたのは」

「サイモン・ロイド氏が出していたお金だ。私は彼に頼まれてきみの後見人を務めていた」

はっきりと肯定《こうてい》されてゆるゆると瞠目《どうもく》する。

「サイモンが……」

「結果的に騙《だま》すような形になってしまい、申し訳なかったが、あのままだときみは施設《しせつ》行きを免《まぬか》れない状況《じょうきょう》だったので致《いた》し方なかった。――きみがひとり暮らしを始めてからも、きみのことは折に触《ふ》れて彼に報告をしていた。高校卒業後、きみが映画関係の専門学校に進学したことも、ロイド氏はもちろん知っている」

「そう……だったんですか」

「三年前、仕事で来日した際には、ぜひ会って話をするようにと勧《すす》めたんだが、さっきも言ったように、ロイド氏はきみの気持ちを非常に気にされていてね。だが今回、遺言が失効する前にきみに会うことができたようで、本当によかったよ。どんな事情があったとしても、やはり真実を偽《いつわ》ったままというのはよくない」

「…………」

ホテルの部屋が初対面じゃなかった。サイモンは、何年も前からずっと、自分を知っていたのだ。それどころか六年にも亘《わた》って、陰ながら自分の面倒を見てくれていた。

遠く英国から見守っていてくれた。

彼がいなかったら、自分は今頃《いまごろ》路頭に迷っていたかもしれない。そうでなくとも生活に追われ、夢を抱《いだ》く余裕《よゆう》もなく……荒《すさ》んだ日々を送っていたかもしれなくて。

（今回の件も、おそらくは自分が映画関係志望なのを知って、それでわざわざ素人の自分に声をかけてくれたんだ）

そんなことも知らずに俺は――。

そこそこ自立して、自分ひとりで生きているような気になっていた。

ぎゅっと両手を握《にぎ》り締《し》め、祐はつぶやいた。

「俺、なんにもわかっていなかった……」

11

十二月三十一日――大晦日《おおみそか》――下北沢。

夜十時から開催《かいさい》予定のカウントダウンフェスティバルには、生憎《あいにく》の雨にもかかわらず、開場の一時間も前から百五十人のファンが並んだ。

ざっと見渡《みわた》した印象では、三十代以上が多いようだが、ちらほらと若い男女の姿も見受けられる。中にはかなりお年を召《め》した方もいた。

「よっしゃ、なかなかいい出来だ。さすがに一週間家に帰らずに編集しただけのことはある」

無精髭《ぶしょうひげ》の浮く顔にいまだ疲労《ひろう》の影がうっすら残る鈴木が、印刷所から当日の朝いちで無事に納品されたミニパンフレットをチェックして、満足げにつぶやく。

たしかに、祐が見てもそのパンフは力が入っていた。製作日程と納期の兼《か》ね合いでページ数こそ八ページと少ないが、記事や写真がぎっしりで、どのページからも編者の熱気が立ち上っている。

テレンス・ロイドのパンフレットを手がけるという長年の夢を叶《かな》えた鈴木は、しかし燃え尽《つ》きることなく「次はDVDのライナーノーツだ」と、新たな闘志《とうし》を燃やしていた。

会場になったシアターは、百八十席の小さなハコで、普段《ふだん》は名画座としての興行が多く、主に過去の名画をリバイバル上映してるらしい。シックで落ち着いた内装の、どこかノスタルジックな趣《おもむき》の映画館だ。以前視察した【シネキュアリアス】にはゴージャスさでは遠く及《およ》ばないけれど、こちらのほうが質実剛健《しつじつごうけん》なテレンス・ロイドの作風には合っている気がした。

「あ、太田さん！」

開場前の会場を忙《いそが》しそうに走り回っている太田を見つけ、祐は声をかけた。

「ああ、水瀬くん、お疲《つか》れ様」

足を止めた太田が祐に向き直る。相変わらず顔の半分は髭で覆《おお》われ、クマのような風貌《ふうぼう》だ。

「パンフいろいろ手伝ってくれてありがとう。おかげですごく評判がいいよ」

「いえ、僕なんて……本当にちょこっと手伝っただけなんで」

「いやいや、このカウントダウンフェス自体が水瀬くんの発案だから。マスコミの取材もかなり来ているし、とっかかりとして相当宣伝効果があると思う。ナイスアイディアだよ！」

鈴木から伝え聞いた話によれば、日東からの横槍《よこやり》もあったようだが（内藤が太田を呼び出して手を引けと迫《せま》ったらしい。もちろんぴしゃりと断ったそうだが）、太田はそんなプレッシャーは微塵《みじん》もうかがわせず、ニコニコと幸せそうだった。

「今回は準備期間の都合で残念ながら百五十人しか参加できなかったけど、次回、ＤＶＤ発売の折にはもっと大きなハコを借りて大々的にやりたいって会社のスタッフとも話していたところ」

鈴木に負けず劣《おと》らず、こちらも夢が膨《ふく》らんでいるようだ。

「そういえば僕もネットで、今回チケットを買えなかったファンの嘆《なげ》きの書き込みをかなり見かけました」

「オークションなんかでもチケットが高騰《こうとう》したみたいだしね」

オークションという単語が出たのをきっかけに、祐は太田を呼び止めたそもそもの理由を口にした。

「あの、本日ミスター・サイモン・ロイドは何時頃《ごろ》こちらにいらっしゃるんでしょうか」

「それが、どうやらぎりぎりの到着になるようだよ。プライベートジェットでいらっしゃるみたいだけど」

「ぎりぎり……そうですか」

昨日の夜、【スケジュールに変更《へんこう》はありません】というメールがクリスから届いていたけれど、実際に顔を見るまでは、やっぱり安心できない。

一週間前の夜、岡本弁護士に聞いたのだが、ロイド家の七代目当主サイモン・ロイドの本業は美術品競売会社《オークションハウス》の経営なのだそうだ。

オークションと言っても、ポータルサイトなどが主催《しゅさい》するネットオークションとは違《ちが》い、歴史的に価値の高い絵画や美術品、宝石、工芸品などを主に取り扱《あつか》う会社らしい。

その話を聞いて、いつぞや彼のノートパソコンを覗《のぞ》き見したことを思い出した。

ディスプレイに現れていた【Lloyd's AUCTION】の文字。

ネットで調べてみたら、【ロイズオークション】は英国最大の規模を誇《ほこ》り、ヨーロッパ各国はもとより、ニューヨーク、香港《ホンコン》、バンコクなど、世界各地に競売場を所有しているようだ。

世界的企業《きぎよう》を統括《とうかつ》するCEOで名家の七代当主で有名監督《かんとく》の孫。

（いよいよ雲の上の人だよな）

そんなセレブを、自分みたいに何ひとつ釣《つ》り合うところのないちっぽけな人間が好きになるなんて、それだけで充分《じゆうぶん》におこがましい。

今にして思えば、あの六日間は夢だったんじゃないかとさえ思う。

サイモンとクリスと一緒《いつしよ》に定食屋に入ったり、自分のボロアパートでサイモンと一緒にミルクティーを飲んだりしたなんて、なんだか信じられない。

サイモンとは、あの中途半端《ちゆうとはんぱ》な電話以来、連絡《れんらく》を取っていなかった。

岡本弁護士に援助《えんじよ》の話を聞いてしまってから、なんとなくこちらから連絡するのは気後《きおく》れがして……。

でも、今日会えたら、ちゃんとお礼を言おう。

長い間、本当にありがとうございましたって。

そうして、今まで援助してもらったお金は少しずつでも返済していこう。何年——いや、何十年かかるかわからないけれど。

ひさしぶりに着たスーツの、ネクタイを締めた首許《くびもと》を少し息苦しく感じながら、そんなことをつらつらと考えているうちに、開場時間の九時半がやってくる。

正面玄関《げんかん》が開き、どっと人が流れ込んできた。

「こちらでチケットを拝見しております。恐《おそ》れ入りますが、二列にお並びください」

チケットと引き替《か》えにミニパンフレットを受け取るどの顔も、これから上映されるロイドフィルムへの期待に輝《かがや》いている。

「ロイドフィルムをスクリーンで観《み》るのはほんとひさしぶり。もう映画館での上映はないものと諦《あきら》めかけていたからねぇ」

「『沈黙《ちんもく》の夜』と『冬日』は当然外せないとして、『黄昏《たそがれ》』が入っているのが嬉《うれ》しいよね。本国の評価が高かったわりに日本じゃ単館公開で、しかもすごい短い期間しか上映しなかったんじゃなかったっけ？」

「そうそう、それで俺、見逃《みのが》したんだよ。あとでビデオで観たけど」

壁際《かべぎわ》に佇《たたず》み、たちまち活気に溢《あふ》れたロビーの様子を眺《なが》めつつ、祐は今日という日を無事に迎《むか》えることができた感慨《かんがい》を噛《か》み締めた。

みんな嬉しそうだ。紆余曲折《うよきょくせつ》あったし、結果的にたくさんの人の力を借りることになってしまったけれど、諦めずにがんばってきてよかった。

『テレンス・ロイド生誕百年記念、カウントダウンフェスティバルにご来場いただきまして、ありがとうございます。上映は十時丁度に始まりますので、場内の照明が落ちます五分前には、どなた様もご着席くださいますよう、お願い申し上げます』

館内アナウンスに従い、祐も用意された席についた。前から五列目、スクリーンの真ん前という特等席だ。右隣《みぎどなり》には鈴木が座る。しかし、左隣は空席のままだった。

（サイモン……まだ来ない）

ブーッとブザーが鳴って、場内が暗くなる。それまでおしゃべりに興じていた観客がぴたっと静かになり、緋色《ひいろ》の幕が左右にしずしずと開いた。横長のスクリーンが現れる。

ついに一本目の『沈黙の夜』が始まってしまった。初めて大きなスクリーンで観るロイド作品に引き込まれながらも、祐は時折ちらっと左の席を窺《うかが》った。

（まだ着かないのか）

プライベートジェットで来るって、さっき太田さんが言ってたけど、何かトラブルがあったんだろうか。……何事もなければいいけれど。

祐の懸念《けねん》とは裏腹に上映自体はつつがなく進行し、物語はクライマックスに差しかかる。

一度観たことがあるのにもかかわらず、固唾《かたず》を呑んで銀幕に見入っていた祐は、ほどなく空気が動く気配を感じた。首を捻《ひね》ると、左隣のシートに大柄《おおがら》なシルエットが着席するところだった。

「ミスター……」

「しっ」

唇《くちびる》に指を添えられ、あわてて声を潜《ひそ》める。

「……よかったです」

安堵《あんど》の息が零《こぼ》れた。

「何かあったんじゃないかと心配してました」

「直前に仕事でちょっとしたアクシデントがあって出発が遅《おく》れたんだが、なんとかぎりぎりで間に合ったな」

暗くて顔のディテールまではっきりと見えないけれど、その声は紛《まぎ》れもなくサイモンのものだった。三週間ぶりの再会の悦《よろこ》びに胸が熱くなる。

いつまでも横顔を見ていたい衝動《しょうどう》を断《た》ち切り、祐はスクリーンに視線を戻《もど》した。

これで心おきなく、ロイドフィルムに浸《ひた》れる。

映画史上に残ると言われるエンディングのあと、エンドロールが流れ始めた。やや前のめりだった上体を戻した時、出し抜《ぬ》けに『10！』という大きな声が場内に響《ひび》く。

館内アナウンス？

『9、8、7……』

（太田さんの声だ）

カウントダウンの声に促《うなが》され、場内の観客も唱和を始める。

「6、5、4、3、2、1」

『ゼロ！』

ぱーっと場内が明るくなり、わっと歓声《かんせい》があがった。

『Happy New Year!』

「ハッピーニューイヤー！」

「おめでとう！」

「新年あけましておめでとう！」

会場のそこかしこで新年の挨拶《あいさつ》が飛び交《か》う。

祐も右隣の鈴木に挨拶したあと、サイモンに向き直った。

明るい光の下で見るサイモンは、相変わらずうっとりするような美男で、以前と変わらずスリーピースをぴしっと着こなしている。

オリーブグリーンの瞳《ひとみ》と目が合って、トクンッと胸が高鳴った。

「新年あけましておめでとうございます」

『Happy New Year to you, too』

目を見つめたまま、深い低音で囁《ささや》かれ、じわっと体温が上がる。

好きな人と一緒に新しい年を迎えられるなんて、自分はものすごくついてる。

（幸せだ）

胸の中でつぶやいた祐は、やがてあることに気がつき、サイモンに尋《たず》ねた。

「クリスさんは？」

「今回は私ひとりだ。本来はクリスも同行する予定だったんだが、彼は残って突発のアクシデントの事後処理に当たることになった」

「お仕事のトラブル……大丈夫《だいじょうぶ》なんですか？」

「トラブル自体は解決したので問題ない。クリスはおまえに会えなくて残念がっていた」

ただでさえ、来日の時間を作るために相当な無理をしたであろうことは想像に難《かた》くない。さらに直前の仕事のアクシデントを乗り越《こ》え、こうして会場に赴《おもむ》いてくれたサイモンに心の中で感謝する。

新しい年と同時に始まった休憩《きゅうけい》時間に、会場の全員に紙コップ入りのミルクティーが配られた。次の上映映画『黄昏』に合わせた演出に、あちらこちらで歓声があがる。

「美味《おい》しい～」

「執事《しつじ》の味ってこんな感じなんだー」

「私、今度自分で淹《い》れてみよう」

（よかった）

ほんの思いつきを口にしてみたら、太田がおもしろがって実現してくれたのだが、自分の発案をみんなが喜んでくれていることが嬉しかった。

ミルクティーを飲みながら鑑賞《かんしょう》した二度目の『黄昏』はより味わい深く、祐は（やっぱりこの映画が一番好きだ）という思いを確かにした。

フェスティバルのラスト、三本目の上映作品はカンヌでパルム・ドールを受賞した『冬日』だ。

重厚《じゅうこう》で深遠なテレンス・ロイドの世界を堪能《たんのう》する二時間半が過ぎ、エンドロールが流れ始める。これですべての上映作品が終了《しゅうりょう》したことになる。

——終わった。

なんだか、あっと言う間の七時間だった。充足感《じゅうそく》にどっぷりと浸っていた祐は、ふと、いつまで経《た》っても明るくならない場内に違和感《いわかん》を覚えた。

「あれ？」

周囲もざわつき始めた——直後、後方からカタカタカタカタ……という映写機が回る音が聞こえてくる。かと思うと突然《とつぜん》目の前が明るくなった。

スクリーンがふたたび白っぽく浮《う》かび上がり、その真ん中に「3」、「2」、「1」という数字が現れては消える。やがてスクリーンに何か風景のようなものが映し出された。

生《お》い茂《しげ》った草花。蛇行《だこう》した小川。遠くに見える森。

茂みがガサガサと揺《ゆ》れて、中からぴょこんっと何かが飛び出してくる。

（ウサギだ！）

ぴんと立った耳を小刻みに動かしていたウサギが、ひらひらと舞《ま》う蝶《ちょう》と遊び始める。耳をくるくる回したり、後ろ足で立ち上がってみたり。

「こんなの演目にあったっけ？」

「いや、『冬日』で終わりのはず……パンフにも載《の》ってない」

背後の観客が囁き合う声が聞こえてきた。

「あの、こ、これって」

サイモンに小声で尋ねると、やはり潜めた声が返ってくる。

「祖父の処女作に当たるショートムービーだ。今回のフェスティバルの話が持ち上がった時に真っ先にこれが浮かんだが、いかんせんフィルムの劣化《れっか》が激しく、現状では劇場公開は難しかった。専門家に修復を依頼《いらい》していたものが昨日出来上がってきたので、私が手持ちで運んで来たんだ。出発が遅れたのでひやひやしたが、間に合ってよかった」

「そうだったんですか。サーの初めての……」

巨匠《きょしょう》と呼ばれるサー・テレンス・ロイドにもそんな時代があったのだ。

観客たちも、フィルムの正体に気がつき始めたようだ。

「なぁ、これってひょっとして……幻《まぼろし》のアレじゃない？」

「幻のアレって、テレンス・ロイドが初めて撮《と》ったショートムービー？」

「マジで⁉　あるって噂《うわさ》だけは聞いてたけど……うわ、すごいじゃん」

サプライズプレゼントに興奮する観客たちの声を耳に、しかし祐は別の思いに囚《とら》われ始めていた。

(俺……このフィルムを知ってる……)

蝶と戯《たわむ》れることに飽《あ》きたウサギは、草むらに落ちていた麦わら帽子《ぼうし》に気がつき、ぴょんぴょんと跳《は》ねて近づいていく。鼻面《はなづら》を押し当ててくんくんと匂《にお》いを嗅《か》ぐ。ツバの部分をかじかじと齧《かじ》る。そのうちにもう一匹《ぴき》、今度は黒いウサギが現れて、二匹《ひき》は麦わら帽子の取り合いを始めた。

(間違《まちが》いない。観《み》たことがある！)

目の前のモノクロの映像にインスパイアされて、このところはあまり思い出すこともなかった遠い記憶《きおく》の扉《とびら》がゆっくりと開く。

まだ本当に小さかった子供の時分に、じいちゃんと一緒《いっしょ》に海を越えて異国へ渡《わた》った。おとぎ話に出てくるお城のような石造りの邸《やしき》と、迷路《めいろ》みたいな庭園。

じいちゃんに「ここでおとなしく待っているんだよ」と言われた自分は、お気に入りの絵本を膝の上に置き、ベンチに腰《こし》掛《か》けていた。なかなか戻って来ないじいちゃんを待ちわびて、心細くなった頃《ころ》、そこに絵本の中に出てくる王子様のような少年が現れて――。

彼は、言葉が通じない自分に、美しい手を差し伸《の》べた。

こっちへおいで――というように。

そうして自分をゴシックな邸の中へと誘《いざな》うと、このフィルムを見せてくれたのだ。

思えば、それこそが、自分が生まれて初めて観た『映画』だった。

映画に魅了《みりょう》され、その傍《かたわ》らに寄り添《そ》っていきたいと願ったきっかけ。この、短いモノクロフィルムが、自分の人生を変えた。

あの時の少年が……。

両目を見開いたまま、ゆるゆると首を傾《かたむ》ける。いつからだったのかサイモンもこちらを見ていて、視線と視線が絡《から》み合った。

深い緑の瞳が熱を帯びて輝《かがや》いている。そうだった。あの少年も、周囲の緑を映したようなグリーンの瞳をしていた。

「あなた……だったんですか」

上擦《うわず》ったかすれ声のつぶやきは、観客の「わーっ」という大きな歓声に掻《か》き消された。

ショートムービーが終わったのだ。会場の観客が次々と立ち上がって拍手《はくしゅ》をする。

素晴《すば》らしい作品を遺《のこ》したテレンス・ロイドへ——そして、このカウントダウンフェスティバルを開催《かいさい》したスタッフへの、スタンディングオベーションだ。

「…………」

いつまでも鳴りやまない拍手の中、祐は、自分の心の中にずっと住んでいた運命の人を見つめ続けていた。

12

興奮醒《さ》めやらぬ様子の観客たちが徐々《じょじょ》に席を立ち、口々に感想を述べ合いながら開け放たれた両開きのドアから出ていく。

「このあと話がある。時間は大丈夫か？」

サイモンからそう打診《だしん》された祐は「はい、大丈夫です」と答えた。こちらもサイモンに話があったので、時間を取ってもらえるのは有り難かった。

（援助《えんじょ》の件のお礼をして、あと、十五年前のことも話さなきゃ）

すでに朝の六時を回ろうとしていたが、神経が高ぶっているからなのか、微塵《みじん》も眠気《ねむけ》は襲《おそ》ってこない。

『ミスター！』

サイモンと並んでシアターを出たところで、太田が待ちかまえていたように声をかけてきた。

『お忙《いそが》しいところ、英国から参加してくださってありがとうございました。おかげさまで大成功です。例のショートムービーも、ファンにとって素晴らしい贈《おく》り物になりました』

ファン代表として礼を述べる太田に、サイモンが首を左右に振《ふ》る。

『礼を言わなければならないのはこちらのほうだ。準備期間が短い中、力を尽《つ》くしてくれたことを感謝する。天国の祖父もさぞ喜んでいるに違いない』

サイモンの労《ねぎら》いに太田が、『そう言っていただけると……』と言葉を詰《つ》まらせた。

『これからもがんばりますので、今後もどうかよろしくお願い致《いた》します』

『こちらこそよろしく頼《たの》む』

固《かた》く握手《あくしゅ》を交《か》わしたあとで、太田が祐を振り返った。

「水瀬くんもありがとう。ミルクティー、すごく好評だったよ。お疲《つか》れ様」

「お疲れ様でした。参加できて楽しかったです」

「またイベントをやることになったら、ぜひ手伝って欲しい。どうかな？」

「はい。もちろん喜んで」

『ミスター、DVDの件についてはまた追ってご連絡《れんらく》申し上げます。本日は本当にお疲れ様でした。ごゆっくりお休みください』

太田と別れたサイモンと祐は、駐車場《ちゅうしゃ》で待機していたリムジンハイヤーに乗り込んだ。

「今日の宿泊《しゅくはく》はカーサですか？」

「そうだ」

それから【カーサホテル東京】に着くまでの車中、ふたりの間にはほとんど会話らしい会話はなかった。緊張《きんちょう》から解き放たれ、さすがに少し疲れが出てきたのもあるし、サイモンが黙《だま》っているので、こちらからは話しかけづらかったせいもある。

けれどそれは、決して気詰《きづ》まりな沈黙《ちんもく》ではなかった。どちらかと言えば心地《ここち》いい……。リムジンの静かな震動《しんどう》に身を任せつつ、ふたたびサイモンとひとつの空間を共有できる悦《よろこ》びを噛《か》み締《し》める。

『お帰りなさいませ、ミスター・サイモン・ロイド』

カーサに到着《とうちゃく》し、エントランスロビーに足を踏《ふ》み入れると、元旦《がんたん》の早朝にもかかわらず、成宮総支配人自らがふたりを出迎《でむか》えた。

『お待ち致しておりました』

美貌《びぼう》のGMが微笑《ほほえ》んで一揖《いちゆう》する。

『今回は一泊だがよろしく頼む』

サイモンのその台詞《せりふ》を聞いて、祐はこっそり唇《くちびる》を噛んだ。

（……一泊）

ではもう、明日の夕方までには英国に発《た》ってしまうのだ。

忙しい人だから長期滞在《たいざい》は望めないと思っていたけれど、たった一泊と聞いて、さすがに気落ちする気分は否《いな》めない。

だが逆を言えば、サイモンはとんぼ返りを覚悟《かくご》で、フェスティバルのためにわざわざ東京まで来てくれたということになる。前回の滞在はクリスマス休暇《きゅうか》を前倒《まえだお》しにしての来日だったとクリスに聞いたので、あれだけの日数をまとめて割《さ》けたことのほうが異例中の異例だったのだろう。

前回の滞在時と同じ、最上階の八〇三号室までふたりを案内した成宮が、『何かお飲み物をお持ち致しましょうか』と尋《たず》ねてくる。

『いや、結構だ』

『かしこまりました。御用《ごよう》向きがございましたら、わたくしか、最寄《もよ》りのスタッフまでお申し付けくださいませ。――では、ごゆっくりとおくつろぎください』

成宮が立ち去り、ふたりきりになると、サイモンは上着のボタンに手をかけた。ジャケットを脱《ぬ》いで椅子《いす》の背に掛《か》け、ソファに沈《しず》み込む。ネクタイのノットを緩《ゆる》めてふーっと息を吐《は》いた。

「さすがに疲れたな……」

サイモンが「疲れた」などと弱音を吐くことはめずらしい。おそらくは、今回の来日のために肉体的にも精神的にも相当無理をしたに違いない。

(自分がカウントダウンフェスティバルをやりたいなんて言い出したから)

申し訳ない心持ちで、祐は椅子の背からサイモンの上着を手に取った。

「ベッドでお休みになられますか?」

「いや、機中で二時間ほど寝《ね》たから大丈夫《だいじょうぶ》だ。――それよりも、おまえに話がある」

ウォークインクローゼットに、ハンガーにかけた自分とサイモンの上着を仕舞《しま》ってから、祐はサイモンのところまで戻《もど》った。

「座れ」

ソファの座面を手のひらでぽんぽんと叩《たた》かれ、素直《すなお》に腰《こし》を下ろす。サイモンと隣《とな》り合わせに座った祐は、上体を少し傾け、傍らの男に視線を向けた。

わずか五十センチにも満たない近距離《きんきょり》に、胸がトクンッと波立つ。

よく考えてみたら、通訳のアルバイトをしていた時は、どこへ行くのも大概《たいがい》クリスも一緒《いっしょ》だったから、こんなふうにふたりきりというシチュエーションは、サイモンが自分のアパートを訪《おとず》れてきたあの日以来だった。

「…………」

自分に向けられる眼差《まなざ》しが、心なしか以前よりやさしい気がして……顔がじわじわと熱くなるのを意識しつつ、まっすぐな視線を受け止める。

しばらく無言で祐の顔を見つめていたサイモンが、やおら口を開いた。

「……前に、私が庶子《しょし》であることは話したな？」

そのアパートで聞いたサイモンの生《お》い立ちを脳裏《のうり》に還《かえ》し、祐はうなずく。

「はい。うかがいました」

「ロイド家に引き取られた私は、それまで一面識もなかった父と親子として暮らし始めた。彼は実業家としては非常に優秀《ゆうしゅう》な人だった。仕事に関して彼からは多くのことを教わったが、それ以外の面では、どうしても父と心を通い合わせることはできなかった。父もかわいがっていた長兄《ちょうけい》を亡《な》くして心に深い痛手を負っていたのだろうし、その代わりの息子《むすこ》が突然《とつぜん》に現れても、長兄と同じようには思えなかったんだろう。その気持ちはわかる。私とて最後まで父を、亡くなった母と同じようには愛せなかったからな」

「…………」

「義母とも折り合いが悪く、新しい家族の中で浮《う》いた存在だった私を、ひとり自然に受け入れてくれたのが祖父だった。祖父は芸術家肌故《はだゆえ》に人付き合いが苦手で、多分に偏屈《へんくつ》だったが、私は彼の側にいるのが一番落ち着いた。彼もまた、私が彼の書斎《しょさい》で彼の蔵書に埋《う》もれて過ごすのを許してくれた」

「お祖父《じい》様を、とても愛していらしたんですね？」

サイモンが「そうだな」とうなずいた。

「祖父とは血の絆《きずな》を感じた。だからこそ、祖父が亡くなり、ロイドフィルムを譲《ゆず》り渡《わた》された時は緊張した。天国の祖父をがっかりさせないように、ファンを裏切らないようにと、いつにも増して慎重《しんちょう》になった」

その気持ちは祐にも少しだけわかるような気がした。

好きだから、大切なものだから、傷つけるのが怖《こわ》くて臆病《おくびょう》になる気持ち。

「特に日本での版権に関しては、勝手がわからない分、自分らしからぬ迷いに囚《とら》われることが多かった。――そんな私の背中を押してくれたのがおまえだ」

「え……？」

「おかげで今日、根気強く待っていてくれた日本のファンの気持ちに応《こた》えることができた。今日はキャパシティの問題で百五十人という限られた人数だったが、今後ＤＶＤ化が実現すれば、より多くのファンの要望に応えることができる。道筋を作ってくれたおまえには本当に、心から感謝している」

「……ミスター」

勿体《もったい》ないような言葉を祐は嚙み締めた。

「ありがとうございます。……でも」

そこで上気した顔を上げる。

「お礼を言わなければならないのは、むしろ僕のほうです」

「お礼？」

怪訝《けげん》そうなサイモンの目を見つめて言葉を継《つ》いだ。

「長期に亘《わた》り、岡本弁護士を介《かい》して援助《えんじょ》してくださっていたこと、聞きました。祖父が亡くなった六年前、英国から手紙をくださったのは、あなただったんですね」

オリーブグリーンの双眸《そうぼう》が見開かれる。不意を衝《つ》かれた表情が、やがて苦いものを含《ふく》んだそれに変わった。

「……岡本に聞いたのか」

「はい、一週間前に」

「そういえば、先週岡本から何度か電話があったようだが、行き違いで話すことができなかった。その件に関しての報告だったのかもしれないな」

「長い間、本当にありがとうございました」

祐は頭を深々と下げた。

「事情を知らなかったとはいえ、六年間もお世話になっておきながら、お礼が遅《おそ》くなってしまって申し訳ありません。おかげさまで、この春には無事に専門学校を卒業できる見込みです」

「そうか」

「六年前は、せっかくのご厚意《こうい》を断ってしまって……すみませんでした」

サイモンが首を横に振《ふ》る。

「いや……いいんだ。『援助される理由がない』というのは、おまえの言うとおりだからな。私もなぜ祖父がそんな遺言《ゆいごん》を遺《のこ》したのか、当時は不思議だった」

それは、祐もかねがね疑問に思っていたことだった。

「なぜなんでしょうか」

サイモンが思案げな表情をする。

「祖父は気むずかしい人だったから、ひとり息子と親子関係が上手《うま》くいかず、結婚《けっこん》にも失敗して、晩年はひとりだった。そんな祖父にとって、おまえの祖父は、おそらく唯一《ゆいいつ》無二の友人だったのだろう。私もロイド家を継いでわかったが、財産や権力にすり寄ってくる輩《やから》ばかりを相手にしていると、しばしば人間不信に陥《おちい》る。もしかしたら異国の人間だったからこそ、心を開くことができたのかもしれないし、芸術家同士、お互《たが》いを尊敬し合う部分があったのかもしれない」

「芸術家……ですか？」

「おまえの祖父の庭師としての腕《うで》は芸術家の域に達していたと思う。【ロイドハウス】は週末に庭園を一般《いっぱん》に開放しているが、一番人気があるのは彼が手がけたロックガーデンだ。雑誌やテレビ番組などのメディアにも頻繁《ひんぱん》に取り上げられている」

「そうだったんですか！」

祖父の仕事を誉《ほ》められて、おのずと声が弾《はず》む。

じいちゃんは死んでしまったけれど、じいちゃんの庭は、今でもみんなの目を楽しませているんだ。

「テレンス・ロイドの処女作に麦わら帽子《ぼうし》が出てくるだろう？」

「ウサギが取り合う帽子ですよね」

「あれは、おまえの祖父の帽子だ」

言われて祐は「あっ」と声をあげた。

どこかで見たことがあるような気がしていたけれど、そういえば、茶箱から出てきたじいちゃんの遺品の麦わら帽子と同じ形だ。

「祖父の手記によれば、自ら映画を撮《と》り始めたきっかけは、当時はまだプロデューサーだった祖父に宛《あ》てた親友の手紙だったという。その頃《ころ》の祖父は、監督《かんとく》や脚本家《きゃくほんか》が自分の望むレベルに達していないことに苛立《いらだ》ちと鬱屈《うっくつ》を抱《かか》えていたようだ。そんな祖父に、おまえの祖父は『自分の手を汚《よご》して捏《こ》ねた土からしか、望む果実は実らない』と書き送ったらしい」

「じいちゃんが、ですか？」

巨匠《きょしょう》テレンス・ロイドの誕生秘話にじいちゃんが一枚嚙《か》んでいたなんて、にわかには信じられないけれど。

「以来、おまえの祖父は私の祖父にとって、親友であると同時に映画を撮るきっかけを作ってくれた恩人となった。処女作にあの麦わら帽子を登場させたのは、祖父なりの親友へのオマージュだと私は理解している。その親友の唯一の憂《うれ》いが、孫を遺して逝《い》くことだと知った祖父は、せめてもの恩返しにと、くだんの遺言を遺したんだろう」

じいちゃんとサー・テレンス・ロイドの間には、そんなに固い友情があったのか。

「俺、そんなこと全然知らなくて……お金持ちの気まぐれなのかなって」

「あの時のおまえは本当にかわいげがなかった。無力な子供のくせに頑固《がんこ》でプライドばかりが高くて」

サイモンの意地悪な物言いにカッと頰《ほお》が熱くなる。

「強情《ごうじょう》を張って救済の手を突《つ》っぱね続けた挙げ句、案の定、親戚《しんせき》の家をたらい回しだ。おまえの窮地《きゅうち》を知った私がどれほど気を揉《も》んだと思う？」

嫌《いや》みをたらたらと当てこすられ、祐は悄然《しょうぜん》と首を縮めた。

「す、すみません」

「この六年間、おまえを英国から見守りながら私は、おまえが二十歳《はたち》になる日——祖父の遺言が失効する日を待ち望んでいた」

「………っ」

暗い声音《こわね》の告白に肩《かた》が揺《ゆ》れる。ショックだった。

そこまで疎《うと》まれていたなんて……。

だけど、よく考えてみたら、サイモンにとって自分は、祖父の遺言で一方的に押しつけられた厄介者《やっかい》でしかないのだ。サイモン自身には、庭師に対する恩などない。ましてやその庭師の孫である祐自身には、これっぽっちの思い入れもなく——。

改めて突きつけられた現実に唇《くちびる》を嚙み締《し》めていると、サイモンが言葉を継いだ。

「遺言が失効すれば、おまえとも縁《えん》が切れ、このもどかしい気分からも解放される。だから今回の来日も、三年前と同じように会わずに帰るつもりだった。事実、通訳のアクシデントがなければ、会わないいままだっただろう」

「そんなに……」

サイモンに疎まれていた自分がつらくて、悲しい気持ちが込み上げてくる。

「私はロイド家の当主として、祖父の遺言を遂行《すいこう》するだけ。それ以上のかかわりを持つことは、おまえのためにならない。おまえに負い目を持たせることを祖父は望んでいない。名乗り合うことなく終わらせるべきだと——そう思っていた」

岡本弁護士が話してくれなかったら、本当に自分は何も知らされないままだったのだと改めて気がつき、祐はかぶりを振った。

「でも、俺はお世話になっているのに、何も知らないのは嫌です。ご本人に会って、ちゃんとお礼が言いたかったです」

祐の訴《うった》えには答えず、サイモンが憂い顔でつぶやく。

「それに……会えばおまえに嫌《きら》われることはわかっていた」

「嫌うなんて、絶対そんなことありません！」

びっくりして大きな声を出したとたん、軽く睨《にら》まれた。

「正直に言え。初対面の際、私のことを嫌な男だと思っただろう？」

「そっ、それは……その」

図星を指されてもごもごと口ごもると、サイモンが片方の眉《まゆ》を持ち上げる。それ見たことかといったその顔を、祐は上目遣《うわめづか》いに見た。

「だって……あなたは最初、すごく意地悪でした」

「それくらいの意趣返《いしゅがえ》しの権利はあるだろう。六年もやきもきさせられたんだ」

「……わざとだったんだ」

衝撃《しょうげき》を受け、なかば呆然《ぼうぜん》とつぶやく。サイモンが唇を歪《ゆが》めた。

「自分が万人《ばんにん》に好かれるタイプじゃないことはわかっている。気むずかしくて皮肉屋だし、愛《あい》想《そ》もない。名乗り合ったとしても、つい皮肉のひとつも口にしてしまい、疎まれるだけだ。だから会わないままのほうがいいと思った」

そんなことを思っていたのか。

人並み以上に優《すぐ》れた器量を持ち、いつだって自信に満ち溢《あふ》れて見えたサイモンが、そんなふうに考えて悶々《もんもん》としていたなんて。

（なんか……かわいい）

十二も年上の立派な男の人をそんなふうに思ってしまうなんて失礼だけど。

顔が緩《ゆる》んでしまいそうな自分にあわてて、祐は話題を変えた。

「あの……でも俺たちってホテルのあれが初対面じゃないですよね。今朝、最後のショートムービーを観《み》ていて、十五年前、祖父と英国に渡《わた》った時のことを思い出しました。緑に囲まれたお屋敷《やしき》で俺にモノクロのフィルムを見せてくれた……あの少年はあなただった。違《ちが》いますか？」

「ようやく思い出したな」

サイモンがかすかに笑う。

（やっぱり！）

あの王子様はサイモンだったのだ。そして、今の口振《くちぶ》りから察するに、どうやらサイモンのほうは最初から、あの時の子供が自分だとわかっていたらしい。

「素直《すなお》でかわいらしかった『あの子』に頑《かたく》なに拒絶《きょぜつ》されたせいで、余計に会うのが怖《こわ》くなってしまったのかもしれないな」

ひとりごちるようなサイモンの恨《うら》み節に、祐は「本当にすみません」と恐縮《きょうしゅく》した。

「でも……感謝しています。今にして思えば、あの時あなたにフィルムを見せてもらったことが、映画を好きになったきっかけだと思うから」

まっすぐサイモンを見つめて告げる。

「この御恩《ごおん》をどうやってお返しすればいいのか、今はまだわからないんですけど、でもとりあえず、今まで援助《えんじょ》していただいたお金は必ず返済します。すみません。かなり時間はかかってしまうかもしれませんが……」

すると、サイモンが不機嫌《ふきげん》そうに眉をひそめた。

「だから嫌だったんだ。岡本め、余計なことを……。返す必要はない。祖父の気持ちを受け取ってやってくれ」

「でも……」

もしかしたらロイド家にとっては大した額ではないのかもしれないけど、厚意として受け取るには金額が大きすぎる。少なくとも、自分にとっては「では遠慮《えんりょ》なくいただきます」では済まない大金だ。

「やっぱり返しま……」

「金は要《い》らない。その代わりに私の側にいろ」

「──え？」

「……そう言って、おまえを縛《しば》る手もあるが、それは私の流儀《りゅうぎ》に反する」

祐はゆるゆると目を瞠《みは》った。

「そ、それってどういう」

「この前、電話で『私に会いたい』と言ったな？」

いきなり、先日の電話の件を持ち出されてドキッとする。あの時はサイモンに電話をもらえたことが嬉《うれ》しくて、つい、心の声が零《こぼ》れ落ちてしまったのだ。

「……言いました」

「つまり、私を嫌いではないということだな？」

「嫌いだなんて、そんなこと有り得ません！」

力強く否定すると、目の前のサイモンがほっとしたような表情をする。

「あの時、途中《とちゅう》で電話が切れたのは？」

「あ、すみません、充電《じゅうでん》が切れてしまって」

「そうか。切られたのかと思って、あのあと、こっちから連絡《れんらく》ができなかった」

「ええっ」

不遜《ふそん》なキャラクターに似合わない弱音にびっくりして大きな声が出た。

「結局、あの時は中断されてしまったが、あの続きをおまえに直接告げるために、私は日本まで来た」

「……続き？」

「私もおまえに会いたかった」

サイモンが静かに告げた。

「離《はな》れていたこの三週間の間……いや……本当のことを言おう。この六年間、おまえの存在は常に、私の中にあった」

ワンセンテンスごと、嚙《か》み締めるような口調に胸が震《ふる》える。

「そして十五年ぶりの再会後、共に過ごした六日間で、おまえの存在は私にとってかけがえのないものになった」

「……ミスター」

息を吞《の》む祐を、熱を帯びた瞳《ひとみ》で見つめ、サイモンが真摯《しんし》な声を紡《つむ》いだ。

「おまえを愛している」

「………っ」

耳を疑う。

今——なんて言った？

その心の声に応《こた》えるように、サイモンが繰《く》り返す。

「おまえを愛している」

もう一度、今度ははっきりとその言葉を耳にしても、まだ信じられなかった。

だって、そんなことがあるはずがない。

地位も名誉《めいよ》も財産も男としての器量も、なんでも持っているサイモンが自分を選ぶなんて。

（そんなわけない！）

胸が苦しいほどにドキドキと早鐘《はやがね》を打ち、カーッと体温が上がって、泣きたい気分になる。

無意識に首を左右に振《ふ》る祐を、サイモンが今まで見たことがないような真剣《しんけん》な眼差《まなざ》しで射貫《いぬ》いてきた。大きな手が祐の肩《かた》を摑《つか》む。

「私にはおまえが必要だ。この先の人生をおまえと生きていきたい」

間近の美しい貌《かお》が、まるでプロポーズみたいな台詞《せりふ》を囁《ささや》いた。

「おまえの気持ちを聞かせてくれ」

「で、でも、だって……そんな……釣《つ》り合わないです！　お、俺なんか、なんにも持ってなくって……あなたとは全然っ」

「ミナセ」

厳しい声で遮《さえぎ》られ、摑まれた肩がびくっと震えた。

「いいか？『なんか』などと二度と言うな。この私がおまえを選んだんだ。それだけでおまえには価値がある」

この私が選んだのだからそれだけで価値がある。

傲然《ごうぜん》と言い放つ男の、全身から立ち上るオーラに圧倒《あっとう》されて息を呑む。

「おまえの気持ちは？」

再度の問いかけに、祐はひくっと喉《のど》を鳴らした。

「……っ……」

「早く返事をしろ」

苛立《いらだ》った口調でせっつかれ、くしゃっと顔を歪《ゆが》める。涙《なみだ》を堪《こら》えようと仰向《あおむ》いた唇《くちびる》から、ついに熱い想《おも》いが溢れて……。

「好きです。……好き……」

気がつくと想いの丈《たけ》が次から次へと零れていた。

「たとえ釣り合わなくても……あなたが……好き……っ」

「初めからそうやって素直にしていればいいんだ」

眉《まゆ》をひそめてつぶやいたサイモンが、次の瞬間《しゅんかん》、この上なく幸せそうに微笑《ほほえ》む。

「強情《ごうじょう》っ張りめ」

甘い囁きのあと、涙に濡《ぬ》れた祐の顎《あご》を摑んで、ゆっくりとくちづけてきた。

13

生まれて二度目のキスは、初めてのキスよりもずっと熱くて濃厚《のうこう》だった。

「ん、ぅ……んっ」

感じやすい上顎の裏を舌先で嬲《なぶ》られ、歯列をなぞられ、くちゅくちゅと音を立てて口腔《こうこう》内を掻《か》き混ぜられて、唾液《だえき》が口の端《はし》から滴《したた》る。

祐の口の中を好き勝手に蹂躙《じゅうりん》したサイモンが、ようやくその唇を解放した。

「はぁ……はぁ」

サイモンの硬《かた》い胸に肩を預け、祐は鼓動《こどう》の速い胸をせわしく上下させた。百メートルダッシュしたあとみたいに息が苦しい。

「ちゃんと鼻で呼吸をしないと酸欠になるぞ」

からかうような声で耳許《みみもと》に囁かれ、乱れた呼吸を整えながら上目遣《うわめづか》いにサイモンを見た。

「す、すみません。……どうすればいいのか、よくわからなくて」

小声でつぶやくと、視界の中の緑の双眸《そうぼう》がわずかに見開かれる。

「キスの経験は？」

問いかけに見栄《みえ》を張る頭もなく、祐は正直に答えた。

「今ので二回目です」

「つまり――あの時が初めてだったということか」

こくんとうなずく。

するとサイモンが甘やかに笑った。

「初めてのキスが乱暴で悪かった」

低音で謝るなり、もう一度美しい貌が近づいてきて、そっと唇が重なる。

「ん……」

上唇を啄《ついば》まれ、隙間《すきま》を舌先でつつかれる。ねだるようなその仕草に、誰に教わったわけでもないのに自然と口が開いた。唇と唇が隙間なくぴったりと重なり合う。

「……っう、ん……」

サイモンの首にしがみつき、愛撫《あいぶ》のようなやさしいキスに夢中で応えているうちに、徐々《じょじょ》に体重をかけられ、いつしかソファの座面に押し倒《たお》されていた。

「…………」

甘いキスの余韻《よいん》を引きずったまま、視線の先の端整《たんせい》な貌をぼーっと眺《なが》めていたら、サイモンの手が伸《の》びてくる。慣れた手つきでネクタイを解《ほど》かれ、しゅっと首から引き抜かれた。

祐のシャツの首許《くびもと》を緩《ゆる》めたサイモンが、手のひらを下へ滑《すべ》らせ、胸のあたりをさする。何かを探すようだった手の動きが、ほどなく目的のものを見つけたようにぴたりと止まった。

いきなり布の上から乳首《ちくび》をきゅっと摘《つ》まれた祐は、驚《おどろ》きのあまりにびくっと身を震わせた。

「な、何？」

意味がわからずに尋《たず》ねても、サイモンから答えはない。戸惑《とまど》いに体を固くして、かといって抗《あらが》うこともできず、されるがままになっていると、だんだんと弄《いじ》られているソコが熱くなってきて……。

「アッ」

熱を孕《はら》んだ先端《せんたん》を爪《つめ》で引っ掻かれた刹那《せつな》、自分でもびっくりするほど高い声が飛び出し、あわてて口を手で塞《ふさ》ぐ。

「声を我慢《がまん》するな」

サイモンには叱《しか》られたけど、でもこんな女の子みたいな声、恥《は》ずかしいよ。

頑《かたく》なに口を塞ぐ手を、苛立った表情のサイモンに掴まれ、頭の上にひとつにまとめ上げられてしまった。

「あ……」

祐の両手を拘束《こうそく》したまま、サイモンがふたたび胸の尖《とが》りに触《ふ》れてくる。なぜかはわからないけれど、両手の自由がきかないことで、余計にソコが敏感《びんかん》になった気がした。

「……ッ……」

指の腹で嬲られるたびに、びくんっ、びくんっと背中が波打つ。

「勃《た》ってきたぞ」

勃って……って乳首が？　そ、そんなわけ……ないのに。

信じられない思いで必死に否定するその間にも、サイモンの指で弄られた先端はジンジンと疼《うず》き続けて――生まれて初めて知る未知の快感に祐は混乱した。

しかも、胸の刺激《しげき》がじわじわと拡散して、いまや全身のいたるところが熱を孕んでしまっている。

(下腹が……熱くて……重い)

男でありながら、乳首を弄られて感じてしまっている自分が恥ずかしかった。

それを好きな人に知られていることがいっそうの羞恥《しゅうち》を生む。

(もう、消えてしまいたい！)

ただでさえ死にそうに恥ずかしくて居たたまれないのに、サイモンは意地悪だった。

「こっちも熱くなっている」

わざとのように布地の上から股間《こかん》を撫《な》でられて、「ひっ」と喉から悲鳴が漏《も》れる。

「苦しいだろう。今、楽にしてやる」

ベルトを外したサイモンにスラックスの前をくつろげられた。下着の中にするりと手が入ってきて、サイモンの長くて形のいい指が、すでに芯《しん》を持ち始めている祐の欲望に絡《から》みつく。

「……っ」

大きくて熱い手に包まれる感触《かんしょく》に、祐は息を呑《の》んだ。

自分で慰《なぐさ》めたことはあるけれど、自分以外の誰かに触《さわ》られるのは初めての経験。

しかも相手は大好きなサイモン。

心臓が高鳴り、緊張《きんちょう》に身を竦《すく》ませたのも束《つか》の間、思いがけずソフトでやさしい愛撫に、徐々に体の強《こわ》ばりが解ける。

あたたかい手のひらに包まれ、ゆっくりと上下されて、熱い吐息《といき》が漏れた。とろとろと体が蕩《とろ》けていく。

「は……ぁ」

気がつくと祐は、サイモンの手の動きに合わせて腰《こし》を揺《ゆ》らしていた。

やがて、ぬちゅっ、くちゅっと濡れた摩擦《まさつ》音が聞こえてくる。

「濡れてきたな」

敢《あ》えて、その恥ずかしい状態を知らしめるようなサイモンの囁《ささや》きに、カッと顔が熱くなった。

恥ずかしい。でも……気持ちいい。

自分の感じている顔を凝視《ぎょうし》する、サイモンの熱っぽい眼差《まなざ》しにも煽《あお》られた。

「気持ちいいか？」

耳許の艶《なま》めいた低音にさらなる官能を掻き立てられ、もはや恥じらう余裕《よゆう》もなく、祐はこくこくとうなずいた。

「気持ち……いいです」

「溢《あふ》れてきてすごいぞ。……ベタベタだ」

意地悪な言葉にも感じてしまい、射精感が一気に高まる。

「あっ、あっ、もう、だめっ」

涙声《なみだごえ》で切れ切れに訴《うった》える。

「で、出ちゃう……っ」

「いいから出せ」

傲慢《ごうまん》な口調で命じるやいなや、サイモンが手の愛撫を強くした。先端の浅い切れ込みを指先で刺激され、感じやすい括《くび》れの部分や裏の筋をきつく擦《こす》られて、背中が浮《う》き上がる。

「あっ……あっ……ああ――――ッ」

陸《おか》に上がった魚のようにビクビクと跳《は》ねながら、祐はサイモンの手の中に精を吐《は》き出した。そのすべてを手のひらで受けとめたサイモンが、指の間から滴った白濁《はくだく》をぺろっと舌で舐《な》め取る。

「青いな」

自分を覗《のぞ》き込むサイモンの、大人《おとな》の男の色気が滴るような美貌《びぼう》。欲情を帯びた視線に炙《あぶ》られて、ぞくっと首筋に鳥肌《とりはだ》が立った。

（あ、……また）

たった今達したばかりなのに、また腰の奥がずくりと熱を持ち始めたのを感じて、祐は濡《ぬ》れた両目を瞬《またた》かせた。

「…………」

まるでサカリのついた犬みたいな自分を持て余し、潤《うる》んだ瞳《ひとみ》で至近の顔をじっと見つめると、サイモンの眉《まゆ》がひそまる。

「そんな顔で誘《さそ》うな。抑制《よくせい》がきかなくなる」

「抑制……？」

「おまえを全部欲しくなる」

初めて見るような切ない表情に、胸がきゅんっと甘く疼いた。

(欲しがってくれているんだ)

くびれたウェストもたわわな胸の膨《ふく》らみもない。綺麗《きれい》なわけでもない。人より秀《ひい》でたところも取り柄《え》もない、こんな平凡《へいぼん》な自分を――サイモンが欲しがってくれていることが嬉《うれ》しい。

自分だって、彼が欲しい。

できれば普通《ふつう》の恋人《こいびと》同士みたいに抱《だ》き合って、ひとつになりたい。

そう強く思った瞬間《しゅんかん》には声が出ていた。

「お、俺も……あなたが欲しいです」

サイモンがふっと片頰《かたほお》で笑った。

「強がるな。子供のくせに」

「も、もう、子供じゃありませんっ」

やっきになって否定すると、サイモンが表情を変える。怖《こわ》い顔のまま祐の脚《あし》を摑《つか》み、やや乱暴に開いた。

「やっ」

抗う間もなく両脚を大きく開かれ、自分でも見たことのないような奥に指を這《は》わされて、祐はたじろいだ。

「ここで」

反射的にきゅっと萎縮《いしゅく》した窄《すぼ》まりを、ぐっと指先で押された。

「痛っ」

「私を受け入れる」

「………っ」

「私を欲しがるとは、そういうことだ。──私にすべてを受け渡《わた》し、全身全霊《ぜんれい》で愛されることが、おまえにできるか？」

挑《いど》むような厳しい眼差しで射貫《いぬ》かれ、こくっと喉《のど》を鳴らす。

キスですら全身が震《ふる》えるほどなのに、まったく怖くないと言えば、それは嘘《うそ》になる。

でも、サイモンを欲しい気持ち、愛する人とひとつになりたい欲求のほうが大きいから。

自分の中に答えを見つけた祐は、決意を秘《ひ》めた目でサイモンを見返した。わずかに上擦った声で言い切る。

「……できます」

少し怖い顔のサイモンに腕《うで》を引かれ、続きの間である寝室《しんしつ》へと移動した。キングサイズのベッドに祐を腰掛《こしか》けさせたサイモンが、自分はその前に立って、無言で服を脱《ぬ》いでいく。

急《せ》いた手つきでネクタイを解《ほど》いたかと思うと、ウエストコートから懐中《かいちゅう》時計を取り出してサイドテーブルに置く。袖口《そでぐち》のカフスを取り去り、やはりサイドテーブルへ。そのあとでウエストコートを脱いで床《ゆか》に落とす。

恋人が衣類を脱ぎ去っていく様を、逐情《ちくじょう》の余韻《よいん》に潤んだ瞳で、祐はぼーっと眺《なが》めた。

（……どうしよう）

さっきは「できます」なんて大見得を切っちゃったけど。

何をどうすればいいのか、正直よくわかっていない。

男女のセックスですら、頭の中の知識でしか知らないのだ。男同士となればもうお手上げで、皆目見当《かいもく》がつかなかった。

——ここで私を受け入れる。

熱を持った脳裏《のうり》に先程《さきほど》のサイモンの台詞《せりふ》が蘇《よみがえ》ってくる。衝撃《しょうげき》的だった指の感触《かんしょく》も。それにつれてじわじわと不安が込み上げる。

（ここって……お尻《しり》でするってこと？）

困惑《こんわく》に眉をひそめ、身を固くする祐の前で、サイモンがシャツを脱ぎ去った。きれいに筋肉の乗った厚みのある上半身が現れる。美しく隆起《りゅうき》した肩《かた》から腕にかけてのライン。たくましい胸と引き締《し》まった腹筋。

（……すごい）

自分とは全然違《ちが》う。なんだか同じ男とは思えなかった。

彫像《ちょうぞう》みたいな肉体に羨望《せんぼう》の眼差しを向けていると、上半身裸《はだか》のサイモンが近づいてきて、祐の肩を軽く押した。ゆっくりと仰向《あおむ》けに倒《たお》れると同時に覆《おお》い被《かぶ》さってくる。彼のウェイトでマットレスがギシッと軋《きし》んだ。

真上からじっと見下ろされて、じわっとこめかみが熱くなる。

「ミ、ミスター……あの」

懸命《けんめい》に喉を開き、何をすればいいんでしょうかと訊《き》こうとした矢先、深い低音が落ちてきた。

「サイモンだ。サイモンと呼べ」

「えっ……」

呼び捨てにするなんて、そんなことできな……。

ふるふると首を横に振《ふ》ったら、抗《あらが》うことを許さない傲慢な口調で命令される。

「言ってみろ」

「……っ」

逡巡《しゅんじゅん》の末に、祐はおずおずとその名を口にした。

「サ、サイモン」

サイモンが深い緑の双眸《そうぼう》を細め、端整《たんせい》な唇《くちびる》を開く。

「ユウ」

初めて名前を呼ばれた刹那《せつな》、胸がドクンッと波打った。甘いさざ波がたちまち体中に広がる。

──ユウ。──ユウ。

寄せては返す波のように、恋人の声を胸の中でリピートしていると、サイモンの手が伸《の》びてきて、シャツを脱がされた。自分の貧弱な体を晒《さら》すことに気後れを覚え、とっさに腕で隠《かく》そうとしたが、それを阻《はば》むみたいにぎゅっと抱き竦《すく》められる。

「……っ」

素肌《すはだ》と素肌が触《ふ》れ合うあたたかさに、覚えず体が震えた。

誰かと裸で抱き合うのも初めての経験だ。

（あったかい）

自分をすっぽり包み込む恋人の体温に、なぜだろう、ちょっぴり泣きそうな気分になる。

密着した胸から伝わる、少し速い心音。

（サイモンの心臓、ドキドキしてる）

自分だけだと思っていたけど、もしかしたらサイモンもちょっとは緊張《きんちょう》している？

そう思ったら、少しだけ気持ちが楽になった。

少なくとも、自分と抱き合うことにおいては、サイモンも「初めて」の初心者だ。

しばらく無言で抱き合ってから、祐が落ち着いたのを見計らったみたいに、サイモンが身を起こした。祐の両腕《りょううで》をシーツに縫《ぬ》いつけた状態で、唇を寄せてくる。

今度は布越《ご》しではなく、直《じか》に乳首《ちくび》を唇で愛撫《あいぶ》された。

「あっ」

先端《せんたん》をちゅくっと吸われて声が飛び出る。祐の戸惑《とまど》いをよそに、薄《うす》い胸から腹へとサイモンの舌が滑《すべ》り落ちた。スーツの下衣を脚から抜かれ、ついに全裸《ぜんら》になる。

大きく広げられた脚の、やわらかい内側を唇が這った。

奥歯を嚙《か》み締め、こそばゆいような感覚に耐《た》えていたら、いきなり体を裏返される。腰《こし》を高く掲《かか》げさせられて、尻を突《つ》き出すような恥《は》ずかしい体勢に羞恥《しゅうち》を覚える間もなく、ふたつの丸みを指で割られてしまった。

「ひぁっ」

剝《む》き出しのそこに濡《ぬ》れた感触を覚え、変な声が出る。

一瞬《いっしゅん》、何をされているのかわからなかった。やがて聞こえてきた、ぴちゃぴちゃという濡れた音ではっと気がつく。

（う……そ）

あんなところを……舌で……舐《な》められている？

それだけでもパニック寸前なのに、さらに硬《かた》い舌がぐぐっと中に押し入ってきた。

「やっ……っ」

なかば半狂乱《はんきょうらん》で首を激しく左右に打ち震《ふる》う。

できると言い切った以上は、どんな仕打ちにも耐えてみせるつもりだった。だけど、これば
っかりは無理だ。無理！

「それは嫌《いや》っ、やだっ……やめてっ」

しかし、サイモンは抗いを許さない。嫌がる祐を強い力で押さえつけ、中を丹念《たんねん》に濡らし続
ける。ようやく舌が離《はな》れ、ほっと脱力《だつりょく》したのも束《つか》の間、今度は舌よりも硬いものが入ってきた。

指だ。唾液《だえき》でぬるんだ中をさらにほぐすように、指をくぷくぷと出し入れされる。息をつく
間もない波状攻撃《こうげき》に、祐は本気で泣きたくなった。

「んっ……う、んっ」

ぎゅっと目を瞑《つぶ》り、喉元《のどもと》の悲鳴を懸命に押し殺す。そうでないと、ものすごい声が出てしまいそうだったからだ。

体内を蠢《うごめ》く異物感に耐えていると、サイモンの手が前に回ってきて、衝撃にしおれた性器を摑《つか》む。

「あ……」

袋《ふくろ》ごと大きな手で揉《も》み込まれ、祐はびくっとおののいた。

「んっ……あっ、あぅっ」

動物みたいに四つん這《ば》いの格好で後ろを指で犯《おか》され、前を淫猥《いんわい》に弄《いじ》られて、どうしようもなく腰が揺《ゆ》れる。

体の奥が滾《たぎ》るみたいに熱くて。うずうずと疼《うず》いて。

（達《い》きたい……出したい！）

頭の中が狂《くる》おしい欲求で塗《ぬ》りつぶされ、他《ほか》には何も考えられなくなる。

「はっ……ふっ」

薄く開いた唇から熱い息を逃《のが》していると、サイモンの指がどこかに触れた。刹那、くんっと体が跳《は》ねる。

「ああっ……！」

わけもわからないままに、前からぽたぽたと精液が滴《したた》り、シーツを濡らす。

な、何？

（なんで？）

自分の意思とは関係なく、あっけなく射精してしまったことに祐は呆然《ぼうぜん》とした。

「私の許しもなく、ひとりで達ったのか？」

咎《とが》めるような声音《こわね》に、あわてて「ご、ごめんなさい」と謝る。サイモンが、端整な貌《かお》に色香《いろか》が滴るような仄暗《ほのぐら》い笑《え》みを浮《う》かべた。

「悪い子だな」

低く甘い声が落ちると同時、欲望の根元をきゅっと握《にぎ》られる。

「あうっ」

解放を堰《せ》き止められた状態で、体の中の感じる場所を集中的に指で責められ、祐は狂おしく身悶《みもだ》えた。さっき出したばかりなのに、またすぐ射精感が高まる。自分の体がおかしくなってしまったのかと不安になった。

「……く、んっ……」

吐《は》き出したいのに、サイモンが欲望を握ってしまっているのでままならない。いたずらに熱が溜《た》まっていくばかりで苦しい。

「も、もうっ……お願……っ」

どうにかして欲しい。お願いだから。

行き場を失った欲情が体内で渦巻《うずま》き、頭がおかしくなってしまいそうだった。初めて知る、自分ではコントロールできないほどの官能に、祐は細い腰をくねらせ、すすり泣く。

「も……許し、て……」

「まだだ。もっともっと私を欲しがれ」

艶《なま》めいた昏《くら》い声で囁《ささや》きながら、サイモンが太股《ふともも》に猛々《たけだけ》しいものを擦《こす》りつけてきた。

（これって……サイモンの？）

息を呑《の》んだ刹那、濡れた切っ先が後孔《こうこう》にあてがわれる。

「……っ」

無意識にもひくんっと身が竦んだ。

「入れるぞ」

宣言が耳許《みみもと》に落ちた直後、ぐぐっと押し入れられ、悲鳴が口をつく。

「いっ……」

全身の産毛《うぶげ》が総毛立った。予想を上回る衝撃《しょうげき》に逃《に》げを打つ祐の腰を、サイモンの手が摑み、さらにぐいっと引き寄せる。

「あっ、あっ、あぁ……っ」

（入っ……ちゃう！）

内襞《うちひだ》を巻き込み、長大なものが、じりじりと侵入《しんにゅう》してくる。

圧迫感《あっぱくかん》で息が出来ない。苦しくて涙《なみだ》がぽろぽろ零《こぼ》れる。これが愛する人と繋《つな》がるための試練でなかったら、とうに逃げ出していただろう。

「はぁ……はぁ」

なんとかすべてが収まった時には、まるで全力疾走《しっそう》をしたみたいに全身が汗《あせ》まみれだった。

「……ユウ」

こちらも息が荒《あら》い恋人《こいびと》に湿《しめ》った髪《かみ》を撫《な》でられ、仰向《あおむ》いた額にくちづけが降る。あやすみたいなやさしいキス。

「偉いぞ。よく我慢したな」

労われて、胸がジンと熱くなった。

やっと……やっと、ひとつになることができた。

(嬉《うれ》しい)

やがて——体内の脈動がゆっくりと動き始める。

内臓を抉《えぐ》られるような違和感《いわかん》を眉《まゆ》をひそめて耐えていると、サイモンの手が前に回ってきて祐の欲望を握った。抽挿《ちゅうそう》に合わせて手を小刻みに動かされる。

「あっ、んっ」

前の快感に気が逸《そ》れている隙《すき》に、剛直《ごうちょく》を根元まで深々と差し入れられた。次にずるっと引き抜《ぬ》かれ、息を詰《つ》める。

抜き差しのピッチがだんだんと速くなるにつれ、灼熱《しゃくねつ》の塊《かたまり》が行き来する体の奥から、快感の兆《きざ》しが芽生え始めた。

「ん……あんっ」

一度出てしまうと、甘ったるい声が止まらなくなる。情熱的な揺さぶりに、濡れた嬌声《きょうせい》が立て続けに零れた。

「う……ぁ、う」

いまやはっきりと、祐は恋人との交わりで快感を感じていた。サイモンの手の中の欲望も張り詰め、先端《せんたん》からとろとろと蜜《みつ》を滴《したた》らせている。

(気持ち、いい……)

どうにかなっちゃいそう。

後ろからゆさゆさと揺さぶられ、祐は喉をのけ反らせて喘《あえ》いだ。

「ん――っ、……んんっ」

黒目が濡れて視界がぼやける。

ただでさえ、もう限界ぎりぎりなのに、サイモンに円を描《えが》くように中をこね回され、新たな刺激《しげき》に体のあちこちで火花が散った。

「だめ、も、……だめっ」

呂律《ろれつ》の回らない舌で必死に訴《うった》える。

「もう泣き言か？」

だって、こんなの……これ以上されたら、また達《い》っちゃう。

でも、ひとりで達ったらサイモンに叱《しか》られる。

困惑《こんわく》に唇《くちびる》をきゅっと噛《か》み締《し》めていたら、サイモンの手が腫《は》れた乳首《ちくび》に触《ふ》れてきて、びくんっと背中が反り返った。

「触《さわ》らないで……っ」

本当に泣き声が出る。

「なぜだ？」

「だって……ピリピリして……痛い」

「それは痛いんじゃない。気持ちいいんだ」

気持ち……いい？　これが？

「乳首を弄ると下がきゅっと締まるぞ」

狭《せま》いそこを味わうみたいに、サイモンが腰《こし》を深く突《つ》き入れてくる。

「あ、う……っ」

首筋にねっとりとくちづけながら、貪《むさぼ》るように最奥《さいおう》を抉られ、祐はビクビクと小刻みに震《ふる》えた。

全身を貫《つらぬ》く、あまりの快感の深さに頭がクラクラする。

「は……あっ！」

背中を大きく撓《しな》らせた刹那《せつな》、覚えず体内のサイモンを食い締めてしまったらしい。

背後の恋人が「くっ」と苦しそうに呻《うめ》いた次の瞬間《しゅんかん》、顎《あご》を手で摑《つか》まれ、くいっと顔を仰向けさせられた。サイモンの唇が荒々《あらあら》しく覆《おお》い被《かぶ》さってくる。

「ん……っ」

舌を絡《から》め合わせたまま、激しく腰を打ちつけられた。情熱的な抽挿に、ぬぷぬぷといやらしい水音が響《ひび》く。愛液にまみれた太股の内側がきゅうっと引きつった。

「い……、またっ……い、くっ……いっ…ちゃうっ……あぁ——っ」

くちづけを解かれた瞬間、極《きわ》みの声をあげて、ふたたび絶頂への階《きざはし》を駆《か》け上がる。

「……熱い……っ」

今度は自分の中が熱く濡《ぬ》れるのを感じた。サイモンが達したのだ。

弾《はじ》けてもなお充分《じゅうぶん》な質量を保つ充溢《じゅういつ》がずるっと抜けて、支えを失った祐はその場にぐずぐずと崩《くず》れ落ちた。

すぐに後ろから抱《だ》きかかえられ、サイモンの腕《うで》の中にすっぽりと収まる。背中に触れた硬《かた》い胸は汗にしっとりと濡れていた。荒い息が首筋にかかる。

初めて味わった快感の余韻《よいん》にぼんやり意識を飛ばす祐を、サイモンがぎゅっと抱き締めてきた。

「がんばったな」

がんばった……のかな？

「ユウ……愛してる」

甘い囁きのあと、ご褒美《ほうび》みたいなキスがちゅっと髪に落ちた。


何もかもが、生まれて初めての体験のオンパレードだった。

サイモンの情熱と技巧《ぎこう》に翻弄《ほんろう》され、心身共に疲労困憊《ひろうこんぱい》した祐は、恋人の胸にぐったりと凭《もた》れかかっていた。

体は疲《つか》れてはいるけれど、心は満ち足りている。

「……………」

広くて硬い胸と心地《ここち》良い体温に包まれ、大きな手で髪をやさしく撫でられているうちに、上《う》目蓋《わまぶた》がだんだんと重く垂れ下がってきた。今にも下目蓋とくっつきそうだ。でも眠《ねむ》ってしまったら、サイモンと過ごす時間がそれだけ減ってしまう。それは嫌《いや》だ……。

重い目蓋をぱちぱち瞬《また》かせ、睡魔《すいま》と闘《たたか》っていると、サイモンがぽつりとつぶやいた。

「そういえば……今日が誕生日だったな」

そのつぶやきに、祐はほとんど閉じかけていた目をぱちっと開く。ゆっくりと上体を起こして、恋人の彫《ほ》りの深い貌《かお》を覗《のぞ》き込んだ。

「ご存じだったんですか？」

「当たり前だ。陰《かげ》ながら何年見守ってきたと思っている」

そうだった。岡本弁護士を通して、この人には自分のすべてを把握《はあく》されているのだった。

「今日で二十歳《はたち》だな」

目を細めて囁《ささや》かれ、くすぐったい気分でうなずく。

「はい」

自分が成人したという実感はまだ湧《わ》かないけれど。

愛《いと》おしげに祐を見つめていたサイモンが、不意に眉をひそめた。

「すまない。出発直前まであわただしくしていて、プレゼントを用意できなかった。次に会う時までには用意して…」

その台詞《せりふ》を遮《さえぎ》るように祐は首を横に振《ふ》る。

「もういただきました」

「もう？」

「あのショートフィルムと……」

そして、あなたという大切な人を。

さすがに口に出すのは恥《は》ずかしくて、目で訴える。

それでも通じたのか、ふっとサイモンが微笑《ほほえ》み、祐の腕を引いた。息が触れ合うほどに唇を近づけ、囁く。

「今日で祖父の遺言《ゆいごん》は失効したが、これからもずっと一緒《いっしょ》にいてくれ」

「はい」

うなずいた祐は、求められるがままに恋人《こいびと》の唇に唇をそっと重ねた。

終章

チチチ……。水鳥が鳴く声がどこかで聞こえた。

晴れ渡《わた》った青い空と、ターナーの水彩画《すいさいが》のごとく美しい濃淡《のうたん》を描く緑。

舞《ま》い降りてきた水鳥が水辺の石にとまる。小川の水を飲み終えた小さな鳥が飛び立つたびに、水面がキラッ、キラッと光る。

暦《こよみ》の上ではもう春なのに、まだ少し風が冷たい。身が引き締まるような涼《すず》しい空気を胸いっぱいに吸い込み、祐は大きく息を吐《は》き出した。

子供の頃《ころ》と寸分変わらないのどかな風景が、目の前には広がっている。

（ほんと、全然変わっていない）

まるで時が止まったみたいだ。

専門学校を卒業後、祐が英国に渡ってから一ヶ月が経《た》った。

初めは何もかもが今までの暮らしとは違《ちが》って戸惑《とまど》うことも多かったが、ひと月が過ぎ、ようやく【ロイドハウス】での生活にも馴染《なじ》んできたところだ。

今、祐はサイモンのアシスタントとして、ロイドフィルムの管理に携《たずさ》わっている。今のところ、メインの仕事は日本とのやりとりの窓口だ。

テレンス・ロイド全集の日本語版ＤＶＤ化は順調に進んでおり、太田とは日に一度はメールなどで連絡《れんらく》を取り合っている。鈴木や岡本弁護士とも、今や海を越《こ》えたメル友だ。

ふと、背後に人の気配を感じて振り向くと、昼の礼装であるモーニングコートに身を包んだ男が直立不動で立っていた。

クリスの父親であり、【ロイドハウス】の執事《しつじ》でもあるザイールだ。

立ち襟《えり》の白いシャツに白黒ストライプのネクタイ、グレーのベストに縦縞《たてじま》のズボン。足許《あしもと》は黒のストレートチップ。寸分の乱れもなく、ぴったりとオールバックに撫《な》でつけられた白髪《しらが》交じりの頭髪《とうはつ》。

初めて会った時は、まるで映画「黄昏《たそがれ》」の中から抜《ぬ》け出てきたような、執事そのものの出《い》で立ちに驚《おどろ》いたものだ（一方ザイールは、十五年前、祖父と一緒に【ロイドハウス】を訪《おとず》れた祐を覚えていて、『大きくなられましたね』と懐《なつ》かしそうに目を細めていた）。

『ユウ様』

自分の親より上の世代の人に様付けで呼ばれるのには当初抵抗《ていこう》があって、呼び捨てで結構ですと言ったのだが、ザイールに『とんでもございません。旦那《だんな》様の大切な御方は私にとっても大切な御方ですから』と、生真面目《きまじめ》な顔で言い返されてしまった。

男である自分を、サイモンの恋人として受け入れてくれることは有り難《がた》いけれど。

『旦那様がお呼びです』

腕時計《うでどけい》に視線を落とせば午後の四時少し前。

『そろそろ午後のお茶の時間か。今、行きます』

アーリーモーニングティーに始まり、昼食前と後、アフタヌーンティー、時にはハイティー、夕食後に一杯《いっぱい》、寝《ね》る前にまた一杯と、紅茶づくしの生活にもすっかり慣れてきた。今では、朝、部屋に運ばれてくる熱いミルクティーがないと一日が始まらないほどだ。

ザイールを伴《ともな》い歩き出した祐は、ほどなくして足を止めた。

【ロイドハウス】の広大な敷地《しきち》の一角を占《し》めるロックガーデン。

今日は土曜日なので、蓮池《はすいけ》を有し、剝《む》き出しの岩石を配したその庭には、散策を兼《か》ねてか、たくさんの人々が訪れていた。

祖父が手がけた庭が、英国の人たちに愛されているというのは本当だった。

（じいちゃん、天国から見てる？　いろいろ心配かけたけど、ここの人たちはみんないい人ばかりで、俺、幸せにやっているよ）

心の中で祖父に話しかけながら岩の間に咲《さ》くクロッカスを見つめていると、『ユウ』と呼びかけられる。

顔を傾《かたむ》けた先に、長身の恋人が立っていた。

『サイモン』

ジャケットは着ておらず、シャツにセーターというカジュアルなスタイルだったが、上背があってスタイルがいいので本当に何を着ても似合う。

こっそり見惚《みと》れていたら、サイモンが長い脚《あし》で近づいてきた。

『どうした？　遅《おそ》いから捜《さが》してしまったぞ』

こちらに来てすぐ、敷地内をぶらぶらしていて自分がどこにいるのかわからなくなり、迷子になってから（大げさではなく、本当にそれくらい広いのだ）、恋人はすっかり心配性《しょう》になってしまい、少しでも祐の姿が見えないと捜しに来る。

クリスが『過保護すぎます』と呆《あき》れていたが——そして実は祐自身もひそかにそう思っているが——サイモンは秘書の苦言もどこ吹《ふ》く風だ。

『すみません。天気がいいから気持ちがよくて、散歩をしていました』

素直《すなお》に謝る祐に、サイモンが表情を和《やわ》らげた。

『そうだな。今日はめずらしく陽射《ひざ》しが明るい』

英国の他《ほか》の地域に漏《も》れず、オックスフォードも総じて薄曇《うすぐも》りの日が多い。厚い雲の隙間《すきま》から時折差し込む薄陽に、中世の石造りの館《やかた》が鈍《にぶ》く光る様は、それはそれで美しいものだけれど。

『せっかくの晴天だ。今日は庭でお茶にしよう。——ザイール』

『かしこまりました』

一礼したザイールが主の要望を叶《かな》えるためにその場を立ち去った。

『ユウ』

ふたりになったとたんに肩《かた》を抱《だ》かれ、長い指でくいっと顎《あご》を持ち上げられる。

『……んっ』

一瞬《いっしゅん》の隙《すき》をついてキスを盗《ぬす》まれた祐は、熱っぽい恋人の唇《くちびる》が離《はな》れると同時に、上擦《うわず》った声で抗議《こうぎ》した。

『だっ……誰かに見られたらどうするんですか？』

『誰か？　鳥か？　野ウサギか？』

澄《す》ました顔で嘯《うそぶ》く恋人を、祐は上目遣《うわめづか》いに軽く睨《にら》んだ。この調子でところかまわずキスを仕《し》掛《か》けてくるので、このひと月、誰かに見られないかとハラハラし通しだった。拒《こば》めない自分も悪いのだけれど。

『私とのキスは嫌《いや》なのか？』

『……』

意地を張って黙《だま》っていたら、甘く昏《くら》い声がせっついてきた。

『ユウ？　どうなんだ？』

『……』

『答えないと今夜はお仕置きだぞ』

『嫌じゃ……ないですけど』

相変わらずせっかちな恋人に、結局は白状させられてしまう。

『いい子だ』

満足げに微笑んだ恋人が、芝生《しばふ》に設置されたガーデンチェアを引いて、『座れ』と祐を促《うなが》した。サイモンと向かい合わせに腰《こし》を下ろした祐は、気を取り直して尋《たず》ねる。

『そういえばクリスは？　朝から見かけませんけれど』

『サウスケンジントンの競売場に出かけている』

やがてザイールが、銀のトレイに載《の》せたお茶のセットを運んできた。ガーデンテーブルの上に、ティーポット、ミルク入りのピッチャー、シュガーポット、ティーストレーナー、ティースプーン、カップ＆ソーサーの他、スコーン、ひとくちサイズのケーキやサンドウィッチなどの軽食が手早く並ぶ。

ミルクティーが注がれたアンティークの陶器《とうき》製カップを手に取り、口をつけた祐は、ぽつっとつぶやいた。

『……嘘《うそ》つきですよね』

『何がだ？』

『ザイールのミルクティーは、俺が淹《い》れたのと全然違《ちが》います』

あの時はそれでも、ティーバッグと比べて驚くほど美味《おい》しいと思ったが、英国に来てから、上には上があることを思い知った。

祐の抗議にサイモンが笑う。

『そもそも茶葉の質が違うのだから当たり前だ。今おまえが飲《の》んでいるのは、アッサムの中でも最高級ランクのセカンドフラッシュだ。それにザイールはこの道四十年のベテランだぞ。おまえとは年季が違う』

『恐《おそ》れ入ります』

傍《かたわ》らに控《ひか》えていたザイールが恭《うやうや》しく頭を下げた。

『だが、あの時の私は、おまえがアパートで飲ませてくれたミルクティーをザイールが淹れたものと同じくらいに美味《うま》いと感じたんだ。おそらくは、おまえの精一杯《せいいっぱい》のもてなしの心が籠《こ》もっていたからだろう』

やさしい目で見つめられ、顔がじわっと熱くなる。

『…………』

ザイールの存在などお構いなしの恋人《こいびと》の熱っぽい視線を持て余した祐は、照れ隠《かく》しに緑の庭に目を転じた。芝生が風にザザッとそよぐ。黄色い蝶《ちょう》がひらひらと花々の間を飛び交《か》う。

ほどなくして茂《しげ》みがガサッと揺《ゆ》れた。

なんだろうと思って見ていると、茂みが割れてぴょこんっと灰色の何かが顔を出す。

長い耳。鼻をヒクヒクと蠢《うごめ》かすその小さな動物に、思わず祐は『あっ』と声をあげた。

『どうした？』

『ウサギ！』

森の野ウサギがたまに遊びにくるという話はサイモンに聞いていたが、祐自身、実物を見たのは初めてだった。甘いお菓子《かし》の匂《にお》いに釣《つ》られて顔を出したのだろうか。

腰を浮《う》かせた祐に驚き、ウサギがびくんっと震《ふる》える。

『あ……待っ……』

懇願《こんがん》も虚《むな》しくウサギはぴょんっと身を翻《ひるがえ》し、ふたたび茂みの中へ戻《もど》ってしまった。

『あー……行っちゃった』

がっくりと肩を落とした祐の頭に、サイモンがぽんと手を置く。

『そうがっかりするな。おまえのここでの生活は始まったばかりだ。これからいくらでも機会はある』

そんなふうに慰《なぐさ》めてから、ザイールに向かって片手で合図をした。

『私の大切な人にミルクティーのお代わりを。――傷心を癒《いや》すために、砂糖とミルクをたっぷりと入れてくれ』

あとがき

ルビー文庫さんでは初めましてになります。こんにちは、岩本薫です。
単行本ではお世話になったのですが、ルビー文庫のお仕事は初めてですので少し緊張《きんちょう》してお
ります。（創刊十五周年、おめでとうございます！）

まずは少し作品の補足を。
お読みになられた方の中にはお気づきの方もいらっしゃるかもしれませんが、この「独裁者
の恋」は、既刊《きかん》単行本「ロッセリーニ家の息子」シリーズのリンク作品となっております。
「ロッセリーニ家の息子」シリーズは三冊ございまして、それぞれタイトルが「略奪者」「守
護者」「捕獲者」となります。その三冊目、「捕獲者」の主人公成宮が、本作でもかなり大切な
役どころで出演しております。この「捕獲者」にはサイモンも少しだけ出ています。
もちろん、本編単独で楽しめるように留意してありますが、ロッセリーニを読んでいただけ
るとよりお楽しみいただけるかとも思います。未読の方で興味をもたれた方は、こちらのシリ

ーズもお手に取ってみてくださいませ。よろしくお願いします！

さて、ロッセリーニはイタリア人が攻《せめ》でしたが、今回は英国人です。

実を言いますと、今回は別のキャラクターで書くつもりだったのですが、直前になってまた、私の悪い癖《くせ》が出てしまいました。突然《とつぜん》すごく年の差のお話が書きたくなって、プロットをあれこれ弄《いじ》り回しているうちに、ふっと思い浮《う》かんだのが、「捕獲者」に名前だけ出てきたサイモン・ロイドという英国人でした。紅茶、サヴィル・ロウ、アンティークの懐中時計《かいちゅうどけい》、プライドが高く気むずかしくて皮肉屋——と、私なりに乏《とぼ》しいイメージを掻《か》き集めての「英国人攻」、いかがでしたでしょうか？

祐は、貧しいけれど素直《すなお》で健気《けなげ》な少年という、普段《ふだん》はあまり書かないタイプのキャラクターです。サイモンとの力関係がはっきりしている分、「男の子らしく」を念頭に執筆《しっぴつ》致しました。

今回は私にしてはめずらしく、執筆中からサイモンと祐のビジュアルが頭の中にあったのですが、後日、キャララフをいただいた際に、ほぼ思っていたとおりだったのに驚《おどろ》くと同時にとても感激致しました。

蓮川先生、イメージどおりのサイモンと祐をありがとうございました。そしてクリスは、私の乏しい想像力を遥《はる》かに超《こ》えるキラキラしさでした（笑）。

王道年の差ラブストーリーは初挑戦《ちょうせん》でしたので、書く前は上手《うま》く書けるかしらと不安だったのですが、結果的にとても楽しく書くことができました。
皆様《みなさま》のご感想もお聞かせくださいませ。お待ちしております。

いつもご迷惑《めいわく》をおかけしてばかりの担当様。今回も私の突然の心変わりにつきあわせてしまってすみません。にもかかわらず、細々と相談に乗ってくださいましてありがとうございました。今後もこれに懲《こ》りず、よろしくご指導のほどをお願い致します。
また、本書の制作に携《たずさ》わってくださいました皆様もありがとうございました。
最後になりましたが、いつも応援《おうえん》してくださっている皆様に心からの感謝を捧《ささ》げます。

それではまた、次の本でお会いできますことを祈《いの》って。

二〇〇八年　初夏

岩本　薫

KADOKAWA RUBY BUNKO

独裁者《どくさいしゃ》の恋《こい》

岩本《いわもと》 薫《かおる》

角川ルビー文庫 R122-1 15168

平成20年6月1日 初版発行
平成21年3月20日 4版発行

発行者——井上伸一郎
発行所——株式会社角川書店
東京都千代田区富士見2-13-3
電話/編集(03)3238-8697
〒102-8078
発売元——株式会社角川グループパブリッシング
東京都千代田区富士見2-13-3
電話/営業(03)3238-8521
〒102-8177
http://www.kadokawa.co.jp
印刷所——旭印刷 製本所——本間製本
装幀者——鈴木洋介

ISBN978-4-04-454001-2 C0193 定価はカバーに明記してあります。